autoreverse

Kai Thomas Geiger

autoreverse

Roman

THEISS

„autoreverse“ ist ein Roman. Haupt- und Nebenfiguren sowie die Handlung sind frei erfunden. Ähnlichkeiten oder Namensgleichheiten mit lebenden Personen sind rein zufällig und nicht beabsichtigt.

Bibliografische Information der Deutschen Nationalbibliothek
Die Deutsche Nationalbibliothek verzeichnet diese Publikation in der Deutschen Nationalbibliografie; detaillierte bibliografische Daten sind im Internet über http://dnb.d-nb.de abrufbar.

Umschlaggestaltung: Anders Bergesen, superultraplus, Stuttgart

Lektorat: Berit Lina Barth, Mössingen
Satz und Gestaltung: Satzpunkt Ursula Ewert GmbH, Bayreuth
Druck und Bindung: CPI – Ebner & Spiegel, Ulm
ISBN 978-3-8062-2774-1

Besuchen Sie uns im Internet: www.theiss.de

Elektronisch sind folgende Ausgaben erhältlich:
ebook (PDF): 978-3-8062-2835-9
ebook (epub): 978-3-8062-2836-6

autoreverse, *engl.*

dt. **Automatische Richtungsumkehr**

„autoreverse ist eine Betriebsart von Bandlaufwerken und Cassettenrekordern, bei der die Richtung des Bandlaufes am Bandende automatisch umgekehrt wird."

Bekannt von HiFi-Cassettendecks wie Nakamichi aus den 70ern und 80ern.

Am Ende einer Cassette wendet sich diese oder das Laufwerk automatisch um …
und alles alles alles geht wieder von vorne los.

für Volker, entschuldige bitte

in memory of Mike, rocke in Frieden

Prolog. DIES IST NICHT DIE GESCHICHTE DER GENERATION LEICHTKRAFTRAD

Dies ist überhaupt keine Geschichte irgendeiner Generation. Denn dies ist die Geschichte von Basti, Jones, Fred und von mir – mein Name ist Marc, hallo – und von sonst gar niemandem.

Sie spielt in den tiefen 80er-Jahren, und „spielt" ist auch nicht ganz korrekt. Denn sie spielt nicht, sie ist. Sie könnte wahr, authentisch, echt, erlebt und gelebt sein – wenn man an Geschichten glaubt. Es ist die Geschichte von vier Freunden aus einer Generation, die sich eben keiner Generation zugehörig fühlt. Die sich weder auf ein Automodell reduzieren lässt, noch auf ein Computerspiel. Denn in den 80ern dachte noch niemand in solchen Maßeinheiten: Generation XY. Wozu auch?

Generation XY bedeutet doch, dass ein ganzer Jahrgang das Gleiche tut, der später irgendwann mal von Archäologen ausgegraben wird und genau daran erkannt werden wird: Dass alle am Steuer eines VW Golfs gestorben sind. Zeitgleich.

Aber das, was wir taten, taten wahrscheinlich nur wir – und das war sicher nicht VW-Golf-Fahren.

Wir fuhren Achtziger. Aber macht uns das zur Generation Leichtkraftrad? Ein Großteil unserer Gleichaltrigen fuhr mit dem 72er vom Fasanenhof an den Möhringer Bahnhof und mit dem 6er vom Möhringer Bahnhof in die Stadt.

Wenn wir überhaupt irgendetwas waren, dann die Generation unbequem. Wir wollten nirgends dazugehören, höchstens zu uns selber.

Konsequenterweise beginnt eine Geschichte aus den 80ern im Dezember 1978. Und oberkonsequenterweise beginnt eine Geschichte, die von Musik und Mopeds handelt – von Drugs, Rock and Roll und sogar von ein bisschen Sex – kurz vor Weihnachten.

Are you ready to rock? Oder zumindest to roll?

A-Side

Eins. **BEIM VERLASSEN DER HALLE VERLIERT DIE KARTE IHRE GÜLTIGKEIT**

Bum Bum Baff.
Bum Bum Baff.

Und 3500 Besucher der Böblinger Sporthalle:
Bum Bum Klatsch.
Bum Bum Klatsch.

Und einer:
buddy you're a boy
make a big noise
playin' in the streets
gonna be a big man someday
got mud on your face
big disgrace
kickin' your can all over the place
singin'

Und jetzt alle:
We will
We will
rock you.

Wo bin ich?
Was ist geschehen?
Und was haben sie mit dem netten Mann am Klavier gemacht, wegen dem ich eigentlich hergekommen war?

<< REW << Rewind. Kurz vor Weihnachten 1978. Ein Vorweihnachten wie so oft bei uns in der Familie: Es gibt viel zu viel zu essen und wir üben schon mal bravsein und pappsattwerden für die

anstehenden Feiertage. Die Besetzung auf der Couch: Meine Mom (90% Küche/10% Wohnzimmer), mein Dad, Opa Willi (vehement Nachschub an flüssiger und fester Nahrung fordernd), Frau Bach von gegenüber und ihre beiden Söhne Jones (der Kleine) und Karl, der Große.

Unsere Eltern sind Nachbarn und beste Freunde. Was Jones und mich auch zu Nachbarn und besten Freunden macht. Ganz automatisch: Gleiches Alter, gleiche Klasse, gleiche Religionszugehörigkeit, gleiche Straße, gleiche Postleitzahl (7000 Stuttgart 80), und nur ganz leicht abweichende Hausnummern. Macht gleich: Freunde. Zwei Sandkastenfreunde, deren Gemeinsamkeiten über Förmchen und Schäufelchen und Eimerchen weit hinausgehen. Die zusammen das Fahrradfahren gelernt haben. Und das Mit-dem-Fahrrad-Überschlagen. Die zusammen aufgewachsen und zusammen gewachsen sind. Halbsiamesen quasi.

Weder Jones noch ich nehmen die Hintergrundmusik aus dem auf 92,2 festjustierten Radio richtig wahr. SWF 3. Mit Frank Laufenberg. In Riesellautstärke spielt das ITT-Sharp-Lorenz-Küchenradio meiner Eltern tannenbaumkompatible Popsongs. Und als eine Formation namens Queen ihre Piano-Ballade »Somebody to love« zum Besten gibt, gebe auch ich mein Bestes. Ein Zwölfjähriger, der die Aufmerksamkeit aller Anwesenden will – und der, wie es nur Kinder tun, eine Banane zum Mikrofon umfunktioniert, auf das Cordsofa springt und sich zum Affen macht. Alle, außer Opa Willi, finden diesen Affen goldig und mehr will das Kind nicht.

Und mitten in diese Darbietung spricht Karl der Große plötzlich einen magischen Satz:

„Die kommen demnächst auf Tour.“

Das sind fünf Worte, die ich in diesem Zusammenhang überhaupt nicht verstehe. Ich nicke und lächele und schaue Jones fragend an. Auch der nickt und lächelt. So wie Kinder oft nicken und lächeln. Als wäre es eine Versuchsanordnung: Man sagt einem Kind a^2 plus b^2 gleich c^2 – und erwartet, dass es fragend schaut. Doch das wird es nicht. Je nach dem, in welchem Tonfall man es zu ihm sagt, wird das Kind entweder lächeln oder schmollend wegschauen. Weil es das Gehörte ganz unabhängig vom Inhalt entweder) für eine Aufmunterung hält oder) für Schimpfe.

Ich lächele nickend.

Schließlich ist Karl sehr freundlich, als er spricht: „Die^2 kommen^2 demnächst^2 auf^2 Tour^2."

Ich nicke lächelnd.

„Wollt ihr da mit, ihr zwei?"

Das wiederum verstehe ich. Mit! Mit! Mit! Mit! Mit!

Das Nächstbeste, was Kinder wollen – gleich nach Ham! Ham! Ham! Ham! Ham! – ist mit. Nicht mal unbedingt, weil sie mitwollen, aber sie wollen auf gar keinen Fall nicht mit.

„Dann würde ich drei Karten besorgen, okay?", fragt Karl, nicht wirklich auf Zustimmung wartend, in die Erwachsenenrunde.

Doch die verstehen vermutlich genauso wenig wie ich, denn alle nicken und lächeln. Mein Dad, meine Mom, Frau Bach – und jetzt sogar Opa Willi. Es ist kurz vor Weihnachten, und da schlägt man niemandem einen Wunsch ab.

Karl ist auf den Tag genau 48 Monate älter als Jones. Eine Tatsache, für die Karl in der Familie, unter Freunden, in unserer Straße und eigentlich im ganzen Ort den Beinamen „der Große" trägt. Und eine Tatsache, die ihn zum perfekten Anführer für dieses Abenteuer macht. Denn Karl ist unsere beste Quelle, wenn es um Dinge geht, für die wir zu jung sind. Und unsere einzige für Musik.

Bum Bum Baff.
Bum Bum Baff.
Mit! Mit! Mit! Mit! Mit!

Und alle Erwachsenen: Schnatterschnatterschnatter. „Eintrittskarten." Schnatter. „Vorverkaufsgebühren." Schnatterschnatter. „Kartenhäusle Kleiner Schlossplatz." Schnatterschnatter. „Hmmm der Karpfen ist vorzüglich." Schnatterdieratter. „Wann sind die Buben denn dann wieder daheim?" Sorgenvolles Schnatterdieschnatter. „Und die nehmen auch bestimmt keine Drogen?" Ratatterdieschnatter.

Ich nicklächele immer noch. Artig und wackeldackelartig. Karl hat sich diese Form meiner Anerkennung redlich verdient. Denn wir gehen immerhin auf ein Konzert. Ich bin voll und ganz einverstanden, ohne zu wissen, wie man auf ein Konzert geht und wo man da überhaupt hingeht.

Karl der Große ist mit einem einzigen Satz zu meinem Lieblingsnachbarhalberwachsenen aufgestiegen. Als erster, der Freizeitgestaltung mit dem nötigen Ernst betrachtet. Der uns nicht den Erlebnispark Tripsdrill vorschlägt, sondern die Böblinger Sporthalle. Und das nach 20 Uhr.

Sporthalle klingt doch schon mal nicht schlecht. Immerhin war ich zusammen mit Opa Willi schon zweimal im Neckarstadion. Einmal VfB Stuttgart gegen SSV Jahn Regensburg. Und sogar einmal beim furchterregenden Lokalderby-Hassgipfel-Erzrivalen-Schlager-aber-eben-auch-nur-Freundschaftsspiel: VfB Stuttgart gegen die Stuttgarter Kickers. Sportlich habe ich meine Feuertaufe also hinter mir. Ich habe Spielern wie Hermann Ohlicher, Georg Volkert und Helmut Roleder zugejubelt.

Zujubeln kann ich also auch. Und ich bin sicher, der Unterschied zwischen Helmut Roleder (Tor) und Freddie Mercury (Vocals, Piano) wird so groß nicht sein. Von Roleder habe ich mehrere Aufkleber auf meinem Ranzen, von Queen kenne ich einen Schmusesong, und ich schließe daraus, dass ein Abend in einer Sportveranstaltungsstätte mit einem Mann am Klavier ganz mein Ding sein könnte.

Bum Bum Baff.
Bum Bum Baff.
Eintrittskartenabreiß.

Im Schlepptau seines großen Bruders Karl sind Jones und ich also plötzlich in der Böblinger Sporthalle auf einem richtigen Rockkonzert mit einem richtigen Rockkonzertpublikum. Jones ist zwölf 1/3, ich bin zwölf und einen Monat, und das da vorne sind Queen. Und zwar nicht die späten Queen. Die tüdeldi-tüdeldi-Queen. Die Another-one-bites-the-dust-Radio-Gaga-Who-wants-to-live-forever-Flash-Ahaaa-Under-Pressure-Queen. Sondern die verzerrte–Gitarrendicke-Drums-und-theatralischer-Spiegelbrillen-Freddie-Queen. Die Tour heißt »Jazz« und das halten meine Eltern wohl für ein gutes Zeichen.

Sie hätte fairerweise »We will rock you« heißen müssen. Oder »Buddy you're a boy make a big noise– und Nach-diesem-Abend-wird-in-deinem-Leben-nichts-mehr-so-sein-wie-es-einmal-war-Tour 1979.«

Zwei. **BON SCOTT TRITT EIN, AGNETHA FÄLTSKOG AB – BEIDE OHNE ZU GRÜSSEN**

Eigentlich wollen wir an diesem Nachmittag Erdkäs lernen. Genau genommen will Herr Dr. Fronzeck, dass wir Erdkäs lernen. Jones und ich wollen nicht. Aber eine 4,4 auf der Habenseite und das Wissen um unser Unwissen, wenn es um das „Siedlungswachstum in der DDR" geht, lässt uns zum Diercke-Atlas greifen.

Doch als Jones den Saphir des Plattenspielers ganz langsam nach unten senkt, ist dies das Aus für den Diercke und die DDR.

„Ich muss dir mal was vorspielen. Von meinem Bruder", freut sich ein abgelenkter und aufgeregter Jones, der ja eigentlich Jonas heißt. Oder besser gesagt: hieß. Bis unser Rektor ihn in seinem Zeugnis versetzt und dabei aus Versehen in Jones umgetauft hat. Ein Schreibfehler, der sich inzwischen über alle Freundschafts- und Verwandschaftsgrade hinweg durchgesetzt hat. Niemand nennt Jonas Jonas – nicht mal seine Mutter.

Im Grunde genommen war bis vor Kurzem alles in Ordnung. Zumindest musikalisch: Ich besaß eine einzige Langspielplatte, die praktischerweise gleichzeitig meine Lieblingsplatte war: »Abba – Arrival«. Dann kamen die ersten Zweifel. Als ich mich an Agnethas blonder Stimme satt gehört hatte und plötzlich auch nicht mehr in sie verliebt war, weil Desirée Nosbusch unvermittelt von einem *Pop-Rocky*-Poster in mein Leben trat, und Abba mir plötzlich nichts mehr gab.

Was mich zugegebenermaßen sehr verwirrt hat. Denn damit, dass sich mein Musikgeschmack verändern würde, habe ich nicht gerechnet. Veränderung war so nicht vorgesehen und erschien mir bis zu diesem Zeitpunkt ebenso undenkbar wie lebensbedrohlich. Ich ging eigentlich davon aus, dass ich immer zu Hause wohnen werde. Dass ich immer Helmut Roleder und den VfB bewundern werde. Und dass ich immer Abba hören werde. Und zwar einzig und allein »Arrival«.

Mir war nicht bewusst, dass Abba irgendwann noch einmal ins Studio gehen würden, um dort ein weiteres Album einzuspielen. Und dass sie damit vielleicht den Grundstein für einen saftigen Gewissenskonflikt in mir legen. Dass ein Punkt in meinem Leben kommen würde, an dem ich mich entscheiden muss, was ich besser finde: diese oder jene Abba.

Kurz darauf kam der Moment, an dem ich feststellen musste, dass auch aus der Plattensammlung von Mom und Dad keine Hilfestellung zu erwarten war: Klassik. Klassik. Klassik. Klassik. Klassik. Genesis. Klassik. Klassik ist Klassik. Und Genesis ist wie Spinat: Ich hab es ein paar Mal probiert und mag es einfach nicht. Bäh!

Mit meinen Eltern und Musik ist es ein bisschen wie mit meinen Eltern und Sex: Ich weiß, dass er mal stattgefunden haben muss. Aber ich kann und möchte es mir nicht plastisch vorstellen. Wenn sie über Musik reden, kriegen sie den gleichen ehrfurchtsvollen, distanzierten und ernsten Tonfall wie Opa Willi, wenn er vom Krieg erzählt. Als hätten sie den lebendigen Teil davon aus ihrer Erinnerung gestrichen und nur noch den theoretischen konserviert. Wie in einem Geschichtsbuch. Um auf Nachfrage daraus erzählen zu können. *Weißt du noch, damals?*

Nur: warum sind Eltern eigentlich so unmusikalisch oder zumindest musikalisch unerzogen? Und warum erzählen sie dennoch immer wieder, früher hätten sie Musik gehört?

Wie lange ist früher her?

Und was ist seitdem passiert?

Weißt du noch, damals?

Irgendwo muss es im Leben unserer Eltern ein kollektives traumatisches Erlebnis gegeben haben (und ich kann nur vermuten, dass es sowas wie Woodstock war. Das musikalische Hiroshima einer ganzen Generation). Irgendetwas, das sie dazu bewogen hat, schlagartig aufzuhören, Musik zu mögen. Und anzufangen, das Radio einzuschalten. Man könnte meinen, Musik sei erst in unserer Zeitrechnung erfunden worden. So wie Farbfernsehen.

In den Küchen unserer Mütter säuselt ein Radiosender – zu leise, um das Lied zu hören und zu laut, um es *nicht* zu hören. Und man fragt sich, ob es in ihrem Leben mal einen Zeitpunkt gab, an dem sie bewusst einen Tonabnehmer in die Rillen einer Langspielplatte gesetzt haben und nichts anderes taten, als zuzuhören? Rauszuhören, was die Musiker meinten, als sie dieses Lied spielten? Den Text auf dem Seidenpapiereinschlag im Inneren der Platte mitzulesen? Musik zu hören und nicht nur abzuspielen. Ohne sie sich von einem Radio vorspielen zu lassen. Bei meiner Mom kann ich mir das beim besten Willen nicht vorstellen. Eine Frau mit Spinat in ihrer Plattensammlung, deren einziger Kontakt zur HiFi-Welt darin besteht, den Staub vom bräunlichen Rauchglas-Deckel des Plattenspielers zu wischen. Und dabei den viel wichtigeren Staub – die Flusen an der Nadel des Tonabnehmers – zu ignorieren.

Queen live in Böblingen zu sehen hat dann zu meiner Krise sein Übriges getan. Eine intensive musikalische Pubertät liegt hinter mir: Innerhalb weniger Wochen ist Musik für mich zur Glaubensrichtung geworden. Was bisher nur so durch die Räume dudelte, in denen ich mich zufällig gleichzeitig befand, ist jetzt das Allerwichtigste. Aus Hintergrundmusik wurde über Nacht Lebensinhalt. Jones kennt mich lange und gut genug, um diesen Wandel mitzumachen. Denn er ist selber musikfanatisch. So musikfanatisch ein 12-1/3-Jähriger mit einer Plattensammlung, die aus mehr Singles als LPs besteht, eben sein kann.

Tastend und holpernd sucht sich die Plattenspielernadel ihre Rille. Dann knistert und knackt es – und das ist auch schon das Einzige, was dieser Tonträger mit allen anderen gemeinsam hat, die ich bis zu diesem Zeitpunkt gehört habe. Alles, was dann folgt, habe ich vorher nie erlebt. Und was es mit mir macht, noch nie gespürt. Mit Agnetha, Benny, Björn und Anni-Frid hat das nichts mehr zu tun. Allerdings gibt es nirgends in diesem Album einen Beipackzettel, der diese Wirkung erklären kann. Weder mir noch Jones ist klar, was genau passiert, aber wir wissen, *dass* etwas passiert.

»If you're having trouble with your high school head who's giving you the blues«, raunzt uns eine Stimme aus dem Dual-Plattenspieler an, als hätten wir etwas angestellt. Und weiter: »Dirty Deeds Done Dirt

Cheap«. Wie schon bei Karls „Die kommen auf Tour"-Satz, verstehe ich auch hier kaum etwas vom Inhalt, geschweige denn von der Bedeutung. Und trotzdem weiß ich genau, was dieser Sänger und seine Band meinen. AC/DC treffen mich in Hirn, Bauch und Unterleib und sollen an diesen drei Körperregionen für immer etwas verändern.

Ihre Musik ist so einfach und eingängig wie ihre Botschaft: Wir sind's, okay? Und wenn nicht okay – auch okay. Verzieh dich dann bitte einfach. Mehr Aussage in weniger Musik habe ich bisher nirgendwo gehört. AC/DC brauchen dafür keine rückwärts laufenden Botschaften, die sie teuflisch zwischen die Plattenrillen weben, um über den Umweg Unterbewusstsein zu den Menschen durchzudringen. AC/DC brauchen dafür lediglich ein Schlagzeug, einen Bass, zwei Gitarren, einen Sänger mit dem tätowierwürdigen Namen Bon Scott – und 40 Minuten und 27 Sekunden.

„Die Plattenfirma Atlantic weigerte sich zuerst, das Album »Dirty Deeds Done Dirt Cheap« in den USA zu veröffentlichen. Den Bossen gefiel die Stimme von Bon Scott nicht. Und sie wollten, dass die Band einen »besseren Sänger« engagiert", zitiert Jones das fleischgewordene Musiklexikon Karl.

Als mir Jones beide Seiten von »Dirty Deeds Done Dirt Cheap« vorgespielt hat, schauen wir uns in Übereinstimmung an. Ganz anders als die Bosse bei Atlantic haben wir nicht nur einfach ein Album mit einem unterqualifizierten Sänger gehört.

„Gehört die Karl?"

„Hmm."

„Kannst du sie mir auf Cassette aufnehmen?"

„Glaub schon."

Ohne nach- oder an Erdkunde zu denken, setze ich mich auf mein Hercules-Rennrad und fahre zu Radio-Elektro-Burosch. Ich brauche eine Leercassette, um mir mehr von dieser Dosis Rock and Roll zu verabreichen. C90 müsste genügen.

Das Radio- und Elektrofachgeschäft Burosch ist hier im kleinen beschaulichen Örtchen Stuttgart-Möhringen der Fachhändler unseres

Vertrauens. Für unsere Eltern ist er schon immer die Anlaufstelle für Kühlschränke und Betamax-Videorekorder. Und ich kaufe dort von meinem Taschengeld das, was mal der Grundstein meiner Musiksammlung werden soll: erst Märchen-Cassetten. Später Singles von The Rubettes bis Joy Fleming. Dann meine erste besagte LP von Abba. »Arrival«! Dann »K'tel's Hit-Explosion, Volume I«. Inspiriert von Fernsehhöhepunkten wie Ilja Richters »Disco«. Für meinen Zehnmarkschein bekomme ich von Herrn Burosch senior sogar drei BASF-C90-Cassetten.

Mein Finger hält die Record-Taste gedrückt, als Jones und ich den Song »Problem Child« von LP auf MC überspielen, da stürmt Karl, die oberste Instanz in Sachen Musik, das Zimmer seines jüngeren Bruders.

Mit seinen vier Jahren Vorsprung ist Karl der Große nicht nur für Jones' Geschmacksbildung prägend. Er entpuppt sich auch für alle anderen als Rock-Imperator, der seinen Daumen über bestimmte Bands und Platten senken kann – und sie damit ein für allemal aus unseren Plattensammlungen verbannt. Eine Formelsammlung dafür, welche Bands bei Karl dem Großen durchfallen und welche bestehen, wird nicht mitgeliefert. Also muss man sich blind auf sein Urteil verlassen.

Uriah Heep? Karl-der-Große-Urteil: Große Scheiße!

Niemand von uns hätte sich getraut zu widersprechen. Und so werden deren Platten bei Radio-Elektro Burosch wohl bis zum irgendwann mal drohenden Insolvenzverfahren des kleinen Elektroladens wie Blei im Verkaufsregal stehen.

Karl ist stinkesauer – auf Jones und leider auch auf mich.

Gleich wird uns der Musik-Nero lehren, dass AC/DC zwar gestern noch top waren, heute aber schon nicht mehr. Um mich damit meiner gerade angefixten Musikdroge zu berauben. So wie Karl der Große mir schon einmal in einem Nebensatz hochmütig erklärt hat, dass Rubettes Teenager-Musik sei. Worauf ich deren Hit-Single »Sugar Baby Love« ganz nach hinten in meine Sammlung sortiert habe.

Aber es kommt um einiges schlimmer: „Sag mal, habt ihr einen Vollschatten, die Platte hier zu bootleggen?", brüllt er uns an.

Vor Schreck lasse ich die Record-Taste los. Mystischerweise nimmt das ausgefuchste Sony-Tapedeck von Jones aber weiter auf. Karl der Große nimmt die Plattenspielernadel von der Platte, die Platte vom Plattenteller, die Cassette aus dem Cassettenschacht und schließlich das Cassettenband aus der Cassette. Und wie er da steht und das Band ganz langsam aus der Plastikhülle zieht – da zieht er mir auch ein Stück Seele aus dem Leib.

Dann wirft Karl mir das leere Plattencover entgegen. Zuerst entdecke ich, wie erschreckend normal die Band AC/DC aussieht. Sie tragen weder kollektive Schiebermützen wie die Rubettes, noch Partnerlook-Glitzerschlaghosen wie Abba. Sie tragen auch keine karierten Gymnastikanzüge, Fledermausärmelhemden oder Latex-Overalls wie ich es jetzt von Queen kenne. AC/DC sind Jeans und T-Shirt. Sie sehen aus, als hätten sich meine Onkels und unsere Bio- und Kunstlehrer in der Raucherecke getroffen, um vom Schulfotograf einen Schnappschuss machen zu lassen. Aber sie sehen nicht aus wie eine Rockband. Gut, einer hat einen Cordsamtanzug an. Doch die Ironie dahinter verstehe ich zu diesem Zeitpunkt nicht, im Angesicht des Schreckens von Karl dem Großen.

Das Zweite, was ich allerdings auf der Plattenhülle entdecke, ist der Aufkleber, auf den Jones hypnotisiert starrt: *„Hometaping is killing music."* Ich finde das zunächst mal witzig, denn ich muss an den Aufkleber im Jugendhaus denken: *„Homefucking is killing prostitution"*, den ich zwar sprachlich wie inhaltlich nicht ganz verstehe, ihn aber trotzdem komisch finde. Aber das hier ist nicht mehr komisch.

Wir haben illegales Land betreten. Sind in weniger als 3 Minuten 27 zu Gesetzlosen geworden. Wahrscheinlich werden wir ins Gefängnis müssen. Ohne vorher über Los zu gehen. Ohne 4000 Mark einzuziehen. Mit denen wir wenigstens nach der Haftstrafe unsere GEMA-Schulden begleichen könnten. Jones, ich und wenn es ganz blöd läuft auch Karl der Große werden wohl weggesperrt. Karl – wegen guter Führung und guter Plattentipps vorzeitig entlassen – wird dann Jahre später vor dem Gefängnis auf uns warten, uns den Untergang der Musikindustrie in die Schuhe schieben und uns gehörig verprügeln.

Ich denke an meine Eltern, die aufrichtig versucht haben, mich von all dem abzuhalten. *Aber du wolltest ja nicht hören, Bürschchen.* Die Warnung meines Vaters, Rockmusik mache aggressiv und taub, die habe ich gehört, aber ignoriert. Aber die viel wichtigere Lektion, dass Rockmusik mich hinter Gitter bringen würde, die hat er einfach für sich behalten.

Mein vehementes Rütteln an der Zellentür bringt gar nichts. Und mitten in diesem ganzen Dilemma taucht und tritt mir nichts, dir nichts plötzlich ein Ensemble auf. Von links nach rechts: Jones, Karl der Große, Bon Scott, Angus Young, Malcolm Young, Freddie Mercury, Phil Rudd, Cliff Williams, Björn, Benny, Agnetha, Helmut Roleder und Anni-Frid.

Was für ein Albtraum.

Schwitzend, kurzatmig und herzpumpend wache ich auf. Ich hechle nach Luft – und nach meiner eigenen Stereoanlage. Denn Hometaping ist nur dann illegal, wenn ich es nicht in meinem eigenen Zuhause mit meiner eigenen Anlage für meine eigene Verwendung mache. Ich will mein ganz eigenes Exemplar von »Dirty Deeds Done Dirt Cheap«. Und ich will eine Anlage, auf der ich es hören kann, ohne um Erlaubnis fragen zu müssen.

Eine eigene Stereoanlage zu besitzen würde völlige Autonomie von den sündhaft teuren Hitachi-Hi-End-Komponenten meiner Eltern bedeuten. Denn nur, wenn alle zusehen und ich die vielen Schalter ordnungsgemäß vor den Augen der ganzen Familie bediene, darf ich dort gelegentlich Musik hören. Und dann auch nicht besonders lange oder besonders laut.

Wenn man der Werbung im *Stuttgarter Wochenblatt*, einer praktischen Gratiszeitung voller Kleinanzeigen, Zahngold An- und Verkauf-Angebote, Gebrauchtwagen und Verbrauchertipps, Glauben schenken darf, dann gibt es die besten Stereoanlagen beim „größten Radio- und Photohaus, der Lerche. Stuttgart, dreimal auf der Königstraße“.

Die Entscheidung, welche der drei Filialen ich dafür zum Händler meines Vertrauens mache, fällt leicht: Es gibt „die große Lerche“, „die untere“ und „die mittlere“. Die beiden weiter unten auf der Königstraße gelegenen Häuser bieten vor allen Dingen Fotoarbeiten. *9x13 matt oder glanz?* Und dazu hauptsächlich weiße Ware: Waschmaschinen. Trockner. Kühlschränke.

Was ich brauche, ist aber heiße Ware. In Techniksilber und in High Fidelity. Wenn es hochkommt vielleicht sogar Dolby. „Noise Reduction“. Allerdings schwant mir jetzt schon, dass das im Falle AC/DC wenig bis gar nichts nützen wird.

Ob ich will oder nicht, ich werde also in die Stuttgarter City müssen.

Und das ohne Eltern und schuhekaufende Großeltern. Ausnahmsweise nicht, um mir vom Kinderfriseur im Kaufhaus Breuninger auf einem quietschbunten Holztier sitzend einen Topfschnitt abzuholen. Nein – dieses Mal, um mir die Bibel zu holen. Also nicht die Bibel-Bibel. Sondern die HiFi-Bibel, das Nachschlagwerk für den Stereofreund, den Lerche-Katalog: Zwei-, drei- und mehr hundert Seiten voll mit Verstärkern, Radio-Empfangsgeräten, Lautsprechern, Equalizern, Doppeltapedecks und Kompaktanlagen. (Obwohl: Kompaktanlagen, habe ich Karl der Große warentesten hören, sind Schrott.)

Die Bibel zu studieren verspricht nur anfangs Erlösung. Denn je tiefer ich in die Lektüre einsteige, umso größer wird mein Dilemma: Am Ende des Katalogs befindet sich eine Liste mit den technischen Ausstattungsmerkmalen der einzelnen Geräte (von denen ich die meisten nicht verstehe, aber laut Verkäufer brauche). Dort findet man außerdem eine Liste mit allen verfügbaren Farben (silber, schwarz) und leider Gottes auch mit allen unbezahlbaren Preisen. Also krame ich in meinem Schulranzen – Ratzefummel, Geodreieck, ah da ist er ja: der Schul- und Schülertaschenrechner – und addiere die Einzelpreise meiner Wunschausstattung und merke, dass die Rechnung vorne und hinten nicht aufgehen wird. Die nächsten Stunden beschäftige ich mich intensiv mit dem Lerche-Finanzkauf. Ich rechne hin und her, in 36, 48, 72 und 144 günstigen Monatsraten, doch die Lerche und ich kommen auf keinen gemeinsamen Nenner. Eine Stereoanlage scheint unbezahlbar.

Als Mom in mein Zimmer kommt, schaut sie, dann strahlt sie: Sie hält die vielen zerknüllten Rechenbeispiele und den Umstand, dass ich wie ein Verrückter mit meinem Taschenrechner morse, für Mathelernen.

Doch dann sieht auch sie meine Verzweiflung und tut, was gute Mütter tun: Sie fragt, was mir fehlt, hört sich mein Leid an und sagt schließlich sehr verständnisvoll: „Nein, Marc. Ich kann dir keine 1 000 Mark schenken. Ich kann dir auch keine leihen. Du kannst bei uns unten Musik hören."

„Eure oder meine?"

Mom steht auf und geht. Ich habe sie bestimmt gekränkt. Doch dann kommt sie wieder und hat einen Wälzer unter dem Arm, doppelt so dick wie der Lerche-Katalog. Es gibt also noch eine zweite Heilige Schrift.

„Warum schaust du nicht mal hier rein? "

600 Seiten Otto-Versand Hamburg. Ich finde Knabenunterwäsche, Mieder, Sommerkleider, Herbstkleider, Winterkleider, Massagestäbe, Heimtrainer, Wohnideen, Zuchtperlenketten und schließlich auf Seite 528 eine Alibiseite unter dem Motto »Partytime is Otto-Time«. Mit HiFi-Geräten der Marke Universum – aber was viel schlimmer ist, und ich habe es geahnt, mit nichts weiter als Kompaktanlagen.

Ich muss unbedingt mit Jones reden. Jetzt gleich. Im Gegensatz zu ihm bin ich ohne Lötkolben aufgewachsen, habe auch keinen großen Bruder, der mich in musikalischer Früherziehung unterrichtet und stelle mir folglich unter Rauschunterdrückung vielleicht etwas Falsches vor. Und weil bei ihm noch Licht brennt, gehe ich rüber und erzähle ihm von meinem Stereoanlagenwunsch auf der einen und meinem finanziellen Spielraum auf der anderen Seite. Ich berichte von meinem Gespräch mit Mom und ahne schon an der Winkelstellung seiner Augenbrauen, dass Otto die falsche Adresse und Universum der falsche Hersteller für mich ist – ohne dass Jones ein Wort dazu sagen muss.

Aber dann hat er den ersten vernünftigen Lösungsvorschlag, den ich zu diesem Thema höre: Wir werden uns konfirmieren lassen – alle beide.

Nicht, um uns vor den teuflischen Folgen von Rockmusik zu schützen. Und auch nicht, um die Firmen Sanyo, Phillips oder Grundig in unsere Gebete einzuschließen, sondern, weil eine Konfirmation die einzige mit dem Jugendschutz vereinbare Methode ist, um in meinem Alter an Geld zu kommen. Und Geld wiederum ist die einzige Methode, um an einen eigenen Plattenspieler zu kommen.

Also werden wir wohl zu Pfarrer Fleiner und uns zum Konfirmandenunterricht anmelden müssen. Wir können es selber kaum glauben. Noch fassungsloser über diesen Schritt sind nur Mom und Dad und die Mutter von Jones. Sie hielten uns bis zu diesem Tag für Atheisten. Jungs, die Reli nur deshalb nicht abgewählt haben, weil man mit der leicht erarbeiteten 3 die Physik-5 prima ausgleichen kann.

Drei. **JETZT DRÜCK VERDAMMT NOCH MAL EJECT**

Wie beschreibt man die Beziehung eines knapp 13-Jährigen zu Gott?

Gott ist gleich das, was die Eltern, der Reli-Lehrer und der Pfarrer der Kirche, die man ein- bis zweimal im Jahr besucht, erzählen, was es ist. Gott ist die Schnittmenge aus Ehrfurcht und erhobenenem Zeigefinger. Gott ist die Hauptattraktion und Jesus sein Opening Act, der Anheizer für die Hauptband. Gott kenne ich nur aus zweiter Hand. Ich habe ihn bisher weder selber gesehen noch gefühlt, aber viel von ihm gehört. Wie von Led Zeppelin auch.

Mit Gott und mir ist ein bisschen wie mit Jones und mir. Da muss auch ich eher der Aktive sein, wenn ich was von ihm will. Von sich aus meldet sich mein bester Freund verhältnismäßig selten, obwohl er dafür nur die Straßenseite wechseln muss. Das ist bei Jones wie bei Gott wahrscheinlich eine Mentalitätsfrage.

Nicht ganz einig bin ich mir mit der Institution und der Vereinszugehörigkeit. Offiziell bin ich evangelisch. Niemand hat mich je gefragt ob ich das sein möchte, also bin ich es. Schlecht finde ich das Evangelischsein im Grunde genommen aber nicht. Aus kaum nachvollziehbaren Gründen verhält sich evangelisch zu katholisch wie Englisch zu Franz. Die Evangelen/Englischlernenden sind irgendwie rundum ein bisschen entspannter als die Katholiken/Französischschüler. Franz lernen hat immer auch etwas Streberhaftes und Reli katholisch einen Tick zu viel Ernsthaftigkeit für meinen Geschmack. Von denjenigen an unserer Schule, die freiwillig Latein lernen und Religion abwählen, um sich durch Ethik zu quälen, mal ganz zu schweigen. Wobei Reli abwählen keine schlechte Idee wäre, aber ein schlechter Zeitpunkt. Jetzt, wo die Kirche in meinem langfristigen Finanzierungsplan eine tragende Rolle spielen wird.

Konfus entpuppt sich als hart. Doch Bon Scott und Jones und ich, wir sind zusammen härter. Im monatelangen Konfirmationsunterricht lerne ich eine Menge von und über Gott: Geduld, Demut und wie man sich das Desinteresse im Kopf nicht in seinem Gesicht ansehen lässt. Unterdessen spricht Pfarrer Fleiner von Verwandlung. Er meint Wasser in Wein, ich meine 50-Mark-Scheine in HiFi-Komponenten. Nur aus diesem Grund halte ich durch. Und weil ich dabei nicht alleine bin. Gemeinsames Leid ist immer noch Leid, aber in erträglichen Portionen. Gott sei Dank. Und dir auch, Jones. Der Unterricht selber ist dabei noch das kleinere Übel – ein bisschen wie Nachsitzen in Reli. Auch das am Ende anstehende Familienfest finde ich nicht nerviger als alle anderen Familienzusammenkünfte. Ich plane fest ein, lange nicht mehr gesehene Patentanten und -onkels auf die Gästeliste zu setzen, um mit ihnen meine neu entdeckte Spiritualität zu feiern. Und ich hoffe, proportional zur eingeladenen Investorenzahl wird auch die Wattzahl meiner HiFi-Komponenten steigen. Ich werde Gott und die Welt zu meiner Konfirmation einladen und hoffen, dass beide kommen: Gott – und der Rest auch.

Ein paar Dinge habe ich allerdings unterschätzt und/oder Jones und/oder Pfarrer Fleiner haben sie mir verschwiegen, bewusst oder unbewusst.

Erstens: Im Konfirmationsunterricht geht es einzig und allein um das Lieblingsthema von Pfarrer Fleiner. Unsere Vorschläge, auch mal was anderes dranzunehmen, werden freundlich gehört und noch freundlicher ignoriert.

Zweitens: Im Konfirmationsunterricht wird nicht nur gelernt, sondern auch gesungen. Ich mag Musik, soviel habe ich inzwischen herausgefunden. Aber Gott hört die falsche. Ich mag weder tiefe Orgeln noch hohe Stimmen. Und ich mag auch keine Songtexte, in denen die Worte „jauchzen", „frohlocken" oder „Hallelujah" vorkommen.

Drittens: die Kleiderordnung. Vor allem die Kleiderordnung des Finale Grande. Stichwort: Keine Konfirmation ohne Halbschuhe. Ich will Wrangler tragen. Und adidas Samba. Denn ich trage immer Wrangler und adidas Samba, selbst an Weihnachten. Warum sollte das an einem Fest, das in der Kirchenhierarchie weit hinter der Geburt des Christuskindes rangiert, anders sein? Trug Jesus etwa einen Konfirmandenanzug?

Ich komme aber mit meiner Argumentation nicht durch. Weder beim Pfarrer noch bei meinen Eltern. Die gegen Ende hin ein auffallend großes Interesse an meiner Konfirmation bekommen, das sie während der Monate zuvor vermissen ließen (so hat mich Dad zum Beispiel nicht ein einziges Mal abgefragt).

Das heißt, es geht ins Kaufhaus Breuninger, wo man eigens für diesen Anlass eine kleine Folterkammer eingerichtet hat. Danke, Breuni-Bär, du Arsch. Ich dachte bis heute, wir wären Freunde. Bei Cordsamt allerdings hört die Freundschaft auf.
Ein Dreigespann aus dem mundwinkelabwischenden Opa Willi, meiner „ganz entzückend" rufenden Mom und einer hosenbeineabsteckenden Verkäuferin steckt, wischt und kämmt einen halben Tag an mir herum, bis ich von Kopf bis Fuß eingekleidet bin.

Warum muss ein erwachsener Mann wie Angus Young einen Kinder-Samtanzug tragen, um Musik zu machen? Und warum muss ein Heranwachsender wie ich einen Erwachsenen-Samtanzug tragen, um Musik zu hören? Ich versuche es mit der von Pfarrer Fleiner gepredigten Demut. Aber hier hilft nur immer wieder der Blick in die Bibel, wo am Ende des Leidens Erlösung verprochen wird:

1 Dual CS 2125 Q
1 Technics RS-B505
2 Grundig M600
1 Nakamichi RX-202 E .

Hart verdient durch schweren Konfirmationsunterricht. Viele Bibelstunden später sehe ich ein, dass die Moralpredigten meiner Mutter nur die unplugged-Version sind. Und dass uns das, was Pfarrer Fleiner predigt, wirklich auf den rechten Weg bringen wird. Oder eben davon ab.

Der Gegenwert sind ein Plattenspieler, ein Verstärker mit Radioteil – in der Fachsprache und im weiteren Verlauf der Geschichte Receiver genannt – zwei Boxen und das Highlight: ein High-End-High-Fidelity-Cassettendeck von Nakamichi mit Autoreverse-Funktion, die am Ende der einen Seite einer Musikcassette diese automatisch wendet. Wie der Mann beim Udo Snack die Hamburger-Fleischlinge. Zack. A-Seite. Spulspulspul. Zack. B-Seite. PlayPlayPlay. Zack. Wieder A-Seite. Das Nakamichi Wende-Tapedeck ist technisch ein kleines Wunderwerk. (Und Jahre später soll diese Funktion beim Knutschen und Fummeln seinen wahren Return-on-Investment beweisen.)

Doch am siebten Tag ist erstmal Schluss mit lustig: Ich kann sämtliche Songs von »Dirty Deeds Done Dirt Cheap« auswendig – und Mom sie nicht mehr hören. Es gibt einen Riesenkrach. Zuerst aus den Grundig M600. Dann aus meiner Mutter. Kurz nach meiner ersten eigenen Stereoanlage wird es Zeit für meinen ersten eigenen Stereokopfhörer.

Vier. **EBBE BEBBE BEMBIO, BIO BIO BUFF**

„Sansui." Jones grinst wissend. „Sansui machen eindeutig die besten Kopfhörer."

Aber Sansui, denke ich mir leise, gibt's nicht bei der Lerche, deren Katalog ich inzwischen auswendig kenne.

„Sansui kriegst du in Stuttgart aber nur beim Radio Barth", rät Jones, meine Gedanken lesend.

Auf der einen Seite ich – der von Technik nicht mehr versteht als On, Off, Volume, Treble und Bass – auf der anderen Seite Jones, die allwissende Werkzeugkiste.

Wer hat seinen eigenen Lötkolben und einen Hobbykeller mit Strompüf- und Batterieladegerät? Jones! Wie heißt der Typ, der nicht nur eine Stereo-Anlage mit eigenem Vorverstärker-Mischpult-Equalizer besitzt, sondern noch dazu eine kleinere, tragbare Einheit? Jones! Und wer ist das: Der, seit er neun Jahre alt ist, in Ohm- und Widerstands-Läden wie Elektro-Dräger ein- und fast nicht mehr ausgeht? Genau – Jones! Wer hat, während ich meine eigene Stereoanlage gerade mühevoll aufgebaut habe, seine Anlage zum x-ten Mal wieder auseinandergebaut, um sich die Transistoren mal aus der Nähe anzusehen? Jones! Wer kann sieben verschiedene Akkorde auf der Gitarre spielen und tut das auch bei jeder Gelegenheit, während ich mich immer noch im E-Moll-Aua-Aua-Aua-die-Finger-tun-so-weh-Stadium befinde? Jones Bach. Bester Nachbar, bester Freund, gefühlter Bruder, Nebensitzer in der 5c, 6c und 7c und in neun Monaten Konfirmationsunterricht. Halbwaise seit sein Vater Alfons vor mehr als fünf Jahren bei einem Autounfall ums Leben kam. Tragischer geht's fast nicht: auf der Autobahn-Abfahrt Denkendorf viel zu schnell in die Kurve gefahren und fast ungebremst in einen Bus gerast. Der Bus war auf dem Weg zu einem Mediziner-Kongress mit 40 Ärzten an Bord, die alle sofort ausstiegen. Aber nicht einer konnte Jones' Vater noch helfen.

„Ilsfeld. Was zum Teufel sollen wir denn in Ilsfeld?", fragt mich Jones in der kleinen Pause auf dem Schulhof.

„Wie kommst du denn darauf, dass wir in Ilsfeld etwas sollen sollten?“

„Weil wir da hinfahren. Wandertag.“

„Wer sagt das?“

„Die Zecke“.

Dr. Fronzeck heißt bei uns immer dann Zecke, wenn er besonders streng ist und seine Ansagen keine Widerrede zulassen. Ansagen wie: Die 7c verbringt den Wandertag in Ilsfeld.

„Ilsfeld, hm? Und was sollen wir da?“

„Genau das hab ich dich ja gefragt“, pampt Jones mich an, als hätte ich das Ausflugsziel ausgesucht. Dabei bin ich weder Klassensprecher noch Klassenlehrer. An mir liegt's also nicht.

„Was ist denn in Ilsfeld?“, versuche ich herauszufinden.

„Nichts. Ilsfelder wenn's hoch kommt.“

„Und wo soll das sein?“

„Irgendwo Richtung Heilbronn.“

Das Gute an einem Wandertag ist, dass man an diesem Tag wandert und nicht in die Schule muss. Das weniger Gute an einem Wandertag allerdings ist, dass man wandert.

„Was machen wir da?“

„Wir fahren mit'm Bus hin. Dann stiefeln wir alle brav zu irgendeiner Burg Trulala, staunen über die alten Steine, schlappen zurück und fahren wieder nach Hause. Wir brauchen dazu Batterien!“, fasst Jones die Agenda zusammen – und dafür mag ich seine Technik-Besessenheit dann doch. Jones ruft aus dem Stegreif die Packliste aus. Wenn einer eine Idee hat, wie man einen Wandertag übersteht, dann Jones. Mit Batterien steigen unsere Überlebenschancen beim Abenteuer Ilsfeld. Denn wenn wir Batterien haben, kann Bon Scott mit uns mitwandern. Und ich kann, vollkommen unabhängig von der Kopfhörer-Quarantäne meiner Mom, AC/DC hören. Batterien werden uns helfen, nach Ilsfeld und zurück zu kommen. Außerdem sind Batterien die offizielle Währung in den letzten beiden Busreihen.

„Okay, ich fahr zum Burosch und hol welche. Varta sind okay, oder?“

Auf einem Schulausflug trennen sich Spreu von Weizen, Gut von Böse. Und Jungs von Männern. Das gilt besonders für die Busfahrt. Während Zecke zwar in seinem Reich, dem Klassenzimmer, noch versuchen kann, Ordnung zu schaffen, indem er die schlimmen Jungs aus der letzten Reihe in die erste setzt, hat er auf einer Klassenfahrt keine Handhabe mehr. Denn die Hack- und Sitzordnung im Bus steht lange vor dem Wandertag fest.

Ganz vorne sitzt die Tupperware. Leinsamenbrot mit Leberwurst. Gemüseschnitze. Gurke, Karotte. Kalter Hagebuttentee. Einser- und Auf-die-Schnauze-krieg-Kandidaten.

Mitte bis hinten: Alufolie. Eher Sesam- bis Laugenbrötle als Brot. Nutella und Honig. Ein Apfel oder eine Banane. Gekaufter Zitronentee oder Südmilch-Kakao.

Hinten: Erdnuss-Flips oder Chips ungarisch. Dosencola, Dosenfanta, Dosenspezi. Radiorekorder. Und spätestens auf der Rückfahrt: Mädchen.

Auf der Route Ilsfeld-Stuttgart sitzt Fassi-Ines zwischen mir, Jones und Bon Scott. Sie will »Problem Child« noch mal hören, schwört der Song sei ihr auf den Leib geschnitten und will uns selbigen auch gleich mal blank zeigen. Jones und ich wollen aber von Weibern und Leibern und von Weiberleibern zu diesem Zeitpunkt nichts wissen. Denn wir sind viel zu sehr mit unserem Plan beschäftigt. Ein Plan, den wir schon auf der Hinfahrt angeschmiedet haben und den wir jetzt vollenden wollen: Uns reicht es langsam nicht mehr, AC/DC zu hören. Wir wollen, dass **alle** davon hören. Im Bus haben wir das bereits geschafft. Es steht trotz mehrfacher Beschwerden der Streber von vorne eins zu null für uns und die gute alte Varta. Jetzt wollen wir diesen Erfolg ausbauen. Die gute Botschaft weitertragen aus diesem Neoplan-Bus in die ganze Welt. Wir wollen, dass alle wissen, dass es AC/DC gibt. Und dass es sie in unserem Leben gibt. Es ist nicht mehr damit getan, ihren Schriftzug mit dem Elektrizitätsblitz auf die Löschblätter unserer Schulhefte zu zeichnen.

„Lass uns einen Fanclub gründen", schlägt Jones vor.

„AC/DC Fanclub Stuttgart-Möhringen“, antworte ich verschwörerisch.

„Ich mach mit“, sagt Fassi-Ines und kotzt in die Reihe vor uns, die schon zur Alufolien-Fraktion zu rechnen ist. Dosencola und der Souvenirschnaps der Burg Ilsfeld sind eben doch eine explosive Mischung.

Fassi-Ines heißt so, weil sie ihre Eltern Ines getauft haben. Und sie heißt so, weil sie vom Fasanenhof stammt. Die Bronx Stuttgarts. Das Viertel mit den hohen Häusern und den niedrigen Hemmschwellen, wenn es um erste sexuelle oder kriminelle Erfahrungen geht. Ihre Herkunft macht Fassi-Ines pathologisch frühreif, auch im Umgang mit Alkohol. Zum anderen disqualifiziert sie sich dadurch aber für unseren gerade gegründeten Geheimbund. »AC/DC Fanclub Stuttgart-Möhringen und Stuttgart-Fasanenhof« ist zu lang, um es auf eine Jeansjacke zu schreiben. Und »AC/DC Fanclub 7 Stuttgart 80« wollen wir uns nicht nennen, beschließen Jones und ich und bleiben erstmal die einzigen Mitglieder. Bis wir Basti treffen.

Fünf. **DAS BÖSE BÖSE A-WORT**

Jeder Club braucht auch ein Clubhaus. Und jeder AC/DC Fanclub braucht ein Clubhaus, in dem AC/DC läuft. Unter diesen Umständen werden Jones und ich uns jetzt wohl ein neues Epizentrum suchen müssen.

Bei mir zu Hause besteht nach wie vor Kopfhörerpflicht, was bei einem Verhältnis von zwei Clubmitgliedern zu einem Kopfhörer allein schon technisch nicht machbar ist. Und auch gegenüber, im Hause Bach herrschen keine idealen Bedingungen. Jones und ich fürchten beide, dass Karl der Große zu starken Einfluss auf die Ausrichtung unseres kleinen Vereins nehmen könnte. Und wir wollen auf gar keinen Fall der Rock-und-Pop-Fanclub, A bis Z, allgemein-diverse werden, denn wir finden unsere Spezialisierung gut. Schließlich sagt sie, dass wir keine anderen Götter außer diesen fünf aus Australien haben. Natürlich könnten Jones und ich uns in der Mitte treffen. Das wäre dann genau auf der Straße. Nur könnten wir dort nur sehr eingeschränkt Musik hören. Es sei denn, Jones lässt das Fenster auf und dreht seine zugegebenermaßen recht leistungsfähige Anlage sehr sehr laut. Auf unserem alten Spielplatz zwischen der rostigen Rutsche und der Todeswippe sind wir auch fehl am Platz. Selbst in Jones' verdammt gut ausgestatteter Elektrokiste findet sich keine Kabeltrommel, die sich lang genug entrollen lässt, um dort die Strom- und damit die musikalische Versorgung sicherzustellen, so dass wir auf dem Spieli autark von Varta leben könnten.

Dann wäre da noch die Möhringer Eisdiele. Ein guter und beliebter Treffpunkt, wenn man Stracciatella mag, ein mittelmäßiger, wenn man AC/DC mag. Wir könnten natürlich versuchen, den Besitzer Giovanni davon zu überzeugen, weniger Adriano Celentano laufen zu lassen und mehr und vor allem lautstärker andere Interpreten, die wir ihm gerne zur Verfügung stellen. Aber so richtige Rock-and-Roll-Atmosphäre wird sich dort zwischen Schoko, Mokka und Nuss wahrscheinlich nicht einstellen.

All die Jahre haben Jones und ich uns hauptsächlich auf der Straße getroffen (Nachteil: siehe oben), in Sandkästen (was, wenn man nicht mehr sandelt, recht albern ist), auf Kickplätzen (wo man nichtkickend und nur rumhängend nicht gerne gesehen wird und in regelmäßigen Abständen einen Ball an den Hinterkopf bekommt) oder in der Schule (im Grunde kein schlechter Treffpunkt: Er bietet ausreichend Platz und wir wissen, wo Steckdosen sind. Andererseits wollen wir beide in unserer Freizeit auf gar keinen Fall in einen Lehrer laufen, der nach Feierabend noch über die Weimarer Republik plaudern möchte oder uns auffordert, den Tafeldienst zu übernehmen und das Klassentagebuch wegzuräumen).

Dann gibt es da noch als sozialen Marktplatz das Freibad Möhringen und im Nachbarort das Hallenbad Sonnenberg. Das allerdings ist bei uns mit seinen 2 Metern 30 Wassertiefe abgrundtief verhasst. Denn im Winter morgens, wenn es noch dunkel ist, findet dort unser Sportunterricht statt. Schwimmend. Mit 24 Mitschülern, die sich an einem Dienstagmorgen gemeinsam in einem Schwimmbecken tummeln. Und die danach mit nassen Haaren über die Felder radeln müssen. Zurück in die Schule. Zweite Stunde Mathe. Zehn Minuten Toleranz für alle, die beim Schwimmen waren. Zugegeben, das Argument mit den nassen Haaren kommt von unseren Eltern. Und sie geben uns deshalb zweierlei Mützen mit. Badekappen und Erkälte-dich-nicht-mein-Sohn-Kappen. Beide kann ich nicht leiden. Vom Schwimmen befreit wird nur, wer seine Tage hat. Seine Tage haben bei uns aber laut Insider-Informationen erst zwei Mädchen. Keine Ahnung, was das bedeutet, aber wenn ich groß bin, möchte ich auch meine Tage haben und nicht schwimmen müssen.

Wasser hat irgendwann aufgehört, ein gutes Freizeitangebot zu sein. Kurz nachdem man mir die Schwimmflügel entzog und mich zwang, ins offene Meer oder zumindest ins offene Möhringer Freibad hinauszuschwimmen. Ich frage mich auch, ob sich junge Menschen wirklich richtig ernähren, wenn sie von Freibad-Pommes und Schleckmuscheln, von Mohrenkopfbrötchen und Schaumwaffeln leben. Ich finde außerdem, dass Jungs in unserem Alter nicht halb nackt auf einem Badetuch auf einer Wiese liegen sollten. Und verstohlen zum Nachbarhandtuch schauen sollten, um zu prüfen, wieviel mehr Brusthaar Andi aus der 7d schon hat. Einmal habe ich dort sogar Fassi-Ines gesehen. Ganz ohne Brusthaar. Dafür mit ganz viel Brust. Manchmal wache ich nachts auf und habe dann dieses Bild vor Augen. Ein Bild, das zu 9/10 mit Busen gefüllt ist. Und zu 1/10 mit Horizont.

Alles in allem ist es also nur eine Frage der Zeit, bis es das Möhringer Jugendhaus ist, das zu unserem Clubhaus wird. Ganz automatisch.

Dort sollen wir auch das erste Mal auf Basti treffen. Gesehen haben wir ihn da schon ein paar Mal, gesprochen noch nie. Als Jones und ich mit unseren neuen Jeansjacken reinkommen, wirft Basti uns einen langen Blick zu. Ich kann ihm ansehen, dass er versteht: Das sind keine Jacken von C&A Jinglers mehr – das sind jetzt zwei echte Mustang aus Künzelsau! Und sie sind nicht mehr mit Kuli und »LOVE« »SCHULE IST DOOF« oder »VfB STUTTGART« bekritzelt. Sie sind von einem dicken Filzstift, dessen Geruch ein bisschen schwindelig macht, mit den Worten »AC/DC FANCLUB STUTTGART« tätowiert. Es sind kleine Kunstwerke. Edding auf Denim.

In unserer neuen Ausgehuniform sehen Jones und ich aus wie eine Rockerbande. Und Basti behandelt uns auch so. Ob das noch Argwohn ist? Oder schon Respekt? Zum ersten Mal würdigt er uns überhaupt eines Blickes. Wir fühlen uns gleich noch ein bisschen cooler und bestellen abgebrüht beim einzigen Erwachsenen weit und breit, einem großen dicken Kerl namens Sozialarbeiterbernd, zwei Flaschen Cola.

„Aber hey, ohne Röhrle, klar?“ Die Zeiten sind definitiv vorbei. Wir zwei sind jetzt ein Club.

Basti ist kein Club. Er ist zwei Jahre und einen Kopf größer als wir. Und er fährt ein 50 ccm starkes Moped, seine Zündapp TT 50, silbermetallic. Basti trägt immer immer immer eine Harro-Motorradlederjacke. Auch, wenn er mit dem 72er Bus fährt. Sein Ausflug zum Harro-Fabrikverkauf nach Nagold hat sich schon lange amortisiert.

Basti, der sonst fest mit den Griffen des Tischkickers verschraubt ist, dreht sich zu uns um. Wenn ich es mir recht überlege, habe ich ihn noch nie von vorne gesehen. Immer nur mit seiner Lockenmatte und in seiner Lederjacke von hinten, am Kicker stehend, auf das nächste Kickeropfer wartend. »10:0 = eine Cola« lautet hier die oberste Spielregel. Wichtiger noch als »nicht kurbeln.« Denn wer verliert, bestellt. Und wer bestellt, bezahlt. Die Cola kostet 50 Pfennig und Basti hat wahrscheinlich noch nie eine selber bezahlt. König des Kickers. Flinkefinger vom Fasanenhof. Mann ohne Vorderseite, denke ich mir, als er tatsächlich die Tischkickergriffe Tischkickergriffe sein lässt, um sich mit uns zu beschäftigen.

Vorsichtshalber bestelle ich ihm auch eine Cola ohne Strohhalm, auch wenn ich gar nicht gegen ihn gekickert habe. Vielleicht sind Jones und ich zu weit gegangen mit der Gründung unseres Fanclubs? Wir sind Basti doch damit hoffentlich nicht auf die Cowboystiefel getreten? Wahrscheinlich findet er AC/DC Kacke und wird gleich dafür sorgen, dass wir das auch tun. Ein Typ mit einem wassergekühlten Moped, ja fast schon Motorrad. Ein Realschüler. Vom Fasanenhof, wo die Menschen nicht besonders zimperlich sind.

Ich muss an Fassi-Ines denken. Bestimmt hat sie schon mal jemanden an ihren Busen fassen lassen. Vielleicht auch Basti? Der jetzt wie in Zeitlupe auf Jones und mich zusteuert. Friedensstiftend halte ich ihm die Colaflasche entgegen. Kapitulation ohne kickern. Basti greift sie sich, legt ein silbernes 50-Pfennig-Stück auf die Theke und stellt sich zwischen Jones und mich.

„Was is'n das für 'n Verein?", fragt er und deutet mit einem Blick auf unsere Jeansjacken.

„Das ist 'ne Rockband aus Australien", versucht Jones so beiläufig wie möglich zu antworten.

„Ist der immer so komisch?", wendet sich Basti jetzt an mich, und wir drei müssen lachen. Basti über diese selten dämliche Antwort. Jones und ich vor lauter Erleichterung, dass der wilde Typ uns wohl doch nix tun will. Oder zumindest damit warten will, bis wir nachher vor der Tür sind. Wir erklären Basti den Sinn und Zweck des AC/DC

Fanclubs Stuttgart und weihen ihn in die Clubsatzung ein: „Man muss AC/DC gut finden."

„Wie viele seid ihr denn?", will Basti wissen.

„Zweieinhalb", antwortet Jones bestimmt. „Marc hier und ich, wir beiden sind die Präsis".

„Und wer ist der Halbe?"

Das allerdings würde ich auch gerne wissen.

„Fassi-Ines."

„Wer?/Was?", fragen Basti und ich fast gleichzeitig.

„Ines Grüb aus der 7c."

„Ach, die Busen-Grübi."

Als einer von zwei hauptamtlichen Präsidenten sehe ich es als meine Pflicht an, die Notbremse zu ziehen. Blut ist dicker als Titten!

„Nee, die ist gar nicht richtig bei uns im Fanclub. Die findet ja Supertramp besser als AC/DC", schwindle ich.

„Dann muss sie rausfliegen", sind sich die Mitglieder des »1. AC/DC Fanclubs Stuttgart« einig.

Für das Protokoll: Neben den Gründern Jones Bach und Marc Kleiner könnte Basti das erste zahlende Mitglied unseres Fanclubs werden. Zahlend im Sinne von „zahlt seine eigene Cola". Ob Basti AC/DC überhaupt gut findet und damit das einzige, aber auch unumstößliche Clubkriterium erfüllt, erfahren wir erstmal nicht.

„Lass uns mal rausgehen, eine quarzen", sagt Basti zur Feier des Tages. Weder Jones noch ich trauen uns, das Angebot abzulehnen. Und so müssen wir, zwei notorische Nichtraucher, eine Art Aufnahmeprüfung in unserem eigenen Club ablegen. Mir war schon von meinem ersten und letzten Versuch, mit Nikotin zu experimentieren, schlecht geworden. Die Kurmark aus Dads Schublade wollte und wollte einfach nicht schmecken. Aber vielleicht war ein Gebüsch auch einfach nur die falsche Umgebung gewesen, um zu rauchen? Ich werde dem Mythos Nikotin noch eine Chance geben. Also gehen Jones, Basti und ich – aka »Der AC/DC Fanclub Stuttgart« – vors Jugendhaus und rauchen Tabak. Richtig starken Tabak. Basti dreht uns beiden eine nach der anderen, bevor er sich mysteriös, wie er zu uns kam, auch wieder verabschiedet: „Wir sehen uns morgen. Ich muss zu meinen Punkern."

Sechs. **DIE WEISHEIT DER DISCOKUGEL**

Es dauert nicht lange und das Jugendhaus Möhringen ist zu meinem festen Auffangbecken geworden. Ich gehe nach der Schule kurz heim. Nicht um Hausis zu machen, sondern eigentlich nur, um die Zeit bis zur Öffnung des Jugendhauses zu überbrücken. Ich radele so punktgenau zu Hause los, dass ich mit dem Schlüsselumdrehen von Sozialarbeiter-bernd um 14.00 Uhr mein Fahrradzahlenschloss zuklicke und bereit bin. Bereit für das Jugendhaus – das wiederum bereit für mich ist. Denn dort gibt es bis auf feste Nahrung eigentlich alles, was man zum Leben braucht – einen Tischkicker, Cola, Spielkarten, je eine kleine Sound- und Lichtanlage inklusive Spiegelkugel und vor allem: keine Eltern.

Im Keller des Jugendhauses probt eine Band namens Sacred Far. Man sieht kaum etwas von ihnen, nur, wenn sie mal einen ihrer Verstärker nach unten tragen. Und man hört nicht besonders viel von ihnen – und ich habe eine Ahnung, dass das auch besser so ist. Nach außen scheint der mit Eierkartons gedämpfte Raum schalldicht zu sein. Oder die Band so leise, dass man sie hier oben nicht hört. Oder so gut, dass sie nicht proben muss. Oder so schlecht, dass dabei keiner zuhören darf. Jedenfalls dringt von der Band nicht viel nach draußen, außer ihrem Namen, der vom Proberaum bis zum Klo handgezählte neun Mal an die Wand gekritzelt ist.

Jones und ich rätseln lange über die Bedeutung. Jones versteht den Teil Sacred, ich verstehe den Teil Far – die Kombination Sacred Far verstehen wir beide nicht. Und dafür, dass ein Typ namens Floyd dort Bass spielt, der ein halber Amerikaner ist, müssten sie es doch eigentlich besser wissen. Ich halte nichts von Bandnamen, die nicht mit A anfangen wie AC/DC oder wenigstens ABBA. Jones geht sogar noch weiter und findet, dass jeder Bandname einen Elektrizitätsblitz beinhalten sollte.

„Vielleicht sind es auch einfach nur Deppen", sagt Basti. „Oder sie wollten sich Heiliger Furz nennen. Furz, ihr versteht schon? Englisch *fart*."

Tatsächlich ist Basti auch am nächsten Tag ins Jugendhaus gekommen. Hat kurz gekickert, sich zu uns gestellt, ein paar AC/DC-Fakten mit uns ausgetauscht und sich mit der Entschuldigung, seine Punker würden warten, irgendwann wieder verabschiedet. Auch am Tag danach und an dem Tag nach dem Tag danach kommt Basti, redet mit uns als wären wir Freunde und geht wieder.

An Tag vier schließlich trägt Basti über der Harro-Lederjacke eine Jeansjacke, die Ärmel abgeschnitten. Choppe nennt er das. Und es lässt ihn noch ein bisschen mehr wie einen echten Rocker aussehen. Er steht Siegercola schlürfend bei uns und als er sich umdreht, um die neue Herausforderung eines jungen Griechen namens Aristoteles am Kicker anzunehmen, sehe ich, dass er diese Jeans-Choppe beschriftet hat. In dicker schwarzer Filzstiftschrift prangt dort: »AC/DC Fanclub Stuttgart« als hätte er eine unserer beiden Jacken durchgepaust. Und darunter, in einer geschwungenen Banderole »Member since 1979.«

Okay, das war so nicht wirklich besprochen. Aber wenn unser Aufnahmeverfahren für neue Mitglieder denn so sein soll, dann sei es eben so. *»Let there be light, and there was light. Let there be sound, and there was sound.« Let there be membership, and there was membership*, dichte ich die Textzeilen des vielleicht besten AC/DC Songs »Let there be rock« für mich um.

„Der Typ ist eisenhart", meint Jones, als Basti sich um 16.00 Uhr auf seine Zündapp in Richtung seiner Punker schwingt. Ich weiß nicht, ob Jones das als Warnung oder Kompliment meint. *Let there be Basti.*

Wenig später hat unser Neumitglied Basti einen weiteren Trumpf im abgeschnittenen Jeansjackenärmel: „Sie spielen in Nürnberg."

„Ach du Scheiße", schießt es mir durch den Kopf. Ein 50:50-Gemisch aus Huch und dem aufsteigenden Blut der Aufregung.

„Nürnberg ist bestimmt achtmal so weit wie Ilsfeld. Und schon nach Ilsfeld haben wir einen Schulbus gebraucht."

„Da kommen wir ja nie hin", zweifelt auch Jones.

„Trampen", fällt mir spontan ein.

Aber Jones sagt, Karl der Große sagt immer, vom Trampen kann man Sterben.

„Ja – und von Petting wird man schwanger", meint Basti lachend.

Und ohne diesen Witz verstanden zu haben, lachen Jones und ich aus reiner Sympathie mit.

„Einer kann mit mir mitfahren. Es sei denn, er ist ein Schwuli. Ihr könnt ja drum kickern."

Aber Jones winkt ab, wissend, dass ich ihn im Kickern in neun von zehn Partien nicht nur schlage, sondern auch die 10:0-Cola von ihm kassiere. So gut bin ich. Und so schlecht ist er.

Auch fuchsen kommt für uns nicht in Frage. 10-Pfennig-Stücke an eine Wand zu werfen und schauen, wer näher dran ist, erfordert Geschick und vor allem zehn Pfennig – und beides habe ich gerade nicht.

„Dann knobelt doch" schlägt Basti vor.

Knobeln finde ich zum Kotzen. Stein, Schere, Papier – ein reines Glücksspiel. Es gibt keine Taktik, keine gute Strategie und vor allem gibt es keinen Sinn. Ich verstehe, dass ein Stein eine Schere stumpf macht. Mir geht auch in den Kopf, dass eine Schere ein Papier zerschneidet. Aber: Papier wickelt Stein ein???????? Was soll die Scheiße? Und Schmetterling landet auf Krokodil! Na und?! Nach einem Steinschlag ist auch ein Stück Papier am Arsch – und nicht umgekehrt.

Und dann das Schlimmste: die neumodische Variante. Es gibt Typen – und Jones ist so einer – die bestehen auf »Brunnen« und erweitern damit die Spielregeln und Möglichkeiten. Schere fällt in Brunnen. Stein fällt in Brunnen. Und – da ist es wieder – das allmächtige Papier mit seinen Superduperkräften deckt den Brunnen zu. Huaahhhh, da muss sich der Brunnen aber warm anziehen. »Brunnen« ist außerdem eine Steilvorlage zum Betrug. Daumen und Zeigefinger formen ein Loch, den Brunnenschacht. Es sieht ein bisschen aus wie Stein, aber auf den zweiten Blick – oder durch ganz minimales Manipulieren der Handstellung wird aus Stein:Stein plötzlich Stein:Brunnen – Pech gehabt.

Oder Feuer! Was könnte ich mich aufregen! Man nimmt alle fünf Finger mit der Handfläche nach oben und simuliert ein loderndes Zucken und Züngeln der Flammen. Feuer verbrennt Papier (endlich geht's dem Dreckspapier auch mal an den Kragen!) … ich bin mir nicht sicher, aber ich glaube Stein löscht Feuer. Eine chemische Reaktion, die Dr. Fronzeck, so glaube ich, nicht durchgehen lassen würde. Schere und Feuer vertragen sich vermutlich, und der Rest ist auch irgendwie egal.

Ich werde jedenfalls nicht mit Jones um so etwas Elementares wie eine Fahrt zu einem AC/DC Konzert Schnick-Schnack-Schnuck spielen. Wir einigen uns auf »Zwanzig ab«.

Man bringe uns die Karten. Auge um Auge. Zahn um Zahn. Mann gegen Mann. Pik ist Trumpf.

Jones mischt die Spielkarten mit aufreizend langsamen Bewegungen und wirft mir einen Blick mit zusammengekniffenen Augen zu. Das hier ist nicht mehr »Malefiz« oder »Fang den Hut«, das hier ist das Spiel des Lebens. Jeder Spieler bekommt fünf Karten und darf maximal drei nochmals tauschen.

Ich bin dran und sage an – *Kreuz ist Trumpf.*

Es ist nicht so, dass ich Jones nicht gönne, mitzufahren. Ich will nur nicht hierbleiben und zusehen müssen, wie die beiden ohne mich losfahren: Winkewinke – gute Fahrt – ruft an, wenn ihr da seid. Mit Mit Mit Mit Mit!

Ich mache drei Stiche. Jeder Stich ein Punkt. Jeder Punkt wird von der Zwanzig abgezogen.

Die nächste Runde geht eher an Jones, die darauf wieder an mich – ein ausgeglichenes Spiel, in dem jeder mindestes einen Stich macht. Das ist wichtig, denn wer keinen macht, bekommt fünf Strafpunkte. Wenn er dazu noch den Trumpf angesagt hat, dann fährt er gleich um zehn Punkte nach oben.

Ich blicke zu Basti, der uns zusieht, ohne eine Miene zu verziehen. Er hat entweder ein gutes Poker- beziehungsweise Zwanzig-ab-Face oder es ist ihm egal, wer von uns beiden mitfährt.

Jones gegen Marc ist ein schnelles, schonungsloses, mit offenem Visier geführtes, aber auch relativ ausgeglichenes Spiel. Fast synchron arbeiten wir uns langsam von unseren 20 Punkten nach unten. Wer als erster von seinen 20 Punkten bei null ist, hat gewonnen.

Keiner will ein unnötiges Risiko eingehen. Es geht schließlich um was. Trotzdem sind wir beide noch entspannt. Solange sich beide Punktestände im zweistelligen Bereich bewegen und keiner von uns einen klaffenden Vorsprung hat, ist alles drin.

„Mit oder ohne Cola?“, fragt Jones selbstbewusst.

»Zwanzig ab« ist neben dem Tischkickern die zweite Möglichkeit, gratis an eine Cola zu kommen. Denn der Verlierer zahlt dem Sieger ein Getränk. Aber in diesem Fall geht es um einen ganz anderen Einsatz.

Herz ist Trumpf und zählt doppelt. Jeder Stich zwei Punkte. Keinen Stich machen: Zehn Punkte nach oben. Keinen Stich machen, aber Trumpf gesagt haben: 20 Punkte nach oben. Wenn es blöd läuft, wird dann aus »Zwanzig ab« plötzlich »Vierzig ab«. Aber Jones ist zu clever und zu oft gegen mich angetreten, um in die Herzfalle zu treten.

Da wir nur zwei Spieler sind, geht auch das übliche Aussteigen nicht. Das macht das Spiel schneller, aber auch riskanter. Denn mitgehen müssen heißt, vielleicht auch gar keinen Stich zu machen.

Wenn Basti einen Beiwagen an seiner Fünfziger hätte, könnten wir alle drei hinfahren. Und wenn das AC/DC-Management auf der Landkarte besser geschaut hätte, könnte wir alle drei sogar hin*gehen*. Sporthalle Möhringen – kein schlechter Veranstaltungsort. So aber heißt es, nur zwei von drei von uns fahren zu AC/DC nach Nürnberg. Und ich will nicht drei sein.

Als unsere Punktestände auf dem linierten DIN-A5-Zettel gegen magische null tendieren, wird es ernst. Und wir werden ernsthafter.

Jones 20 – 19 – 15 – 14 – 10 – 8 – 4
Marc 20 – 16 – 15 – 12 – 11 – 8 – 7 steht da.

Im Moment führt Jones. Und im Moment fährt Jones mit Basti nach Nürnberg. Vier Stiche – oder zwei Herzstiche, die doppelt zählen – reichen ihm dazu.

Rein technisch macht es keinen großen Unterschied, wer von uns beiden mitfährt, da Jones und ich ungefähr in der gleichen Gewichtsklasse kämpfen. Für die Kurvenlage der Zündapp spielt es also keine Rolle, wer von uns beiden sich bei Basti hinten drauf setzen wird.

Ich bin von Natur aus kein Bescheißer, aber ich muss an dieser Stelle die Notbremse des Mopeds ziehen, das die beiden nach Nürnberg transportieren soll. Und der Zufall ist auf meiner Seite. In der Spiegelkugel über Jones' Kopf erkenne ich ein paar deutliche Hinweise auf das Blatt in seiner Hand. Ich sehe zwar nicht, welche Karten er genau hat. Ich sehe aber, welche er *nicht* hat: Es ist keine einzige rote dabei.

„Herz Hand", sage ich an. Das heißt, es darf nicht getauscht werden und Herz ist Trumpf. Und Jones hat kein Herz. Mir reichen eine mickrige Herz-Acht, ein Bübchen – und das Pik-Ass für drei garantierte Stiche. Vielleicht vier. Mal zwei macht acht. Selbst wenn Jones einen Stich macht, reicht ihm das nicht. Ich muss nur vor ihm punkten. Ich gewinne das Spiel. Und den Soziusplatz auf Bastis Zündapp.

Sieben. **ALLE WEGE NACH ROM ODER SO**

Ich kenne die strengen Zulassungsvoraussetzungen meiner Eltern für Ausnahmegenehmigungen, was lange wegbleiben und weit wegfahren angeht. Und ich weiß, dass die Eckdaten

- mit einem Typen namens Basti
- nach Nürnberg
- auf einem Kleinkraftrad
- zu einem Rockkonzert

die Freigabe-Wahrscheinlichkeit nicht gerade erhöhen.

Also muss ich wohl die Parameter leicht verändern.

„Und wer geht noch auf diese Exkursion mit?“, will meine Mom wissen.

„Nur Jones und ich“, lüge ich wie gedruckt. „Wir haben uns in Geschichte dieses Referat über den Limes ausgesucht.“

„Der römische Grenzwall bei Aalen“, weiß Dad dazu und wenigstens stammt damit dieser Teil später vor Gericht nicht von mir.

„Ich könnte euch hinfahren“, bietet Dad wohlwollend an.

„Nö, wir fahren mit dem Zug“, lüge ich Lüge Nummer drei. Und weil's gerade so gut läuft füge ich hinzu: „Wir übernachten dann bei Carla, der Tante von Jones“.

Carla aus Caracas! Herzlichen Glückwunsch, Marc, denke ich mir. Im Referat zum Thema Wahrheit verbiegen hast du dir gerade wirklich eine Eins bis Zwei verdient. Wenigstens ist Aalen auf halbem Weg nach Nürnberg, beruhige ich mich. Als ob die Übereinstimmung der Himmelsrichtung die Unwahrheit ein bisschen wahrer macht. Vielleicht könnte Basti ja auf halber Strecke in Aalen halten und wir kaufen einen Alibi-Souvenir-Artikel.

Mit dem Okay meiner Eltern bekomme ich gleichzeitig Magenkrämpfe. Und beides muss ich erstmal in meinem Zimmer auskurieren. Im Haus gegenüber sehe ich hinter dem Vorhang die Silhouette von Jones. Ich werde ihn einweihen müssen. Verbrechen braucht Mitwisser. Das Risiko ist hoch, aber der Einsatz ist es auch.

Dass meine Eltern mir jedes Wort glauben, muss daran liegen, dass ich ihnen bisher keinen Grund gegeben habe, es nicht zu tun. Genau genommen habe ich sie gerade das allererste Mal richtig belogen. Mir wird schlecht. So wie mir vom ersten Mal rauchen schlecht wurde. Notiz an mich selber: Alles, was ich zum ersten Mal mache, macht, dass mir schlecht wird. Das werde ich mir auch für das erste Mal Sex merken müssen.

Ich fühle mich schäbig, hinterlistig und billig. Lügen scheint mir nicht zu bekommen, und notlügen macht es auch nicht besser. Obwohl ich nicht mal sicher bin, ob das eine Notlüge war. Schließlich war ich in keiner ernsten Gefahr. Außer der, ein Konzert meiner abso(!)-abso(!!)-absoluten(!!!) Lieblingsband zu verpassen.

„Das ist eine verdammt ernste Gefahr", sagt Angus.

„Halt's Maul, Poster", antworte ich unwirsch.

„Du hast alles richtig gemacht. Kein Grund für ein schlechtes Gewissen", beschwichtigt er mich.

„Wieso sollte ich dir glauben? Du hast zwei Teufelshörner auf dem Kopf und einen Teufelsschwanz in der Hand."

„Alles nur ein Promo-Gag der Plattenfirma", antwortet Angus.

„Ich will Bon sprechen", verlange ich.

„Bon ist nicht da. Der bumst ein Groupie namens Ines", sagt Angus und nach einer kurzen Pause: „Du und ich, wir müssen uns treffen, Marc."

„Warum zum Teufel denn Nürnberg? Du kannst doch auch nach Stuttgart kommen."

„Da war ich vor zwei Jahren", sagt Angus, „da war es scheiße. In einer kleinen Konzerthalle namens Gustav-Siegle-Haus mussten wir spielen. Und euer örtlicher Veranstalter hat uns als »Punkrock aus Australien« angekündigt."

„Punk, pftttt!", meine ich grinsend.

„Hat mich jemand gerufen?", mischt sich Basti – auf einer rotierenden Spiegelkugel sitzend – ein.

Jetzt reicht's.

„Ich muss auflegen", sage ich bestimmt.

„Cheers Mate“, antwortet Angus in breitestem Australisch. Er trägt ein T-Shirt mit der Aufschrift »I love Limes« und beginnt die Akkorde von »Down Payment Blues« zu spielen. Mein Lieblingsriff.

Kann man eigentlich einen noch größeren Scheiß träumen?

Für unsere Fahrt nach Nürnberg schneide ich mir vorsorglich auch die Ärmel meiner Jeansjacke ab. Die Botschaft steht schließlich auf dem Rücken. Allerdings stellt sich heraus, dass eine Choppe ohne dazugehörige Lederjacke darunter nicht die allerallerbeste Funktionskleidung für 194 Kilometer Landstraße ist. Unsicher, ob ich mich an Basti festhalten darf, kann oder vielleicht sogar muss, entscheide ich mich für ein unverfängliches Freihändigfahren.

Als wir am späten Nachmittag in Nürnberg ankommen, spüre ich meine Arme nicht mehr.

Wir warten. Und warten. Und warten vor der Halle. Worauf genau, verstehe ich zunächst nicht, aber wenn Basti rauchend wartet, dann warte ich eben auch. Und rauche. Wir sind nicht die einzigen, die in diese Halle auf dieses Konzert wollen. Mit uns warten gut 50 andere. Aber keiner scheint offizielles Mitglied eines AC/DC Fanclubs zu sein.

Es stinkt nach Pisse.

Die Tatsache, dass es Headbangerpisse ist, macht es nicht besser.

Das handgeschriebene Schild an der Halle gefällt mir nicht. »Sold out«. Bei Queen habe ich mich darauf verlassen, dass sich Karl um Karten kümmert. Und ich war bis gerade eben sicher, dass die Formel »Der Ältere besorgt die Tickets« auch hier gilt. Mistaberauch. Wir haben es zwar bis hierher geschafft. Aber jetzt gilt es, die wichtigste Hürde zu nehmen. Wir müssen da rein. Und das möglichst, bevor alle anderen die gleiche Idee haben.

Technisch gesehen gibt es mehrere Möglichkeiten, in ein ausverkauftes Konzert zu kommen, erklärt mir Basti und versucht mich damit ein bisschen zu beruhigen.

Da wir auf die Erfindung von eBay noch lange warten können – 14 Jahre ab jetzt, also ungefähr noch mal so lange, wie ich jetzt schon auf der Welt bin – brauchen wir bessere Alternativen.

Möglichkeit 1: Man wartet vor dem Konzert. Risikofaktor: hoch. Denn man wartet auf einen Glücksfall. Darauf, dass irgendjemand krank geworden ist oder unabkömmlich. Auf diesem Weg eine Karte zu ergattern, ist schwierig, auf diesem Weg zwei Karten zu bekommen, fast unmöglich.

Möglichkeit 2: Man kennt jemanden. Oder jemanden, der jemanden kennt. Einen lokalen Veranstalter, einen Tourmanager, ein Mitglied der Roadcrew. Jemand zu kennen ist der einzige Weg auf die Gästeliste. Aber wer sollte uns hier in Nürnberg kennen? Oder wen wir?

Dann wäre da noch Gästelistenschmuggel für Fortgeschrittene. Für Möglichkeit 3 muss man zu zweit sein. Einer geht zur Abendkasse mit dem kleinen Guckfensterchen und behauptet, er stehe auf der Gästeliste. Er murmelt einen unverständlichen Namen wie »John Smithenthenlessnessthess«. Und während der Abendkassen-Fuzzi die Gästeliste suchend durchforstet, versucht man einen Blick auf einen echten Namen zu erhaschen. Dann geht der zweite an die gleiche Kasse, verwendet den erhaschten Namen und ist »Pit Wagner vom Musik Express – ich stehe plus eins auf der Liste«. Dazu allerdings muss einer gut spickeln und der andere gut lügen können. Mein Magen meldet sich wieder bei dieser Vorstellung.

Möglichkeit 4: Der Klotrick. Beim Klotrick muss man früh genug an der Halle sein. Sind wir. Lange vor dem Soundcheck. Während die Roadcrew das Equipment für den Abend aus den Trucks in die Halle bringt, wartet man auf den perfekten Moment. Dann schleicht man sich in die Halle und geht aufs Klo. Aber man geht natürlich nicht aufs Herrenklo. Denn wo pinkelt die Roadcrew? Genau, bei den Männern. Nein, man schleicht sich aufs Damenklo und wartet dort. Und wartet und wartet und wartet. Bis die Leute in die Halle gelassen werden und die erste Dame auf dem Klo erscheint.

Basti und ich sitzen Kabine an Kabine und warten und warten und warten. Dazwischen rauchen wir.

Es ist Nachmittag, und da Basti sie von sich aus noch nicht erwähnt hat, frage ich ihn lieber nicht nach seinen 16-Uhr-Punkern. Ich frage ihn lieber mal vorsichtig nach seinen Eltern. Und erfahre, dass beide

SACH!
BEARBEITER!
und
FACH!
VERWALTUNGS!
ANGESTELLTE!
im
ÖFFENTLICHEN!
DIENST!
bei der
POST!
BEAMTEN!
KRANKEN!
KASSE!
sind.

Bei jedem Wort zucke ich zusammen. Die ganze Spießigkeit bohrt sich in mich und verursacht Schmerzen und den Drang, sofort auszubrechen. Die Flügel zu spannen, abzuheben, wegzufliegen an einen Ort, an dem es solche Berufsbilder nicht gibt.

Wer solche Eltern hat, der braucht keine Lehrer, denke ich mir, ohne es laut auszusprechen. Und: Kein Wunder, dass der Bub sich Punker sucht.

„Und Du so?“, fragt mich Basti nach einer langen Pause.

„Und ich so“, antworte ich, „ein normaler Typ aus einer normalen Familie.“

„Und was willst du mal machen?“

„Wie machen?“

In diesem Moment hören wir trampelnde Schritte und aufgeregte Stimmen. Einlass 19.00 Uhr. Beginn 20.00 Uhr.

Es gibt keine Vorgruppe, keine Ansagen, kein Piano und keine Balladen. AC/DC haben weder Trockeneisnebel dabei, noch legen sie einen gesteigerten Wert auf großes Lightshow-Brimborium. Es wirkt, als ob die Band nicht in Nürnberg zu Gast ist, sondern als ob die

Nürnberger und wir zwei Stuttgarter sie in ihrem Proberaum besuchen dürfen. Es ist laut und stickig und alle rauchen. Auf der Bühne und vor der Bühne. Es ist laut und stickig und alle schwitzen. Auf der Bühne und vor der Bühne. Es ist laut und stickig und alle grölen AC/DC-Songs. Auf der Bühne und vor der Bühne.

LIVE WIRE
SHOT DOWN IN FLAMES
HELL AIN'T A BAD PLACE TO BE
SIN CITY
PROBLEM CHILD
BAD BOY BOOGIE
THE JACK
HIGHWAY TO HELL
GIRLS GOT RHYTHM
HIGH VOLTAGE
WHOLE LOTTA ROSIE
ROCKER
IF YOU WANT BLOOD (YOU'VE GOT IT)
und
LET THERE BE ROCK

lassen mich den FACHVERWALTUNGSBEAMTENPOSTKRANKEN-DIENSTKASSEN-Schock ganz schnell wieder vergessen.

Bon Scott steht da oben und trägt eine Choppe – wir platzen vor Stolz. Und als er sie nach »Hell ain't a bad place to be« auszieht, da machen auch Basti und ich uns oben rum frei. Schwuli oder nicht – ist doch jetzt scheißegal. Wir zwei wollen wie Bon sein. Und am liebsten wollen wir Angus auch bei seinem Solo zu »Whole Lotta Rosie« auf unseren Schultern tragen, weil er der größte ist. So wie Bon es tut.

Basti und ich flippen gemeinsam aus, als Angus sich zu den Klängen von »Bad Boy Boogie« seines Cordsamtanzugs entledigt, Stück für Stück das Ablegen jedes Kleidungsstückes zelebriert und es diabolisch genießt, dass ein paar junge Frauen, aber vor allem lauter junge

Männer darüber in eine Hysterie geraten, als sei Angus eben kein 1,54 Meter kleiner Australier, sondern eine 1,80 große Schwedin.

Als er sich schließlich zu »If you want blood, you got it« beim nicht enden wollenden Gitarrensolo auf den Boden wirft, wie ein zorniges, trotziges Kind, das im Nanz-Supermarkt an der Kasse keinen Bazooka-Kaugummi von der Mama bekommt, da weiß ich, dass ich die Ärmel meiner Jacke nicht einfach abgeschnitten habe. Ich habe sie geopfert – einem tieferen Sinn und einer höheren Macht. Zwei Drittel des AC/DC Fanclubs Stuttgart fahren an diesem Abend sehr sehr zufrieden nach Hause. Dem dritten Drittel bringe ich als kleine Entschädigung für das verlorene »Zwanzig ab«-Duell und das verpasste Konzert noch ein Tour-T-Shirt mit.

Als Basti mich nach unserer eigenen kleinen Tour zu Hause absetzt, versuche ich beim Aufschließen der Tür gebildeter auszusehen als bei meiner Abfahrt.

Aber dafür ist es schon zu spät. Jones hat gestern Abend die Straße überquert. Und war bei meinen Eltern. Ausgerechnet gestern Abend, als ich „zusammen mit ihm nach einem langen Limes-Tag so erschöpft bei Tante Carla auf die Gästecouch gefallen bin, dass ich meine Eltern nicht mehr anrufen konnte". Ausgerechnet gestern braucht er plötzlich seine »High Voltage« zurück. Das in seinen Augen schlechteste AC/DC Album.

Das Tour-Shirt bekommt er nicht!

Meine Eltern, die mich noch nie richtig bestraft haben, müssen das wohl nun an dieser Stelle tun. Ob sie wollen oder nicht. Eine Notlüge bringt sie in eine Notlage. Ich musste schwindeln – sie müssen das ahnden. Keinem von uns dreien gefällt seine Rolle. Als Mom und Dad nach kurzer Beratung das Strafmaß verkünden, muss ich still und heimlich in mich rein grinsen. Zum Glück sehen sie es nicht. Zum Glück schlagen sie mich nicht. Jetzt jedenfalls wäre ein guter Zeitpunkt dafür. Ich bekomme eine Art Hausarrest. Und ich bekomme „Musikverbot!"

Musikverbot! Das trauen sie sich nie. Die kompliziert verkabelte Anlage abzuschrauben. Mom geht davon aus, dass sie davon – wie auch vom Putzen meiner Anlage – einen elektrischen Schlag bekommt. Und Dad ist Dad. Das macht der nie.

Allerdings habe ich meine beiden Chefankläger gehörig unterschätzt. Sie lassen mir die Anlage. Aber sie nehmen mir die Musik. Sämtliche Platten werden im Hobbyraum weggeschlossen. Sie lassen mir nur eine einzige Cassette da: »Études Françaises – cours de base, deux«. Die Autoreverse-Funktion des Nakamichi-Tapedecks leistet zwei Wochen lang ganze Arbeit bei der Frage, was genau *Monsieur Leroc* in seinen gottverfluchten *camion* geladen hat, *après avoir passée quinze ans en Amérique.* Wieder und wieder und wieder.

Acht. **DIE ZEIT ZWISCHEN ZWEI REGEN-SCHAUERN, VON METEOROLOGEN SONNENSCHEIN GENANNT**

Merke Marc: Wenn du versuchst, deinen Ärger zu unterdrücken, wird er nicht besser. Dann wird aus Ärger Zorn, aus Zorn Wut, aus Wut Aggressivität und aus Aggressivität Lust. Die Lust, irgendetwas kaputt zu schlagen.

Ich bin stinkesauer auf Jones. Schließlich hat er mich auffliegen lassen, absichtlich oder nicht. Gleichzeitig vermisse ich den Kerl, einen Steinwurf von mir entfernt. Ich schaue rüber und bilde mir ein, am Rhythmus seiner drei Lichtorgel-Spots erkennen zu können, welches Lied Jones gerade hört. Nur mithören darf ich nicht. Und mit ihm reden auch nicht. Wir sehen uns in der Schule. Nach der Schule dürfen wir uns nicht sehen. Die Strafe sitzt!

Dass mir Mom und Dad Jones-Verbot erteilt haben, kapiere ich von allen Strafmaßnahmen am wenigsten. Aber ich bin ja auch nicht meine Eltern. Jones hat genau genommen nichts getan, außer die Wahrheit zu sagen. Und zur falschen Zeit an der falschen Haustür zu klingeln. Ich persönlich würde mir den Umgang mit so einem aufrichtigen Menschen eher verordnen als verbieten.

In mir ist ein Gefühl, als hätte man mir aus dem Bauch etwas rausgerissen, was dort fest hingehört. Wie ein Organ, das der Körper nicht zum Funktionieren braucht – die Seele aber schon. Die Sehnsucht, diesen Zustand ganz schnell zu verändern, ist unheimlich groß. Am meisten hungere ich nach dem Zusammen-Musik-Hören.

Am zweitmeisten fehlt mir das neue Rauchen. Ich scheine mich also schon dran gewöhnt zu haben. Aber wenn mich Mom oder Dad jetzt auch noch mit einer Zigarette erwischen würden, gäbe das richtig Stunk. Stunk de Luxe. Das kann und ich will ich mir nicht antun.

Meine Freunde, meine Musik, mein Rauchen. Ich hätte sie so gerne, hab sie aber nicht. Mir geht es beschissen. Ich kann nur hoffen, dass das jetzt nicht schon Entzugserscheinungen sind. Vielleicht ist es aber auch nur wie nach dem Schullandheim: Wenn man eine kurze, aber intensive Zeit mit einem oder mehreren Menschen auf engstem Raum verbringt und dann nach Hause kommt, dann geistern einem all die Sprüche und die Situationen durch den Kopf. Man fühlt sich total verbunden und gleichzeitig in dieser Verbundenheit vollkommen entrissen. Weil sie nicht mehr da ist, diese Situation. Weil sie nur noch theoretisch da ist. Als Erinnerung. Und diese Erinnerung tut dann weh und drückt zusätzlich auf die Stelle, die sowieso schon schmerzt.

Mir bleibt nichts. Außer es auszuhalten und abzuwarten, dass es vorbeigeht.

Als Mom und Dad nach einigen Tagen die Fußfesseln etwas lockern, darf ich zumindest mal wieder ins Jugendhaus. Ich bin so ausgehungert nach Musik, dass ich mich sogar freue, dass dort »Born to be alive« läuft, der große/einzige/total bescheuerte Hit von Patrick Hernandez (Unzutreffendes streichen; mehrere Antworten möglich). Ich überlege sogar kurz, zu Sacred Far in den Proberaum runterzugehen, nur um in die Nähe einer verzerrten Gitarre zu kommen.

„Wo ist Jones?“, frage ich Basti, als würde ein vertrauter Einrichtungsgegenstand nicht mehr an seinem Platz stehen.

„Nebenan im Wienerwald“.

„Was essen?“, will ich wissen.

„Eher was trinken“, antwortet Basti und kickert sich weiter zur nächsten Cola.

Ich verstehe nicht ganz. Was will er denn im Wienerwald trinken? Die Cola ist dreimal so teuer wie hier bei Sozialarbeiterbernd an der Jugendhaustheke. Der nimmt mich zur Seite und sagt: „Im Vertrauen, Marc: Pass mal ’n bisschen auf deinen Kumpel Jones auf.“

„Okay“, antworte ich verstört.

„Der gefällt mir gar nicht“, ergänzt Sozialarbeiterbernd.

„Ja mir gefällt er auch nicht. Aber ich will ja auch nicht mit ihm knutschen. Ich will nur wissen, wo er ist.“

Und auch Sozialarbeiterbernd verweist mich auf „nebenan vermutlich.“

Nebenan, nebenan, was ist nur plötzlich nebenan? Da war bisher doch nix.

Der Wienerwald, kurz WieWa, ist unser offizieller Hoflieferant für ziemlich gute Pommes und ziemlich schlechte Burger, die mit ihrem Labberbrötchen und ihrer rosa Cocktailsauce die Bezeichnung Burger eigentlich gar nicht verdient haben, weil sie so gut wie nichts mit dem gleichnamigen Angebot von Udo Snack gemeinsam haben. Dazu gibt's im WieWa die berüchtigten halben Hähnchen. Ansonsten verfügt der Wienerwald mit seinen beiden dauerdudelnden Merkur-Geldspielautomaten definitiv über das schlechtere und kostspieligere Unterhaltungsprogramm, verglichen mit dem Jugendhaus. Es gibt also eigentlich keinen Grund „nach nebenan" zu gehen.

Jones sitzt dort alleine an einem Holztisch. Vor ihm steht ein großes Glas Bier. Das Glas ist leer und soweit ich das beurteilen kann, ist Jones voll.

Er schaut mich beglimmert an und grinst. „Hi, auch mal wieder in der Freiheit?"

Ich finde nicht, dass ausgerechnet er darüber blöde Witze machen sollte. Trotzdem setze ich mich widerwillig zu ihm. Wie er da so hockt, sieht er aus wie ein Erwachsener. Er stinkt nach Bier wie ein Erwachsener.

Und er benimmt sich wie ein kleines Kind: „Wo hast du denn deinen Basti gelassen?"

Ich bestelle mir eine kleine Pommes, damit ich überhaupt einen Grund habe, hier zu sein. Denn Jones ist in diesem Zustand keiner. Lange halte ich das nicht aus. Ich muss wieder rüber.

Dort frage ich in meiner Verzweiflung Basti, ob wir ein bisschen zu ihm gehen können.

Er schaut mich ganz erschrocken an: „Du bist doch nicht etwa ein Schwuli?"

Ich weiß nicht, was daran schwuli sein soll, wenn man das dringende Bedürfnis hat, Musik zu hören und versichere ihm, dass ich nichts von ihm will. Nicht mal einen Keks. Ich will nur irgendwo sein, wo ich laut AC/DC hören kann.

Bei Basti sieht es gar nicht aus, wie ich dachte, dass es bei Basti aussieht. Dass er Hard Rock hört, sieht man seinem kleinen Zimmer nicht an. Die Wände sind weiß – so als würde er gar nichts hören. Vielleicht hat er auch nur eine Poster-Allergie.

Auch der Rest des Raumes verstört mich leicht. Ich komme mir vor, als seien wir nicht am Europaplatz im Fasanenhof, sondern mitten in der Abteilung Jugendzimmereinrichtungen bei Möbel-Mammut-Beck. Das Zimmer ist wie aus dem Katalog, aus einem Guss, aus einem Holz geschnitzt. Wobei das Holz ein Laminat ist. Bett, Schrank und Schreibtisch sind aus der gleichen Kollektion und gehen nahtlos ineinander über. Man weiß gar nicht, wo das Bett aufhört und der Schrank beginnt. Als hätten wir uns im Zimmer seiner kleinen Schwester verlaufen. Aber Basti ist Einzelkind und lebt in einem Raum, aus dem er längst herausgewachsen ist. Außerdem sehe ich weit und breit keinen Plattenspieler. Basti hört Cassette. Wir hören Cassetten.

Von mir aus könnten wir allerdings auch Grammophon oder Tonband hören – im Moment bin ich einfach nur gottfroh, überhaupt Rockmusik zu bekommen. Blöd nur, dass wir unsere Lautstärke anpassen müssen. Bastis Eltern sind auch zu Hause. Wieso eigentlich am helllichten Nachmittag? denke ich mir. Und als hätten sich Mama Weckerle und Bon Scott abgesprochen, klopft es zum Schlussrefrain von »Bad Boy Boogie« erschreckend rhythmisch an Bastis Möbelhausjugendzimmertür. Dadurch fällt mir auf, dass dort von innen eine Garderobe hingeschraubt ist. Aus der selben Kollektion wie der Rest, versteht sich.

Eine kleine dicke Frau steckt ihren großen dicken Kopf in Bastis Zimmer und fragt freundlich, ob ich zum Kaffee bleibe. Bleibe ich. Aber wer ist das? So wie das Zimmer nicht aussieht wie Bastis Zimmer sieht diese Frau nicht aus wie Bastis Mutter. Ihr Teint ist zu rosig, ihre Statur zu klein, die Frau ist zu dick, und die Haare sind zu glatt. Ich sehe schon, wir brauchen hier einen Mutterschaftstest.

Statt AC & DC also Kaffee & Kuchen mit Familie Weckerle nebenan. Auch hier ist alles anders. Ganz anders als bei uns. Und ganz anders als ich es mir vorgestellt habe. Wir sitzen zusammen in einem Wohnzimmer, das aus dem gleichen Möbelhaus mit der gleichen Lieferung kam.

Hier allerdings in der Erwachsenen-Version. Alles ist an seinem Platz: die Schrankwand, die Couchgarnitur, der Esstisch, der Fernsehsessel und Bastis Vater Heinz. Er ist das genaue Gegenteil seiner Frau. Lang, schlaksig, stumm und nicht rosa. Ich schaue die beiden genau an. So genau man das zwischen Kaffee und Kuchen verstohlen tun kann.

Der Kuchen ist lecker, der Kaffee stark. Bei Mama Weckerle traue ich mich weder die Bärenmarke Kondensmilch abzulehnen, noch Stopp zu sagen, während sie mir ein drittes Stück Bienenstich auftut. Backen kann diese Frau, wer immer das auch ist.

Andererseits: Wenn man Bastis dürren Vater mit Bastis dicker Mutter kreuzt, könnte dabei schon Basti rauskommen, versuche ich das biologische Rätsel für mich für diesen Moment zu lösen.

Geredet wird wenig bei Weckerles, dafür geschaut. – Mit dem Beginn des Fernsehprogramms, Punkt 16 Uhr 30, stellt Bastis Vater das Grundig TV-Gerät an. Wir schauen gemeinsam die »Tagesschau«. Ich verstehe nur Cap Anamur. Aber nicht, wer das ist und wenn ja, wieso er in den Nachrichten ist. Trotzdem ist es irgendwie gemütlich hier. Ich bleibe bis »Timm Thaler« vorbei ist und vergesse ganz, warum ich überhaupt hergekommen war (Rock and Roll) und wie lange ich mit meinen immer noch geltenden Restriktionen hätte bleiben dürfen (17.00 Uhr). Ich überlege kurz, überhaupt nicht mehr nach Hause zu gehen, sondern mich von den Weckerles adoptieren zu lassen und mit einer neuen Identität am Fasanenhof unterzutauchen. Aber die Einrichtung flößt mir Angst ein.

Als ich im 72er Bus nach Hause sitze, habe ich weniger Sorge um die Strafe, die mich wegen Zuspätkommens erwartet. Ein besseres Alibi als Bienenstich in Gesellschaft einer intakten Familie kann es nicht geben. Ich frage mich eher, wie das weitergehen soll – und einen kurzen Moment, ob ich nicht vielleicht doch ein Schwuli bin. Nein, das bin ich nicht, da bin ich mir sicher. Trotzdem komisch, beruhigend und beunruhigend gleichzeitig, dass mir Basti so nahesteht. Dass ich mich verstanden fühle. Es ist verwirrend, wenn man merkt, nur 90 % ich zu sein und vielleicht 10 % Basti. Andererseits ist es kein gutes Gefühl festzustellen, nur 10 % Basti zu sein – und zu 90 % eben nicht.

Neun. **GURU FRED UND DIE NEIGUNG ZUR SPÄTEHE**

Kurze Zeit später soll unsere kleine Fangemeinde zweifachen Zuwachs bekommen. Das erste neue Mitglied hat sich schon auf dem Konzert in Nürnberg angekündigt. Es ist aus Vinyl, heißt »Highway to hell« und ist zwölf Inch groß. Das zweite neue Mitglied ist aus Fleisch und Blut, heißt Fred und ist nur unwesentlich größer.

Mittlerweile habe ich meine Strafe abgesessen und Jones seinen Rausch ausgeschlafen. Wieder und wieder. Unberechenbar wie Jones selbst, ist jetzt allerdings auch sein Pendeln zwischen Jugendhaus und Wienerwald geworden. Manchmal geht er vom Jugendhaus in den Wienerwald – in umgekehrter Richtung funktioniert das nicht. Denn Sozialarbeiterbernd lässt ihn mit einer Bierfahne nicht rein. Schätzungsweise schnüffelt im Wienerwald aber niemand an ihm, ob er nach Jugendhaus riecht. Jones' Aufenthaltsorte wechseln ständig – und im Moment sind wir dran.

Damit ist der AC/DC Fanclub Stuttgart also gerade vollzählig und mehrheitsbeschlussfähig als Basti fragt, ob es okay ist, wenn er mal einen Kumpel namens Fred mitbringt. Fred sei derjenige ... ihr wisst schon ... nein wissen wir nicht ... der hier überall die ganzen T's an den Sacred Far Schriftzug gemalt hat ... aber nicht weitersagen ...

Ich finde, Basti kann mitbringen, wen er will, denn dies ist ein öffentliches und noch dazu städtisches Jugendhaus. Aber ich sehe ihm an, dass Basti mit mitbringen eher „zu uns mitbringen", „wir reden mit dem Typen", „lassen ihn an unseren Gesprächen teilhaben, finden ihn sympathisch und sind sofort Freunde" meint.

Weil Bastis Anfrage aber eher eine Ansage ist, die er ohne auf eine Reaktion von uns zu warten selber mit den Worten „Ich muss los. Zu meinen Punkern" beantwortet, bleibt Jones und mir nichts anderes übrig, als gespannt zu sein, wer oder was da auf uns zukommt. Wir rechnen mit dem Schlimmsten. Sogar mit einem Punker. Aber wir haben nicht mit Fred gerechnet.

Denn der Typ, den uns Basti am Tag darauf vorstellt, ist das Gegenteil von einem Punker. Fred ist ein Popper. Ich bin fassungslos und muss ihn unentwegt anstarren. Doch das »Wer zuerst wegguckt, hat verloren«-Spiel gewinnt Fred. Ich sehe seinem Stechblick an, dass auch Jones und ich nicht unbedingt seiner Erwartungshaltung entsprechen. Kein schönes Bild, wie wir vier da so stehen und lehnen. Basti hat nach einer kurzen Anmoderation „Jungs: das ist Fred – Fred: das sind die Jungs“ die Rolle des Vermittlers auch gleich wieder aufgegeben.

Fred heißt nicht nur wie ein Fred, er sieht auch aus wie einer. Und er bringt die perfekte Steilvorlage für Namensspäße mit. Noch besser zu hänseln wäre er nur, wenn ihn seine Eltern tatsächlich Hänsel genannt hätten – und wir ihn jetzt mit Hänsel hänseln könnten. Aber auch Fred ist als Name auf jeden Fall schon mal in den Top 3 der Hänsel-Charts.

Jones und ich versuchen die unterkühlte Stimmung zwischen uns ein wenig aufzulockern, das Eis zu brechen, ein bisschen den Saal vorzuheizen mit ein paar guten Jokes, über die alle lachen können. Alle außer Fred.

„*I'm not afraid* {engl.}, ich bin kein Fred“, sagt Jones.

Ich werf mich weg. Wie witzig.

„*I'm not afraid of love* {engl.}, ich bin kein Fred der Liebe“, kontere ich und breche fast zusammen.

„*What are you afraid of?* {engl.}, und wovon bist du ein Fred?“, schmettert Jones den Ping-Pong-Witz zurück und jetzt kriegt sich auch Basti nicht mehr ein.

Fred kann das alles erstaunlich gut wegstecken. Vielleicht auch, weil es ihn im Gegenzug in eine Art Faradayischen Käfig setzt. Denn er hat selber eine ganz schön große Fresse. Dass er die bisher nicht poliert bekommen hat, grenzt sozial und physikalisch an ein kleines Wunder. So dass er auf der einen Seite einen unsichtbaren Schutz genießt und andererseits genau für sich weiß: Je mehr man einstecken kann, desto mehr darf man auch austeilen. Es ist eine hauchdünne Kante, auf der sich Fred bewegt.

Darüberhinaus hat Fred zwei echte Handicaps: seine Frisur und ein Mokick. Gut, das Mokick hat ihm jemand geschenkt. Aber die Popperfrisur, die hat ihm jemand geschnitten. Jemand, der Haareschneiden professionell betreibt und dem Fred dafür Geld bezahlt hat. Eine Friseurfachkraft, der Fred wohl ein Foto von einem anderen Popper vorgelegt hat und sagte: „So ähnlich." Freiwillig und ohne Not!

Man darf das nicht unterschätzen: eine Popperfrisur ist nicht nur ein Haarschnitt. Eine Popperfrisur ist eine Aussage. Sie sagt Dinge wie:

Ich bin ein Popper.

Ich höre Poppermusik (und keine Rockmusik).

Ich tanze wie ein Popper (und der wirklich unglaubliche Teil daran ist: ich TANZE!)

Unter meiner Popperjacke von Chevignon trage ich ein Poppershirt von Lacoste.

Lieber als auf einer gewöhnlichen Schule wäre ich auf einem Internat mit den anderen Poppern.

Eine Popperfrisur drückt aus, dass jemand gerne Popper ist. Sie ist mehr als ein Accessoire, das man abends wieder ablegen kann wie einen Nietengürtel. Fred geht mit einer Popperfrisur abends ins Bett und wacht mit ihr morgens wieder auf. Frisur hat man, nicht fürs Leben, aber für eine gewisse Zeit.

Während Basti, Jones und ich vorhaben, auf unseren Köpfen eine Langhaarmatte zu züchten, die uns nicht nur für den Fanclub, sondern gleich für die Band qualifiziert, trägt Fred das Gegenteil. Lange Haare sind Rock and Roll. Kurze Haare sind nicht-ganz-so-Rock-and-Roll. Aber Popperhaare sind ein ganz anderes Musikereignis auf dem Kopf.

Was also will Fred hier? Von uns? Mit uns? Bei uns?

„Neigung zur Spätehe", kommt es aus dem Poppermündchen. Das schmale Gesicht lässt ihn noch frediger als unbedingt nötig aussehen.

„Was?", fragen Jones, Basti und ich wie drei perfekt synchronisierte Tonspuren zeitgleich.

„Neigung zur Spätehe“, wiederholt Fred das Unverständliche.

Wovon redet der Typ?, denke ich mir.

„Wovon redest du?“, fragt ihn Jones.

„Neigung zur verdammten Spätehe – hat eine Wahrsagerin mal Bon Scott aus der Hand gelesen. Worauf Bon Scott den Text zu »Can I sit next to you girl?« geschrieben hat.“

„Idiot!“

„Ich oder Bon?“

„Du! Mit deinem Gelaber“, fahre ich Fred an. „Was soll der Scheiß?“

Der Scheiß soll, dass hier ein kleiner Hahnenkampf der Alphatierchen stattfindet. Ich weiß nicht warum, aber Fred hat mit dem verbalen Rumschubsen angefangen. Und ich lass mich nicht schubsen. Nicht stauchen. Nicht kneifen. Nicht Haareziehen. Und auch keine Brennnessel am Unterarm machen, indem mir jemand dort die Haut verdreht.

„Wisst ihr, was Bon Scott mal über fette Frauen gesagt hat?“, tritt Fred nach.

Wir drei schauen ihn an. Ratlos. Ahnungslos. Und definitiv bocklos. Bon Scott sagt und singt viel über schöne Frauen. Was er ausgerechnet über die fetten denken soll: keine Ahnung. Fred suhlt sich förmlich in der Pause, die unser Unwissen blank liegen lässt.

Und genauso genüsslich belehrt uns Fred. Präzise, als hätte er das Timing von Frage – Pause – Auflösung gestoppt und geprobt.

„Bon liebt fette Frauen. Er sagt, wenn man nach dem Bumsen auf ihnen einpennt, ist es wie auf einem Wasserbett.“

Jones muss lachen. Ich muss es mir verkneifen. Das hier ist zu ernst.

„Was soll der Scheiß?“, wiederhole ich mich.

„Was soll euer Scheiß?“, kontert Fred „ihr schreibt euch mit Filzstift …“

„Mit Edding!“, korrigiere ich ihn.

„… ihr schreibt euch mit Edding-Filzstift den Namen einer der geilsten Bands der Welt auf den Rücken. Und habt keine Ahnung. Außer welche Single aus einem Album wie »Powerage« ausgekoppelt wurde?“

„Rock 'n' Roll Damnation", tritt Jones voll in Freds kleine Falle.

„Genau das meine ich", sagt Fred und schaut dabei Basti an.

Basti und Fred scheinen sich irgendwie verschworen zu haben. Der Popper und der Punkerfreund. Nicht nur, weil Basti uns Fred mitgebracht hat wie ein Geschenk, das wir nicht wollen. Und auch nicht nur, weil beide vom Fasanenhof kommen und ihre Eltern quasi Tür an Tür leben. So wie Jones und ich. Seine Mutter und meine Eltern. Irgendwas verbindet die beiden noch. Fred jedenfalls schont Basti mit seiner Kritik.

Die Ansprache richtet sich nur an Jones und an mich: „Wenn ihr zwei die Band wirklich cool findet, wie kommt es, dass ihr nichts über sie wisst?"

Das können wir nicht auf uns sitzen lassen.

„Wir wissen alles über diese Scheiß-Band!"

„Ach ja? Wo ist Bon Scott geboren?"

„Austra..."

„Schottland!", bringt uns Fred bei, „in einem Ort namens Kirriemuir."

Wir werden im Diercke nachschauen müssen, ob Fred lügt.

Frag mich, frag mich – springt es mir durch den Kopf. Frag mich, wer die Idee mit der Schuluniform für Angus hatte. Fast möchte ich strecken und schnipsen wie in der Schule.

Aber Freds fröhliches Fernsehquiz kennt kein Erbarmen. Hier kommt die Masterfrage: „Woher hat die Band ihren Namen?"

Ich weiß es, ich weiß es – steht in Bastis Gesicht. Genüsslich kaut er auf einer Mischung aus Antwort und Wrigleys »Juicy Fruit« rum und sagt dann: „Von der Rückseite eines Marshall Gitarrenverstärkers."

Falsch!!!

Wir erfahren von unserem neuen Musiklehrer Fred, dass die Brüder Angus und Malcolm Young den Begriff für Gleichstrom/Wechselstrom auf der alten Nähmaschine ihrer Schwester Margaret Young entdeckt haben.

„Kann ich euch noch eine Frage stellen?"

Mit einem Punktestand von null macht kein Spiel Spaß. Ich kapituliere vor der Klugscheißerei: „Ja, was?"

Diese letzte Frage hat's in sich. Und wir kennen alle drei die Antwort.

„Kann ich in Eurem Club mitmachen?“, will Fred wissen.

„Nein!“

„Klar!“

„Klar!“, höre ich uns nicht mehr ganz so synchron sagen und verstehe die Welt nicht zu 100 %. Fred hat uns auf eine psychologische Ja-Treppe geführt – wie ein Versicherungsvertreter:

Schon mal über Altersvorsorge nachgedacht? Ja.

Wollen Sie möglichst viel Zinsen? Ja.

Wollen Sie hier unterschreiben und bei der Signal versichert sein? Ja! Ja! Ja!

Kann ich in Eurem Club mitmachen? Ja! Ja! Ja! Bitte mach mit! Mit! Mit! Mit! Mit! Mit! Bitte sei unser Präsident. Bitte werde Fred, der Erste. Bitte sag uns, was wir tun sollen und was wir wissen müssen. Bitte führe uns, großer Guru Fred. Nicht in Versuchung. Aber wenigstens zum heiligen Gral des Musikwissens.

Wir haben uns von einem wandelnden AC/DC-Lexikon erst ausfragen, dann überrumpeln lassen. Wie aus einer schallgeschützen Kapsel beobachte ich, wie Basti Fred eine Cola zahlt. In Worten:

BASTI
ZAHLT
EINE
COLA.

Und noch mal in Superzeitlupe aus der Hintertorkamera: Basti erkickert sie sich nicht und er lässt sie sich auch nicht zahlen. Basti bezahlt sie selber. Und dann trinkt er sie nicht. Er spendiert sie Fred. Irgendwas verbindet die beiden, halte ich an meiner Verschwörungstheorie fest. Aus meiner Kapsel kann ich sehen, wie sich jetzt auch noch Jones dazu stellt und Fred auf die Jeansjackenschulter klopft. Diese verdammte Jacke ist eine Popperjacke. Sie ist nicht mal richtig ausgewaschen. Und Filzstift … jetzt sage ich auch schon Filzstift! … und Edding wird darauf beschissen aussehen.

Diese Stadt ist zu klein für uns beide, Bürschchen – denke ich und kneife die Augen Gary-Cooper-artig zusammen. So wie ich es im Fernsehen gesehen hab.

Aber Fred ist nicht nur der größere AC/DC-Kenner – er ist auch der bessere Cowboy: „Lass uns eine rauchen gehen“, sagt er, als sei ich in seiner Wildwest-Bande geduldet und nicht, als sei er gerade in meinem Fanclub aufgenommen worden.

„Lass uns eine rauchen gehen, komm.“

Der Nikotin-Trick hat schon zwischen Basti und mir funktioniert. Wahrscheinlich hat Basti ihn Fred verraten. Fasanenhof-Cowboys, alle beide!

„Ja, lass uns mal eine rauchen gehen.“

Zehn. **NIKOTIN-PHILOSOPHEN**

Mit Fred haben wir uns nicht nur ein neues Mitglied mit einem Mokick in unseren kleinen Kreis geholt – mit Fred ist auch ein Laster voll Laster vor dem Jugendhaus vorgefahren.

Fred randaliert (Stichwort: Sacred Far, Metastichwort: t).
Fred trinkt (Stichwort Lumumba, Metastichwort: Kakao mit Rum).
Fred rast (Stichwort: 65 km/h, Metastichwort: selbstfrisiert).
Fred raucht (Stichwort: Muratti Ambassador).

Randale widerspricht meiner Natur und vor dem Mittrinken konnte ich mich bislang mit einer vorgetäuschten Kakao-Intoleranz drücken. Im gleichen Maße wie ich vom Lumumba angewidert bin, ist Jones leider darauf angesprungen. Keine Ahnung, was sich besser miteinander verträgt: Wienerwald-Bier und Goldenes-Lamm-Lumumba oder Jones und Fred? Ich könnte nicht mal sagen, ob die beiden sich wirklich mögen. Aber sie verlassen hin und wieder unangekündigt unsere Runde und ziehen in die beiden Kneipen in Gehweite des Jugendhauses.

Auch beim Mitrasen bin ich so gut wie davon gekommen. Denn wenn das Jugendhaus zumacht, rast Fred in eine andere Richtung als ich. Nur gegen das Mitrauchen ist einfach kein Kraut gewachsen. Allerdings habe ich auch gar nicht erst versucht, mich zu wehren. Die meistgehörten Sätze von Fred sind „Ihr habt doch keine Ahnung" – wenn es um Musik geht. Und „Lass uns mal eine rauchen gehen" – wenn es um alles andere geht. Und es geht oft um alles andere. Öfters noch als um Musik. Meistens rauchen wir mehr als wir reden.

Machen wir uns also nichts vor: Ich bin jetzt Raucher. Wenn das Mom oder Dad erfahren, knallt's. Denen nämlich mache ich was vor. Ich bin nicht Junior-Raucher oder Gelegenheitsraucher sondern Richtigraucher. Das ist mehr als nur bei einem Blödsinn mitmachen. Außerdem kann ich es niemandem in die Schuhe schieben. „Fred hat angefangen" ist zwar chronologisch korrekt, aber als Ausrede ungeeignet. Was sollte ich denn sagen, wenn mich meine Eltern mit einer brennenden Zigarette in der Hand erwischen? Es ist nicht so wie ihr denkt ... ich wollte nur ... ich hab die nur kurz für jemanden gehalten, weil der pieseln musste?

Rauchen rund ums Jugendhaus hat den Vorteil, dass wir uns nicht verstecken müssen: Im Gegensatz zu seiner harten Linie beim Alkohol, ist Sozialarbeiterbernd in Bezug auf Minderjährige mit Zigaretten in der Hand auffallend tolerant. Kein Wunder: Sozialarbeiterbernd raucht selber. Zwar nicht, wenn wir zuschauen, aber immer dann wenn er denkt, dass wir wegsehen. Der Umstand, dass wir wissen, dass Sozialarbeiterbernd raucht, und Sozialarbeiterbernd weiß, dass wir rauchen und das vielleicht nicht gut heißt, aber doch duldet, lässt die Grenzen zwischen ihm und uns zerfließen. Rauchen löst das Verhältnis Sozialarbeiter – Schutzbefohlene auf und macht uns zu Rauchern und Rauchern. Zu Jones, Basti, Fred, Marc und Bernd – ganz ohne Sozialarbeitervorsilbe. Und auch wenn wir nie zusammen rauchen, Bernd und wir, so rauchen wir doch irgendwie gemeinsam.

Aber das Rauchen birgt natürlich auch Gefahren. Und ich meine nicht, die Gefahr von Lungenkrebs, Zungenkrebs, Hodenkrebs. Viel schlimmer ist die Gefahr des Erwischtwerdens. Zum einen von Eltern, Nachbarn, Lehrern – klar. Noch schlimmer ist aber das zweite Erwischtwerden. Ein Erwischtwerden mit der falschen Zigarettenmarke.

Jeder von uns hat inzwischen eigene Kippen. Und jeder seine eigene Marke. Und das war keine leichte Entscheidung. Zunächst musste man sich grundsätzlich pro Tabak entscheiden. Und dann noch mal ganz individuell dafür, was genau man rauchen will. Haschisch kommt nicht in Frage und ist illegal, bleiben zum Beispiel noch Roth Händle, Reyno, Reval oder Milde Sorte mit der Klimazone (drei bis vier Nadelstiche kurz vor dem Filter).

Nun darf man natürlich in unserem Alter nicht rauchen. Man darf aber vor allem nicht das Falsche rauchen. Indiskutabel sind zum Beispiel die Zigarettenmarken unserer Eltern: Kurmark, Krone, Lord Extra, HB und Ernte 23 sind tabu. Blöd, denn ausgerechnet diese Marken sind natürlich am besten verfügbar, in den Blazer-Taschen unserer

Mütter und Väter. Aber in punkto cool sein sind sie absolut unbrauchbar, weil unrauchbar. Selbstdrehen ist etwas für Pilger, Schluffis und Hippies. Die Friedenskettenraucher mit den verfilzten langen Haaren und den noch längeren Leitungen. Menschen, die beim Thema Rauchen an Erdlöcher, Wasserpfeifen und Haschzigaretten denken. Dass Basti Tabak raucht und selber dreht, ist wieder mal die eine Ausnahme von der Regel, die sich nur Basti leisten darf.

In der Akzeptanz führt Camel vor Marlboro. Und Camel Filter dabei wiederum vor den Filterlosen. Begleitet von Kommentaren wie „Da kannst du ja gleich in den Wald gehen und tief einatmen", raucht, wer bescheuert ist, Marlboro Menthol, das After Eight unter den Zigaretten. Fred zum Beispiel. Der allerdings schon wieder so clever ist, dass er normale Zigaretten raucht, diese aber aus einer mentholgrünen Marlboro-Packung. Er versteckt seine Muratti in einer Mentholschachtel. Sobald ihn jemand anschnorrt, zückt er die grün-weiße Packung mit einem Lächeln, bietet seinem Gegenüber höflich eine Kippe an – „Magst eine?". Nein, niemand mag eine Mentholzigarette. Menthol macht wahrscheinlich mehr Raucher zu Nichtrauchern als Nikotinkaugummis. Und Fred ist damit der unangeschnorrteste Mensch, den ich kenne. Er hat immer Kippen und muss fast nie welche abgeben. Außer an Jones, Basti oder mich. Selbst Bernd fällt auf den Tarntrick mit der Mogelmentholpackung rein.

Außerdem gibt es da noch die Raucher-Delikatessen. Prahlereien wie „Ich war im Frankreich-Urlaub und rauche seitdem nur Gitanes". Oder Half & Half. Was ganz was Feines: In ausgewählten Tabakwarenfachgeschäften gibt es für sieben Mark (!) eine Zigarette, die zu 50% aus Pfeifentabak besteht und auch so riecht und schmeckt. Für die Feinschmecker unter den Rauchern. Also nicht für uns.

Und dann wären da noch die Randerscheinungen im Zigarettenautomaten. Für die allerdings muss man sich ganz schön was trauen. Todesraucher sein. Ein paffender Stuntman. Denn Lux, Attika, Kim, Eve 100, Reyno sind wirklich nur Außenseitermarken für Außenseitertypen.

Oder Life. Komischer Name für etwas, wovon man irgendwann stirbt. Die Schachtel ist aus Jeansstoff und Karl der Große sammelt sie. Er raucht sie nicht, er sammelt nur. Sieht er jemanden eine Schachtel Life zücken, schnorrt er ihn an. Nicht nach den Kippen, nur nach der Schachtel. „Irgendwann nähe ich mir 'ne Jeansjacke draus", kündigt Karl der Große seit Ewigkeiten an. Bisher reicht es nur für eine sehr sehr knappe Jeans-Shorts. Und auch wenn wir Karl der Große sonst wirklich respektieren – er ist und bleibt unsere musikalische Oberinstanz – aber das Jeansschachtelnsammeln ist lächerlich.

Was man raucht, ist insgesamt also keine leichte Entscheidung. Es ist eine philosophische Frage. Ich entscheide mich unter den beiden Weltoffenheit versprechenden Anbietern gegen die neue Marke West, die versucht, mit Trucker-Romantik zu ködern – und für Peter Stuyvesant. Ganz einfach, weil die sonst keiner raucht. Und weil ich der Reklame glaube. Dass dort nicht nur Tabak, sondern auch der „Duft der großen weiten Welt" mit drin ist. Ich mag es mir einbilden, aber es kommt mir vor, als ob ich ihn rausschmecken kann. Beim Paffen vielleicht nicht, aber auf Lunge ganz sicher.

Elf. 19 ⚡ 02 ⚡ 1980

Und dann ganz plötzlich stirbt Bon Scott. Einfach so. Niemand stirbt einfach so.

Bon Scott schon. Ohne zu fragen. Ohne Ankündigung.

Der AC/DC Fanclub Stuttgart ist geschockt und erstmal vollständig hilflos.

Weil wir null Erfahrung damit haben, dass jemand einfach so stirbt.

Niemand stirbt einfach so. Es sind doch alle noch da: unsere Eltern, unsere Verwandten und alle anderen Rockstars auch. Die meisten zumindest. Denn entweder sind sie schon lange lange tot und lange, bevor wir uns für sie interessierten, gestorben – oder sie leben noch. Ich bin mir nicht mal sicher, ob jemand wie Jimi Hendrix überhaupt jemals gelebt hat. Für mich ist er schon immer tot.

Aber bitte bitte nicht Bon Scott.

Niemand stirbt einfach. Vielleicht verliert mal irgendwo in der Zeitung ein Mensch bei einem Motorradunfall auf der B 293 bei Gammertingen tragischerweise sein Leben. Aber niemand aus unserem direkten Bekanntenkreis – und da zählen wir Bon Scott dazu. Niemand, dem wir dabei zuhören, wie er stirbt.

Niemand stirbt. Menschen sind tot oder lebendig. Aber so ein Mittelding, sterbend, sterblich, gerade gestorben – das gab es bisher nicht, das kennen wir nicht.

Das Tragischste am Tod von Bon Scott ist: Wir erfahren es aus der *Bildzeitung*. Nicht gerade das offizielle Rock-Organ. Aber die Art und Weise wie Bon Scott stirbt, ist der *Bildzeitung* eine Kurzmeldung auf Seite 1 wert. Eingequetscht zwischen den Lottozahlen ohne Gewähr und einer Meldung über Franz Josef Strauß steht es da, druckerschwärzenschwarz auf weiß und damit amtlich: Der in Schottland geborene Sänger der australischen Rockband AC/DC ist gestorben. Einfach so. („Einfach so“ steht da nicht, aber so fühlt es sich an).

Schottland! Auch das ist tragisch: Ausgerechnet Fred bekommt von der *Bildzeitung* recht. Oder beide haben sich abgesprochen.

Niemand hat uns schließlich beigebracht, mit so was umzugehen. Nicht mit dem lebenden Bon Scott und nicht mit dem toten. Weder der Punkerfreund Basti, noch der Alkoholfreund Jones, noch Doktor-Allwissend-und-Immerrauchend Fred können mir sagen, wie man mit dem Sterben umgeht. Und schon gar nicht mit dem Sterben von Helden. Zur Sicherheit zählen wir im Fanclub durch: Eins – ich, zwei – Jones, drei – Basti, vier – Fred. Glück gehabt, alle sind noch da.

Nicht nur der Umstand, *dass* Bon Scott gestorben ist, wirkt appetitzügelnd – sondern auch die Umstände, *wie* er gestorben ist. Rockstarkotze. An Erbrochenem erstickt.

„Immerhin an seinem eigenen", versucht Fred die Trauergemeinde aufzumuntern.

Aber dies ist nicht die Zeit für Witze. Dies ist nicht die Zeit für Gespräche. Dies ist nicht die Zeit für irgendetwas anderes als sich Scheiße fühlen.

Immerhin: Der Schock macht uns kreativ. Weil Perth viel zu weit weg ist, um kurz mal zum Friedhof zu pilgern und einen Kranz niederzulegen, trauern wir auf unsere Art. Jones besorgt aus dem Handarbeitskästchen seiner Mutter vier Stücke hellen Stoff, ich bringe den allerdicksten Filzstift aus meinem Schlampermäppchen mit.

Und wir schreiben: »Bon Scott forever«. Und wir malen: ein Kreuz auf einem Hügel, das vor lauter Rock and Roll noch vier Ausrufestriche bekommt. Das Stück Stoff lassen wir uns zu Hause auf unsere Jeansjacken nähen. Etwas Gutes hat dieser Todesfall: »Bon Scott forever« ist soviel besser als nur »AC/DC« dort stehen zu haben. Wir sind nicht mehr nur für AC/DC, wir sind plötzlich gegen etwas. Gegen die unwiderrufliche Tatsache, dass Bon Scott gestorben ist. Endlich sind wir nicht nur Fan einer Band, sondern echte Jünger. Nur dass Gott jetzt tot ist.

Zwölf. **MACHT, DASS IHR WEG KOMMT**

„Was, wenn wir den Fanclub einfach auflösen?", sinniert Basti, sich mit einer Hand eine Basti Spezial selbstdrehend, ein kleines bisschen zu laut. Gerade so laut, dass wir es hören können, aber so leise, dass wir so tun können, als hätten wir es nicht gehört. Aber er hat es gesagt. Basti hat das Ungehörte, Unerhörte ausgesprochen. Uhrenvergleich: es ist 15.45 und Jones, Fred, ich und ja, Basti auch – stehen an der Theke im Jugendhaus. Warum ist Basti jetzt eigentlich nicht bei seinen verdammten Punkern? Zeit wär's. Allerhöchste Zeit. Dort jedenfalls wäre er jetzt weniger fehl am Platz als gerade hier bei uns.

Wie kann man eigentlich auf so eine bescheuerte Idee kommen? Den Fanclub auflösen? Ich finde das pietätlos – denn wer würde dann noch um Bon trauern? – und ich finde das auch ein bisschen zu unspektakulär. Auflösen kann man Tri Top in Wasser. Aber nicht uns. Uns könnte man gemeinsam von der Aichtalbrücke springen lassen.

Drei – zwei – eins – jetzt.

Das wäre angemessen. Und wetten, Basti würde stehen bleiben?

Drei – zwei – eins – hoppla …

Was hatten wir noch mal ausgemacht? Ich muss zu meinen Punkern, sorry.

Verzieh dich. Mistkerl. Wir könnten *dich* auflösen. In Säure! Ich bin stinkesauer. So sehr, dass ich vergesse zu rauchen. So sehr, dass ich – zum ersten Mal in der Geschichte des AC/DC Fanclubs Stuttgart-Möhringen – eigenmächtig einen Vereinsbeschluss fasse: Erst wenn AC/DC sich auflösen, dann tun wir es auch.

Kurze Zeit später schlägt Fred eine ganz andere Form der Trauerarbeit vor. Fred braucht immer etwas länger, um dann immer eine etwas heftigere Idee zu haben, die sich dann aber ziemlich schnell durchsetzt.

Mit der Idee, zu rauchen, war er bei uns allen durchaus erfolgreich.

Alkohol kam auch ganz gut an. Zumindest bei Jones, der seine Trauer seit Tagen mit einer gefährlichen Mischung wegspült. Auf jedes Bon-Scott-Gedächtnisbier folgt ein „Irgendwie muss es ja weitergehen“-Lumumba.

Womit will uns Fred also wohl als nächstes anfixen, fragen wir uns.

Hasch?
Trips?
LSD?
KISS!

Fred besitzt eine Platte namens »Alive II« (erst später erfahre ich, dass sie nicht »Alive römisch II« heißt, sondern »Alive two« und sich diskographisch an die Kiss-Platte »Alive one« reiht). Diese Platte lässt er bei uns rumgehen wie eine Haschzigarette. Auch die Wirkung ist ähnlich: Schwindel, Übelkeit, Nichtmehrbeisinnensein, Halluzinationen. So jedenfalls stelle ich mir nach Dads warnenden Schilderungen die Wirkung von Hasch vor. Als ich dran bin, übernehme ich die Lerche-Tüte mit der LP vorsichtig mit Daumen und Zeigefinger. Als könnte mich das vor Ansteckung schützen.

Zur Sicherheit kommt Fred mit zum Das-erste-Mal-Kiss-Hören. Und das aus mehreren Gründen.

Römisch eins: weil ich mit Kiss nicht alleine sein will.
Römisch zwei: weil ich ohne Bon nicht alleine sein will.
Römisch drei: weil Fred die Bedienungsanleitung zu diesem Album und zu dieser Band kennt.

»Alive II« ist ein Live-Doppelalbum und mein CS 2125 Q Plattenspieler ist zwar von Dual, spielt aber nicht dual ab. Also schlägt Fred vor, die zwei Langspielplatten eine nach der anderen zu hören.

A-Side
B-Side
C-Side
D-Side

»You wanted the best, you got the best. The hardest band in the world: Kiss!«, brüllt uns ein Ansager von A 1, erster Song, erste Seite entgegen.

„Haltemal“, rufe ich empört zurück: *The hardest band in the world* – das sind Angus, sein Bruder Malcolm, Cliff, Phil & Gott-hab-ihn-aber-sowas-von-selig Bon. Und nicht … Kiss.

„The hottest“, korrigiert mich der Tipp-Ex im Menschenkostüm, mein Freund Fred. „Er kündigt »the hottest band in the world« an.“

„Von mir aus.“ Ich lasse es durchgehen. „Aber auch ein bisschen the schwulest, oder?“, frage ich, die Bilder der Band betrachtend.

Nimm das, Fred. Aber Fred nimmt das sehr gelassen. Jeder meiner Versuche, ihn zu verletzen, perlt am Unverwundbaren ab. Ein Popper in einem Superheldenkostüm. Oder ein Superheld in einem Popperkostüm.

„Und?“ Fred schaut mich nach A-, B- und C-Side hören an.

„Und was?“ Ich versuche Zeit zu gewinnen. Schließlich ist „Und“ keine Frage sondern ein Bindewort.

„Und wie findest du's?“

„Wie finde ich was?“ Zeit. Zeit. Zeit. Ich brauche definitiv noch mehr Zeit. Vielleicht noch die D-Side? Bittebitte.

„Wie findest du Kiss?“ Der Ton wird schärfer. Den Bandnamen spuckt er mir nass entgegen.

Alleine das spricht doch schon gegen diese Band. Eine Band, die sich Kuss nennt. Wie albern im Vergleich zu einer Band, die sich Gleichstrom Schrägstrich-Wechselstrom nennt. Kuss! Mit Lispel- und Spuckfalle am Ende.

„Wie soll ich Kiss denn schon finden?“ Ich sehe ein, dass das kein rhetorischer Gegenschlag mehr ist, sondern schon ein Hilferuf. Ja, wie soll ich Kiss finden? Wie darf ich Kiss finden? Was, wenn mir das gefällt, was ich da höre?

Liebe Praxisgemeinschaft Dr. Sommer und Dr. Music,
mein Name ist Marc und ich bin 15. Ich habe schon Haare am Sack.
Aber ich bin trotzdem verwirrt und habe drei Fragen:
Erstens: Kann man vom Petting wirklich schwanger werden?
Zweitens: Wie genau geht eigentlich dieses Petting?
Drittens: Was ist besser – AC/DC oder Kiss?
Danke im Voraus, et cetera pp.

Als wären sie alte Freunde stellt mir Fred die Bandmitglieder einzeln vor. Marc, das sind Kiss. Kiss, das sind: Paul Stanley aka Starchild, Gene Simmons in der Rolle des Demon, Space Ace Frehley und der fantastische unglaubliche trommelwirbeltrommelwirbel Peter „Die Katze“ Criss.

Das also sind Kiss. Und Kiss sind vor allem: geschminkt. Also nicht wie Mom mit angemalten Lippen und farbigem Puder auf der Oberseite der Augen, sondern eher wie aufgeplatzte Horror-Clowns. Und einer spuckt sogar Blut aus dem Mund. Gene Simmons. Ich kenne Nasenbluten – Mundbluten ist mir neu.

Spucken muss ich aber auch gleich. Vor lauter Aufregung und Kiss-Karrusell-Fahren und Hin-und-her-gerissen-Sein zwischen zwei Bands.

Zugegeben, Kiss haben einiges, was AC/DC fehlt: Glamour, Make-up, hohe Schuhe, Pyrotechnik und ein Doppel-Livealbum (»If you want blood« ist leiderleiderleider nur eine einzelne LP). Das, was ich da höre, ist für mich keine üble Musik. Aber ich würde gerne noch eine zweite Meinung einholen. Ich wähle Jones’ Nummer.

Im Haus gegenüber klingelt ein Telefon. Karl der Große geht ran. Zum Glück.

„Was hältst du von Kiss?“

„Ganz okay. »Destroyer« war eine gute Scheibe. »Rock ’n’ Roll over« dann wieder schwächer, hatte aber mit »I want you« und »Ladies Room« seine guten Momente. Dann lieferten sie mit »Love Gun« das vielleicht beste Studioalbum bisher ab, produziert von Eddie Kramer. Später bei »Dynasty« forderte die Fan-Gemeinde eine Art Rock-and-Roll-Rückruf-Aktion. Weil der Disco-Hit »I was made für loving you«

schwere Schäden anrichten kann, wie mikrofeine Glassplitter in Alete-Babynahrung, sollte die Platte wieder zur Plattenfirma geschickt und eingestampft werden. Bei den Kritikern jedoch …"

Ich lege den Hörer vorsichtig zur Seite und schau mir das Aufklapp-Cover genauer an: eine gigantische Lightshow hängt an der Decke, Feuersäulen schießen aus dem Bühnenboden und die Musiker schweben auf Plattformen in die Höhe. Ich sehe mir die Gesichter an. Die Schminke der Katze am Schlagzeug sieht wirklich aus wie eine Katze. Das ist verdammt gute Arbeit. Ich frage mich, wie die vier darunter aussehen. Wenn Mom Lippenstift und Augenschminke wegwischt, sieht sie ja auch anders aus. Nicht mehr ganz so … Mom! Dann legt sie sich manchmal andere Sachen ins gleiche Gesicht. Gurken zum Beispiel. Welche Lebensmittel sich Kiss wohl ins ungeschminkte Gesicht legen? Frischgeschlachtete Hühner? Fred schwört, dass es kein einziges Foto der vier Kiss-Musiker ohne Make-up gibt.

Zugegeben, optisch beeindrucken mich Kiss. Andererseits ist das natürlich gefährliches Terrain, auf dem ich mich bewege: Der Phase, in der mich eine Band mit Glitzerkostümen und Plateauschuhen fasziniert hat, bin ich gerade erst entwachsen. Natürlich kann man »Abba – Arrival« beim besten Willen nicht mit »Kiss – Alive II« vergleichen. Vorsicht ist trotzdem geboten. Ich will ja auch nicht plötzlich Lex Barker als Old Shatterhand wieder zum Lieblingsschauspieler haben.

Warum kann ich es eigentlich nicht einfach machen wie mit dem Rauchen auch? Mich festlegen! Ich kann doch für immer AC/DC hören. So wie ich für immer Peter Stuyvesant rauchen werde. Denn ich glaube, dass mir ein sprunghafter Wechsel bei Musik oder Zigarettenmarke nicht gut täte. Ich werde Kiss also gut finden, aber ich werde sie nicht konsumieren. So wie ich Camel Filter gut finde und sie nicht rauche. Es sei denn, mir gehen die Kippen aus. Wenn ich also irgendwann mal keine AC/DC-Songs mehr habe, kann ich ja einen von Kiss hören.

„Kiss sind ganz okay", sage ich zu Fred, als der letzte Song der 4. Seite (!!) zu Ende ist.

„Dann müssen wir demnächst mal ein paar andere Sachen hören. Status Quo. Golden Earring. Ram Jam. Alles cool. Und dann müssen wir als nächstes unbedingt ins Dieterle."

„… sicherlich sehenswert in diesem Zusammenhang ist für dich auch der Konzeptfilm »Kiss meets the phantom in the park«, in dem Kiss in einem Vergnügungspark gegen einen irrwitzigen Erfinder kämpfen, der Kiss-Doppelgänger erschaffen hat“, tönt es aus dem Telefonhörer.

Scheiße! Ich habe Karl den Großen am anderen Ende vergessen.

„Danke Karl. Super, was du alles über Musik weißt. Ich muss jetzt aber zu Dieterles“, spreche ich in den Hörer. Ganz vorsichtig. Dann lege ich offiziell auf.

„Ins Dieterle“, verbessert mich Fred. Natürlich korrigiert er mich. Alles andere hätte mich auch gewundert. Der Superheldenpopperkissfan Fred. „Es heißt nicht zu Dieterles gehen, sondern ins Dieterle. Singular.“

Dreizehn. **ROCKSTARHERZ**

Um ins Dieterle zu kommen, muss man 16 sein. Und um 16 zu sein, muss man in seinem Schülerausweis die Jahreszahl manipulieren. Ganz ganz vorsichtig. Mit Dads Rasierklinge aus dem Alibert-Badezimmerschrank. Und dann mit der IBM-Kugelkopf-Schreibmaschine ein neues, ein besseres, ein älteres Geburtsdatum in den Schülerausweis tippen. **19.2.1966** – für den dunklen Einlassbereich der Tanzschule Dieterle reicht das semiprofessionelle Ergebnis aus Marc und Freds kleiner Fälscherwerkstatt.

Wir machen beide Bon Scotts Todestag zu unserem Geburtstag. Und wir machen uns beide in Handarbeit 16.

Wie reinkommen wäre also geklärt. Nur Was-da-drin-machen noch nicht.

„Ich mag mich täuschen, aber lernt man in einer Tanzschule nicht tanzen? So wie man in einer Baumschule …?“, ich breche den Satz ab, weil ich seinen Unsinn und Freds fragenden Blick spüre.

Schon der Ansatz war falsch. Tanzen können ist eines. Tanzen lernen etwas anderes. Und tanzen lernen verweigern noch mal etwas ganz ganz anderes.

In der Schule habe ich mich bisher erfolgreich gegen alle Schnüffelparties gewehrt, weil ich keinen Sinn darin erkennen kann, eine andere Klasse von einer anderen Schule zu beschnüffeln. Ich schätze, andere Klassen riechen genau wie unsere 8c – und Tanzschulen riechen nach Parkett an einem kleinen Hauch Tanzschweiß.

Tanzstunde erinnert mich zu sehr an Hochzeit.

Hochzeit an Konfirmation.

Konfirmation an meine Stereoanlage.

Und meine Stereoanlage erinnert mich an die darauf liegende und aufs Abspielen wartende Jahrhundertplatte »Powerage« von AC/DC.

Und das erinnert mich wiederum daran: Niemand tanzt bei oder auf AC/DC! Auf Rock tanzt man nicht.

Nicht mal Kiss tanzen. Wie auch, mit den hohen Schuhen? Allerdings habe ich in Ilja Richters »Disco« schon Damen mit noch höheren Absätzen tanzen sehen. Abba fallen mir ein und ich muss an Agnetha Fältskog und ihre geschmeidigen Bewegungen zu »S.O.S.« denken – aber Abba sind nicht Rock. Also zwicke ich mich mental wieder zurück ins Heute, in die Realität, in meine Post-Abba-Phase.

Überraschenderweise versteht und unterstützt Fred meinen Tanzstundenboykott.

Wir müssen im Dieterle nicht tanzen, beruhigt er mich.

Und ob meine Eltern ein Federballspiel hätten, will er wissen.

Ich gehe in die Garage und komme mit den Boccia-Kugeln wieder. Auf die Schnelle nix anderes gefunden. Aber Fred besteht auf Federball. Als ich vom Dachboden zurückkomme, geht's los. Diskjockey Fred legt Song Nummer vier auf – »Riff Raff«. Keine schlechte Wahl. Tanzlehrer Fred stellt sich breitbeinig hin. Leadgitarrist Fred spielt die Akkorde auf dem Gibson-SG-Federballschläger meiner Eltern mit. Popper Fred bringt mir das Headbangen bei.

Zum Glück ist Federball ein Teamsport. Ich bringe den zweiten Schläger in Position und spiele den Song mit. Ich hab ihn 100 Mal gehört, ich weiß genau, wie er geht. Ich hab Angus Young live gesehen, ich weiß genau wie er seine Gitarre und ich meinen Federballschläger zu halten haben. Und ich kenne seine Bewegungen und weiß genau, wie man zu dieser Musik t…, oh Gott tanzen wir etwa? FRED???? Sag, dass wir nicht tanzen!

„Wir tanzen nicht. Wir *bangen* nur!“, ruft Fred gegen das einsetzende Gitarrenriff von »Sin City« an. Wir bangen zu diesem und zu allen anderen AC/DC-Songs, die wir in meiner kleinen Sammlung finden können. Erschöpft und glücklich fallen wir mit dem Schlussakkord auf den Boden. Was für ein Konzert.

Zugabe! Zugabe! Zugabe! ruft das Publikum aus der Küche. Es klingt zwar wie „Könnt ihr diesen verdammten Krach nicht ein bisschen leiser machen?“, aber wir sind uns sicher: Sie wollen noch einen Song.

„So ungefähr ist das Dieterle“, erklärt Fred strahlend. „Nur ohne deine Mutter.“

„Und ich schätze mal: ohne diese Sportgeräte.“ Ich grinse zurück.

Fred ist eine Saite gerissen. Im Publikum hat das keiner bemerkt.

Vielleicht ein ganz guter Moment, um mit meinem Vorurteil aufzuräumen: Ich spüre, dass Fred nicht der ist, der er vorgibt zu sein, aber auch nicht derjenige, für den ich und die anderen ihn vielleicht halten. Das wirklich Schizophrene daran ist, dass die Dinge, die ich über ihn denke, ja stimmen. Aber nicht nur. Er ist ein Großmaul und er bleibt ein Popper. Und gleichzeitig, in einem ganz eigenen Paralleluniversum, auf seiner ganz eigenen Umlaufbahn, ist Fred echt ein überraschend netter Kerl und unter uns vieren vielleicht sogar derjenige mit dem meisten Rock and Roll im Herzen – allerdings auch mit den wenigsten und wirklich schlecht frisiertesten Haaren auf dem Kopf.

Meine Haltung gegenüber Fred hat sich auf eine ganz natürliche Art verändert. Ganz am Anfang war es ein Nichtwahr- und Nichtfredhabenwollen in unserer kleinen exklusiven Gemeinschaft. Dann folgte ein vorsichtiges Beschnuppern und vor allem Reviermarkieren. Es gab keine Platte im Schrank und keine Ecke im Jugendhaus, die wir beide nicht angepinkelt hätten, um dem anderen zu demonstrieren: meins! meins! meins! Erster alles. Erster Vornesitzer ohne Streit. Verpiss dich, hier piss ich. Geh weg, geh fort, ich war vor dir hier.

Diese Phase war zugegebenermaßen wahrscheinlich unsere anstrengendste. Gebracht hat sie gar nichts, denn geblieben ist lediglich die Erkenntnis, dass dieser Planet ganz schön eng für zwei Alphatierchen ist und unsere Affenbande nicht groß genug für zwei Silberrücken. Wer hat die Kokosnuss? Im Zweifel wir beide – und wir stritten uns so lange darüber, bis sie oder es kracht. Dann kam unsere Duldungsphase: Fred hat mich *geduldet* und ich ihn *erduldet*. Beide wissend, dass wir den anderen nicht loswerden, haben wir uns aufeinander eingestellt.

Für mich war das, als hätte ich plötzlich ein Brüderchen bekommen, allerdings ein sehr hässliches mit einem komischen Vor- und einem anderen Nachnamen als ich. Es war nicht zu ändern und je mehr ich mich wehren würde, umso mehr würde der Kleine fürchterlich brüllen, niedlich gieksen und im schlimmsten Fall in die Hosen machen, um die Aufmerksamkeit auf sich zu lenken. Und ganz gleich, was der Kleine tat, der Große wäre immer der Schuldige in diesem Spiel. Good Cop – Bad Cop, Kleiner Bruder – Großer Bruder.

So jedenfalls stellte ich mir das vor, kapitulierte und kapierte: Wenn ich nicht mehr *gegen* Fred sein musste, musste ich ja nicht gleich *für* ihn sein. Pro Fred – Anti Fred. Ich konnte ihn genauso gut nebenher laufen lassen. Fred Fred sein lassen und ihn aus sicherer Entfernung beobachten. Nicht, um auf seinen nächsten Fehler zu warten, um ihn dann in die Pfanne zu hauen, sondern weil Fred, sobald er sich unbeobachtet fühlt, zu einem echt netten Kerlchen mutiert. Nicht nett im Sinne von schwiegermutterkompatibelnett, aber nett im Sinne von: Wenn's irgendwann mal drauf ankäme, wäre Fred vielleicht nicht der Erste, der Hilfe leistet, aber er wäre der Letzte, der sich aus dem Staub macht und dich in ihm liegen lässt. Cowboyfred würde dir zumindest einen Colt mit zwei Kugeln für dich und das lahmende Pferd da lassen, wenn man ihn heldenhaft auffordert „ohne mich weiterzureiten". Oder ohne mich mit dem bescheuerten Mokick heimzufahren. Das einsehend habe ich irgendwann festgestellt, dass Fred nur äußerlich ein echt hässlicher Vogel ist – innendrin sieht's bei ihm ganz anders aus.

Und so ist irgendwann bei mir ganz automatisch aus der Zumutung Fred der Freund Fred geworden. Und in diesem Moment, die Federballschläger in die Höhe reckend und uns vor dem Publikum verneigend, da ist es spürbar. Ich hoffe, für beide.

Fred und ich liegen uns backstage in den Armen. Zwei Freunde, bereit fürs Dieterle. Bereiter geht's fast nicht. Jetzt müssen wir nur noch Jones und Basti überzeugen und irgendwie reinkriegen. Basti hat ohnehin schon die magische 16 überschritten und darf anstandslos rein, und Jones soll einfach Karls Ausweis ausleihen. Nur wenn man genau hinschaut, sieht man, dass sich unter deren Lockenköpfen zwei verschiedene Gesichter befinden.

Die Tanzschule Dieterle ist, wie ich befürchtet habe, in erster Linie mal eine Schule fürs Tanzen. Sie unterrichtet unter der Woche Rumba, Fox und andere Dinge, die ich nicht lernen will. Am Wochenende ist hier ganz normal Disco. So normal Disco eben ist. Die findet im Disco-Raum statt. Und dann gibt es noch den Pro-Raum. Pro steht für progressiv und meint Gitarren. Hier tummeln sich kaum Mädchen, sondern fast nur Jungs in ausgewaschenen Jeans. Der DJ spielt Status Quo – und 20 Jungs spielen mit. Dann spielt er uns »Golden Earring, Radar Love« vor – und 20 Jungs spielen es nach. Dann endlich nach einer ganzen Weile spielt er AC/DC. »T.N.T.« Hoi! Hoi! Hoi! Und wehe einer von euch 20 geht jetzt von der Tanzfläche. Hiergeblieben. Mitgespielt. Jawollja. Der DJ spielt den Song und wir die Gitarren dazu. Ich überlasse das Solo freundlicherweise dem kleinen Rothaarigen dort drüben. Er wirkt, als hätte er länger keins mehr gespielt. 19 Jungs sind Malcolm Young. Und einer darf heute Angus sein.

Die Rhythmussektion Möhringen/Fasanenhof steht geschlossen unter der Spiegelkugel und Lichtorgel. Vier 16-Jährige im Stroboskop-Licht. Fred und ich haben durch unsere Trockenübungen einen kleinen technischen Vorsprung, aber auch die beiden anderen begreifen das Pro-Raum Prinzip schnell: Auch sie wissen nicht, wie tanzen geht. Oder was man zu Musik sonst so machen kann. Also schauen sie, was die Leute im Disco-Raum machen – und machen genau das Gegenteil. Wo der Disco-Raum mit dem ganzen Körper zappelt, stehen Jones und Basti einfach nur da und bewegen ihre Hände als hielten sie Federballschläger oder eben Gitarren. Sie spielen mit uns die Akkorde nach. Denn das ist jetzt unsere Art, mit Musik umzugehen. Dort, wo man im Disco-Raum auf Kontakt aus ist, blicken wir Pro-Raum-Jungs einfach auf den colaklebrigen Tanzschulboden. Je länger die Fransen dabei ins Gesicht hängen und unsere Blicke verstecken, umso besser.

Ich hätte nie gedacht, dass wir uns in einer Tanzschule mal wohlfühlen würden. Wir haben ein neues Naherholungsgebiet.

Und wir haben ab sofort ein festes Ritual. Samstagabend für Samstagabend steigen wir am Möhringer Bahnhof regelmäßig in den 6er Richtung Gerlingen.

Wir steigen am Schlossplatz aus, schlendern zum Udo Snack und spielen »Wer beim Double Chegg Burger am wenigsten kleckert, hat gewonnen.« Dann warten wir, bis Fred und Jones aus einem Laden namens Holzkiste kommen, wo der Korn wohl nur 80 Pfennig kostet. Wenn die beiden fertig damit sind, Schnaps mit betrunkenen VfB-Fans um die Wette zu trinken, geht es endlich los. Direkt ins Dieterle. Manchmal wenn Jones (Erkältung, Hausarrest) oder Basti (Erkältung, Punker) nicht können, fahren Fred und ich sogar zu zweit auf seinem Mokick. Mit 65 km/h die Weinsteige runter und später, sehr viel später wenn sie uns im Dieterle um 21.00 Uhr rauswerfen, mit 35 km/h wieder hoch.

Jetzt, wo wir unser Biotop Jugendhaus verlassen und die Bühne Pro-Raum betreten haben, spielt natürlich Optik eine ganz andere Rolle. Die Zeiten, in denen es gereicht hat, eine Wrangler-Röhrenjeans und ein T-Shirt zu tragen, scheinen über Nacht vorbei zu sein. Die Mode der 80er-Jahre im Allgemeinen und die Trends aus dem Dieterle-Pro-Raum im Besonderen fordern mich in meinen beiden meistgehassten Disziplinen: Textiles Werken und Handarbeiten. Denn jetzt heißt es: ab mit der Jeans in die leere Badewanne, ordentlich knüllen, eine ganze Flasche Domestos dazu und ein bis zwei Stunden einwirken lassen. Der WC-Reiniger zieht an den entscheidenden Stellen das Denim-Blue aus den Hosen und fertig ist die, je nach Knüllgrad gesprenkelte, getigerte oder gemusterte Domestos-Jeans. Meine neue Ausgehuniform für die häufiger werdenden Momente, in denen wir Möhringen verlassen – und den Pro-Raum betreten.

Obenrum trage ich im Wechsel einfach eines der beiden AC/DC-Tour-Shirts von unserem kleinen Ausflug. It's a long way to the top via Nürnberg – und zurück. Wissend, dass eines der zwei Shirts eigentlich für Jones bestimmt war. Der aber wiederum unwissend, dass ich gar nicht immer dasselbe schwarze »Highway to Hell Tour 1979«-T-Shirt trage, sondern im Wechsel eine Woche meins – und eine Woche seins.

Meine Garderobe steht also von Kopf bis Fuß, allerdings mit Optimierungsbedarf bei ersterem: dem Kopf. Wenn ich mich im Dieterle so umschaue, muss ich mich wohl auch nach einem Friseur umschauen. Wachsenlassen ist nicht gerade unter den aktuellen Trendfrisuren, scheint mir. Lange Haare ja, aber eben lange Haare mit Schnitt. Mit Stufen. Mit Strähnchen. Oder sogar mit einer leichten Dauerwelle. Ich erspare mir die Diskussionen mit Basti, ob das nun schwuli ist oder nicht. Popperfrisurenfred qualifiziert sich auch nicht gerade als erste Anlaufstelle für Rock-and-Roll-Haare. Und Lockenkopf Jones würde wahrscheinlich Lockenkopf Karl den Großen fragen, was man so trägt. So wie er ihn fragt, was man so hört.

Da scheint mir „Frisuren Keller" in Böblingen schon die bessere Adresse zu sein. Ich hab den Mann neulich in einer von Tommy Gottschalk moderierten »Na sowas!«-Sendung gesehen. Wo er eine revolutionäre Frisurenmethode vorgestellt hat: Friseur Keller hängt seine Kunden mit Hilfe einer Fitness-Apparatur kopfüber auf und schneidet dann einfach die herunterhängenden Haare gerade ab. Fertig ist der Stufenschnitt. Und wenn man sich am Laufsteg Dieterle orientiert, sind Stufenschnitte in langen Haaren wohl das, was man so trägt. Also setze ich mich in den 6er diesmal bis Stuttgart Hauptbahnhof und anschließend in verschiedene Buslinien, um nach Böblingen zu kommen. Das letzte Mal war ich hier in der Sporthalle – und Freddie Mercury war auch da. Das schießt mir durch den Kopf, als ich der Dame an der Anmeldung beim Friseursalon meinen Namen sage – und noch mal kurz zögere, ob das hier die richtige Entscheidung ist. Was würde Freddie wohl tun? Keine Ahnung – Lederkappe aufsetzen? Und was hätte Bon getan? Bon hätte sich sicher nicht aufgehängt. Nicht für eine Frisur. Aber noch bevor ich zurückziehen kann, bin ich dran. Meister Keller persönlich wird die Operation durchführen. Das beruhigt mich. Schließlich kenne ich den Mann aus dem Fernsehen. Und ich finde, es braucht schon eine Menge Vertrauen. Vertrauen um über Kopf zu hängen, aber auch ganz viel Vertrauen, um überhaupt einen Friseur an meine, zwischenzeitlich dann doch ansehnlich langen Haare zu lassen.

Das letzte Mal, dass ich bei einem echten Friseur war, war mit Opa Willi. Ich saß im Breuninger auf einem Holznilpferd und Opa Willi musste meine Hand halten, weil sich Friseur auch nicht besser anfühlte als Zahnarzt. Jetzt also Zahnarzt kopfüber. Wo ist Opa Willi, wenn man ihn braucht? In meinen Kopf, der jetzt schon seit 20 Minuten in die falsche Richtung hängt, schießen immer mehr Blut und immer mehr Gedanken, die um Freddie, Bon und Tommy kreisen.

Gottschalks Sendung heißt wahrscheinlich nicht von ungefähr »Na sowas!«. Und wahrscheinlich bekommen Friseure im Fernsehen nicht Sendezeit, weil sie gute Frisuren, sondern weil sie verrückte Sachen machen. Und ich mittendrin, über Kopf und eingespannt. Allerdings na sowas!

Die Prozedur ist hart, das Ergebnis okay. Ich fahre zurück vom Umland Böblingen in die Großstadt Stuttgart und betrachte meine Spiegelung im Busfenster: So kann man sich doch im Dieterle blicken lassen. Außerhalb davon wird's allerdings erst mal komisch: fast zu Hause angekommen, begegne ich Jones' Mutter, zwei prallvolle Einkaufstüten schleppend, auf der Straße.

„Hallo Frau Bach."

„Ach hallo, Marc, ich hätte dich fast nicht erkannt. Wie siehst *du* denn aus?"

Das würde ich auch gern wissen.

„Wie sehe ich denn aus?"

„Ich dachte erst, da kommt eine junge Dame."

Wenn es dumm läuft, muss ich gleich zu Hause meinen Ausweis zeigen, damit sie mich rein lassen.

„Trägt man das denn jetzt so? Also für mich wäre das nichts."

Na, das wäre ja auch noch schöner. Die Unisex- und Uni-Jugend-und-Oma-Frisur von Friseur Keller. Sie haben den Kopf, wir die Haare. Der erste Schnitt für jedes Alter. Generationsübergreifend und ungeheuer praktisch.

Frau Bach merkt mir wahrscheinlich meine Irritation an. Aber da sie selber je einen Heran- und einen fast Herausgewachsenen zu Hause hat, weiß sie wahrscheinlich auch, dass mein Nicht-Antworten keine Patzigkeit ist, sondern pure Unsicherheit. Ich muss versuchen, das unangenehme Gespräch zwischen Tür, Angel, Bordsteinkante und Gartentörchen geschickt in eine andere Richtung zu lenken.

„Was macht denn Jones?"

„Das wollte ich dich gerade fragen. Der ist nicht da."

Dann entsteht eine lange, unangenehme Pause. Sie denkt nach.

„Er ist überhaupt selten da in letzter Zeit. Ich dachte, ihr zwei seid wahrscheinlich zusammen unterwegs."

„Nee, ich war beim Friseur."

„Ach ja?"

Entweder hat Mama Bach einen verdammt guten Humor – oder ich eine verdammt schlechte Frisur. Sie schnuppert an mir und riecht Dreiwetter-Taft. Der Fernseh- und Frisier-Star Keller hat mit Haarspray nicht gerade gespart. Jetzt sehe ich also von Weitem aus wie eine junge Dame und rieche, wenn man näher kommt, wie eine alte Frau.

Und noch etwas anderes bringt mich tiefer in die Bredouille: „Marc, kann ich dich mal was fragen? Ist mit meinem Sohn alles in Ordnung? Ich mach mir schon ein bisschen Sorgen. Wo ist denn Jones eigentlich immer so?"

Am liebsten würde ich diesen Pro-Familia-Schalter auf der Stelle wegen Überfüllung und Überforderung schließen. Und wegrennen. Aber das wäre vermutlich nicht die Antwort, die Jones' Mama hören will. Nur, warum muss sie ausgerechnet mich in diese Zwickmühle stellen? Sie könnte doch auch Basti oder Fred fragen – nein, könnte sie natürlich nicht, weil Basti und Fred keine Nachbarsjungen sind, die sie von klein auf kennt und denen sie sofort ansieht, wenn sie schwindeln. Aber sie könnte Jones fragen. Das ist doch eine gute Idee. Wenn man Sorgen hat, muss man mit dem Sorgenkind selber sprechen. „Du kannst mit allen Problemen zu uns kommen", sagt Dad immer. Und umgekehrt gilt diese Regelung ja auch. Wenn Dad Probleme hätte, könnte er zu mir kommen. Wenn er Probleme MIT MIR hätte, wäre es mir sogar das Liebste, er würde zuerst zu mir kommen. Und sie nicht mit Mom besprechen, die zu Dads Problemen immer gleich Moms Lösungen parat hat, die in neun von zehn Fällen eine Einschränkung meiner Freiheit bedeuten.

„Im Wienerhaus … äh Jugendwald", stammele ich Frau Bach eine Antwort entgegen, die sie wahrscheinlich auch nicht hören möchte.

Die mir aber zumindest genug Zeit gibt, um mich nicht nur rhetorisch, sondern auch physisch aus dieser Situation zu winden. *„I gotta go"*, sagen Amerikaner so schön und machen auf dem Absatz kehrt und beenden damit eine Konversation.

„Ich muss los", sage ich, und als ich merke, dass Jones' Mutter mich nicht so einfach aus ihrem fragenden Griffblick entlassen möchte, lüge ich noch schnell hintendrein: „Ich hab meiner Mom und meinem Dad versprochen, dass sie meine neue Frisur als Erste sehen, solange sie noch so gut sitzt."

Vierzehn. **ROCK-’N’-ROLL-RITTERSCHLÄGE**

Ich weiß gar nicht, wer von uns dreien auf die glorreiche Gloria-Idee gekommen ist, aber sie ist verdammt gut. Das „Gloria“ ist unser lokales Lichtspieltheater in Möhringen und zusammen mit dem „Corso“ im Nachbarörtchen Vaihingen ganz großes Kino. Also genau genommen eher ganz kleines Kino, aber dafür vor der Haustür. Blöd ist, dass sie im Gloria die Altersbeschränkung sehr genau nehmen. Gut ist, dass das nicht für die Ausweiskontrolle gilt. Nachdem Fred mit seinem Schülerausweis mit kleinen Korrekturen, der eigentlich als Dieterle-Mitgliedsausweis gedacht war, erfolgreich in »Der Horror-Alligator« war, kommen Jones und ich beim nächsten Mal mit.

Das Prozedere im Kino und im Dieterle sind nahezu identisch:

> „Dreimal »In der Gewalt der Zombies« bitte / Dreimal Discoeintritt bitte.“
> „Wie alt seid ihr denn? / Wie alt seid ihr denn?“
> „Schwindelschwindel 16 / 16 schwindelschwindel.“
> „Ausweis / Ausweise? … überfliegüberflieg … alles klar: viel Spaß / alles klar: schönen Abend, aber um 21.00 Uhr ist für euch Zapfenstreich.“

Sesams? Sesamen? Sesäme? – keine Ahnung wie die Mehrzahl von Sesam ist, aber mit dem Wir-sind-16-Nachweis öffnen sich plötzlich mehrere dieser magischen Tore für uns. Kino, Disco, was es wohl sonst noch für ungeahnte Möglichkeiten gibt?

„Bahnhofskino“ schlägt Fred vor. Aber Bahnhofskino ist ab 18, findet Jones durch geschicktes Nachfragen bei Karl dem Großen raus. Und ich weiß ehrlich gesagt gar nicht, warum wir am Bahnhof ins Kino gehen sollten – wenn wir doch ins Gloria kommen. Was soll da schon anders sein? Zeigen die Züge?

„Wir könnten Bier trinken", schlägt Jones vor, als hätte ihn das Nicht-16-Sein bisher davon abgehalten.

„Wir könnten 80er fahren."

„Dazu bräuchten wir aber 80er."

„Und einen Führerschein, nicht nur einen Schülerausweis."

Auch wieder wahr. Na schön, bleiben wir bescheiden und freuen wir uns eben, dass sich unser Kinoprogramm über Nacht verändert.

Statt »Herbie dreht durch« mit einem verrückten Käfer in der Hauptrolle, »Louis der Geizkragen« mit Louis de Funès als Louis oder »Buddy haut den Lukas« mit Bud Spencer als Buddy steht für uns auf einmal etwas ganz anderes auf dem Programm: »Kleine Biester«, in dem die unglaublich schöne Kristy McNichol ein kleines Biest spielt, »Flammendes Inferno«, in dem ein Hochhaus brennt oder »Der weiße Hai II«, in dem ein sehr großer Fisch eine sehr große Menge an Menschen aufisst. Wenn das Kino ab 16 ist, will ich gar nicht wissen, wie es ist, 18 zu werden.

Wir drei Pseudo-16-Jährigen – Jones, Fred und ich – sind gerade auf dem besten Weg, zu den Großen aufzuschließen. Nur unser Großer – Basti – der von Gesetz und Ausweis wegen ganz legal ins Gloria könnte, kann nicht. Keine Zeit, keine Lust, keiner da, wenn ihn einer von uns anruft oder wie Fred – dingdong – einfach mal spontan vorbeigeht. Und wenn er mal da ist oder rangeht oder bei uns ist, dann ist er auch schon wieder weg. Bei seinen Punkern. Übermenschen, Oberpunker, bessere Menschen als wir es je sein können – höre ich im Subtext, wenn ich Basti „meine Punker" sagen höre.

Nun ist meine Toleranz gegenüber Punkern ohnehin nicht besonders hoch – dass sie uns auch noch einen aus der Clique klauen, finde ich typisch für Typen, die Lederjacken mit weißem statt Jeansjacken mit schwarzem Edding beschriften. Die nicht *für* etwas sind (AC/DC, Kiss, VfB) sondern *gegen* etwas (die Zukunft, das System, die Polizei).

Bastis Punker sind ein exklusiver Kreis, und Basti kann und will nicht darüber sprechen, was innerhalb dieses Zirkels vor sich geht. Obwohl er sonst nicht gerade unredselig ist und es in seinem Leben kaum Tabuthemen gibt – außer eben diesen Kreis finsterer Gestalten. Gestalten ohne Namen. Nicht mal Namen wie Assi, Fizzi, Jackie oder Ratte haben sie. Stattdessen heißen sie „meine Punker“ und keiner kennt ihr Gesicht, ihren Punker- oder ihren richtigen Namen. So wie keiner bisher Kiss ohne Make-up gesehen hat. Niemand außer Basti weiß, was diese Kerle dort jeden Tag treiben (die Punker, nicht Kiss). Ich ahne aber, dass es etwas Wildes und Verruchtes ist. Etwas vollkommen Verboten-Punkiges. Ich befürchte auch, dass Basti dort Musik zu hören bekommt, die wir nie hören werden. Wilder als AC/DC, lauter, härter, schneller. Und mit viel mehr *fuck* im Text. Punk eben. Dabei ist Punk für mich überhaupt nicht toll. Die Musik klingt einfach nur scheiße. Und keiner, den ich kenne, will Punker sein. Aber *mit* Punkern sein – das hat zugegebenermaßen schon was. Bei allem Unverständnis für Basti und seine Punker ist da auch ein kleines bisschen Stolz in mir. Denn es ist wie eine Art Ritterschlag für Sir Basti.

Für diese Adelung verlässt Basti um kurz vor vier „unsere Clique“, um zu „seinen Punkern“ zu gehen. Und fast jeden Spätnachmittag, eineinhalb Stunden später, kommt er zurück. Macht ein wichtiges und für uns wildes Gesicht. Als hätten sie irgendetwas ganz Geheimes besprochen. Nichts Kriminelles, eher etwas Verschwörerisches. Dinge, die für unsere Augen zu viel sind. Dinge ab 18. Und nicht ab ausweisgefälschten 16.

Aber auch ich soll meinen Ritterschlag bekommen. An dem Tag, an dem ich Mike treffe. Und Mike treffe ich im Plattenladen Govi auf dem Kleinen Schlossplatz. Inspiriert von der Musik im Dieterle ahne ich, dass es vielleicht dort draußen noch mehr Platten gibt neben AC/DC. Was Langspielplatten angeht, bin ich beim Blättern durch die Cover tatsächlich noch nicht über den Buchstaben A hinausgekommen. Allein die Vorstellung, was sich hinter B, C, D und den anderen bisher verborgen gehalten hat, lässt mich kribbelig mit der Linie 6 zum Schlossplatz fahren. Ich blicke in die Straßenbahngesichter und frage mich, warum alle hier so schlecht gelaunt sind. Was ist denn so schlimm am Straßenbahnfahren? Die Menschen schauen, als ob sie gemeinsam in die Staatsrat-von-Fetzer-Klinik zu einer Nieren-OP müssen. *Können Sie bitte aufstehen? Das ist ein Behindertensitz. Füße von der Bank. Hast du überhaupt gestempelt Bürschchen?* Ich kann die Gedanken förmlich hören, die sich hinter den Graugesichtern abspielen. Ich bin froh, als die Bahn mich am Schlossplatz ausspuckt und nehme von dort mit 1-Schritt-2-Stufen-Schritten den Aufstieg zu seiner kleinen Schwester, dem Kleinen Schlossplatz – home of the Kartenhäusle, the Mövenpick-Freundschaftsbecher und vor allem: home of the Govi.

Govi ist der einzige, offiziell von Karl dem Großen autorisierte Plattenladen dieser Stadt. Man hört neue Platten im Radio-Barth, indem man sich zwei duschkopfartige Kopfhörer an die Ohren presst – aber man kauft sie beim Govi, hat mich Karl der Große ermahnt. Als Anlaufstelle für alles, was Radio oder Foto ist, seien die lokalen Radio-Foto-Häuser Burosch und Lerche zwar okay. Für den Erwerb von Schallplatten kämen beide aber nicht in Frage.

Einen handgeschriebenen, karierten Zettel in der Hand betrete ich den kleinen Plattenladen auf dem Kleinen Schlossplatz. Golden Earring, Ram Jam, Geordie oder Status Quo suchend – und Mike findend.

Mike steht da, mitten im Plattenladen, breitbeinig in einer total ausgewaschenen Jeans, im genauso ausgewaschenen Parka und mit total ungewaschenen langen Haaren.

Es ist taghell, es ist unter der Woche und hier ist nicht das Dieterle. Und trotzdem imitiert Mike dort drüben die Gitarrenarbeit des Songs, der aus den Lautsprechern kommt.

„Wer ist'n das?", will ich vom Plattenverkäufer wissen.

„Mike heißt er."

„Nein. Wer da spielt?"

„Das ist Mike."

„Der Musiker heißt einfach Mike????"

„Ach das. Nein, das ist Ted Nugent. Mike ist der Typ da drüben."

Und Mike und Ted spielen zusammen den Ted-Nugent-Klassiker »Cat Scratch Fever« Nangä nangä, *cat scratch fever*, nangä näng näng, dängel däng. Mike sieht dabei aus wie eine Kreuzung aus Bettler und Musiker und ist damit vielleicht einfach nur seiner Zeit voraus. (Ihr werdet schon sehen: Jahrzehnte später wird in Seattle eine ganze

Schar von jungen Menschen aufbrechen, um mit genau diesem Auftreten Millionen von Platten zu verkaufen und von Millionen von Teenagern für Götter gehalten zu werden. Aber das hier ist Stuttgart und nicht Seattle. Das ist Mike und nicht Kurt. Und das hier sind die 80er und noch nicht die 90er. Legt euch wieder hin, Jungs, wir wecken euch, wenn es soweit ist.)

Mike ist wohl ein Penner – aber für mich ist er ein echter Rocker, wie er da einfach so obdachlos in diesem kleinen Laden steht und das Gitarrensolo spielt. Vielleicht braucht er Unterhaltung, vielleicht braucht er auch einfach nur was Warmes. Was Warmes wie eine Ted-Nugent-Platte, die zwar nicht satt aber wenigstens glücklich macht. Ich schaue ihm zu, ich nicke ihm zu, und das reicht auch schon, um sein Freund zu werden. Mike lädt mich mit einer Kopfbewegung ein, den Song mit ihm mitzuspielen. Aber hier im Govi? So ganz ohne Federballschläger? So ganz ohne Spiegelkugel und Trockeneisnebel? Ich wollte ja eigentlich Musik kaufen und nicht Musik machen. Ich bleibe beim Zuschauen und als Mike fertig ist, kaufe ich „seine" Platte: »Ted Nugent – Double Live Gonzo« und hoffe, dass sie zu Hause ohne Mike an der Gitarre genauso gut klingt.

Mit einer schwarzen Govi-Plastiktüte in der einen Hand und dem Handschlag eines neuen Freundes in der anderen fahre ich zufrieden nach Hause.

Ich würde mal sagen, damit sind Mike und ich jetzt Kumpels. Kumpels im Sinne von: Wir begegnen uns in den nächsten Wochen immer mal wieder. In der Stadt. Auf der Königstraße. In der Calwer Straße vor dem Udo Snack. Wir nicken uns wissend zu. Manchmal wechseln wir sogar ein paar Takte Small Talk. Wiegehts? Gutunddiralleskiar? Allesinbesterordnung.

Über seine soziale Situation reden wir nicht bei unseren kurzen Begegnungen, Begegnungen als wären wir Nachbarn. Aber um Nachbarn zu sein, müsste Mike ein Dach über dem Kopf haben. Dafür reden wir über Musik. Nicht so ausführlich wie mit Karl, aber genauso fundiert.

Als Basti und Jones und Fred und ich am Samstag in Richtung Dieterle ziehen, sehe ich Mike schon von Weitem. Schlurfend kommt er auf uns zu – und fragt mich nicht, sondern bettelt fast schon: „Jonger. Grüß dich. Hast du mir vielleicht ne Kippe oder zwei?"

„Schnorr woanders, du Assi", fährt Jones dazwischen, aber ich bremse ihn mit einer deutlichen Geste ab und schenke Mike meine halbvolle Packung Stuyvesant.

Im Gegenzug empfiehlt uns Mike eine Band namens Rose Tattoo. Auch aus Australien. Wie AC/DC. Kann so verkehrt nicht sein. Mit einem Sänger namens Angry Anderson. Und wir brauchen ja dringend eine Ersatzdroge. Methadon für Bon.

Ob er nicht auch mit ins Dieterle kommen will, frage ich Mike.

„Weiß nicht, ob die ihn da reinlassen", mischt sich Jones mit einem zynischen Ton ein.

„Wieso? Wie alt bist du denn?", wende ich mich an Mike.

Doch der vertagt nur die Antwort: „Mal sehen, Jonger, irgendwann. Wieso nicht?"

Jones lässt nicht locker. Im Dieterle angekommen ist er immer noch im Angriffsmodus: Woher ich so einen abgerissenen Typen kenne, stellt er mich zur Rede. Ich sehe in Mike keinen abgerissenen Typ. Er hat eine Jeans wie wir, er hat einen Parka wie wir ihn gerne hätten. Und er hat Ahnung von Musik. Immerhin lag er nicht besoffen auf einer Parkbank als ich ihn kennenlernte, sondern stand gitarrespielend in einem Fachgeschäft. Einem Fachgeschäft für Rockmusik. Ich bin stolz, jemanden mit soviel Eiern zu kennen.

„Penner", antworte ich Jones auf seine bescheuerte Frage. Ein rhetorisch ausgeklügelter Schachzug: Jones hält Penner für die Beantwortung seiner Frage – ich halte es in diesem Moment für die einzig treffende Bezeichnung für Jones.

„Das ist ein Junkie, Mann." Basti springt in die Bresche. Allerdings nicht in meine, sondern in Jones' verdammte Bresche. Ausgerechnet Basti. Frage ich ihn etwa, woher er einen Punker kennt? Oder gleich mehrere?

„Junkie heißt glaube ich, dass jemand Drogen nimmt“, verteidige ich die Hauptangeklagten Marc und Mike, „und Drogen nehmen heißt glaube ich, dass jemand Barclay James Harvest hört, Pink Floyd und am allerschlimmsten: Anyone’s Daughter aus Leinfelden-Echterdingen. Mike aber hört keine Drogenmusik sondern Rock.“

Und jetzt mischt sich auch noch Fred ein: „Was du meinst, Marc, ist kiffen. Was Basti meint, ist Heroin. Wenn dein neuer Freund fixt, dann ist er ein Junkie. Und dann solltest du einen großen Bogen um ihn machen.“

Umso besser, denke ich mir. Heroin ist eins mehr als nur blöder Punk.

Fünfzehn. **MANN ODER MAUS? ODER EINE MISCHUNG AUS BEIDEM?**

Sozialforscher hätten an der Jugend von Möhringen ihre wahre Freude, denn sie lässt sich ziemlich präzise einteilen. Jenseits von Geschlecht, Haushaltsnettoeinkommen und Bildungsgrad gibt es nämlich zwei weitere Unterscheidungsmerkmale: Die Jugend hier teilt sich in diejenigen ohne Moped und diejenigen mit.

Möhringen ohne Moped ist ungefähr wie A 81 ohne Auto. In mobiler wie in sozialer Hinsicht. Mopedlos geduldet sind eigentlich nur Mädchen. Und das auch nur, weil man sie wunderbar auf dem Soziussitz mitnehmen kann. Möhringer Mädchen sind geborene Beifahrerinnen. Sie schmiegen sich irgendwie perfekt in den Sitz. Vielleicht haben die japanischen Entwickler in den Honda- und Yamaha-Werken ja Gipsabdrücke von Möhringermädchenpopos und entwerfen ihre Rücksitze exakt nach diesem Modell? Oder aber die Popos der Möhringenmädchen haben sich im Laufe der Evolution an die Mopedsoziussitze angepasst. Warum nehmen wir sowas nicht mal in Bio durch, statt immer nur Photosynthese?

Selbstfahrer gibt es unter den Mädchen so gut wie keine. Außer Fassi-Ines. Die hat zwischenzeitlich „das Ufer gewechselt" – wie es in der Schule heißt. Erst dachte ich, alle reden davon, dass sie auf der falschen Straßenseite fährt, wie eine Engländerin. Dann erfahre ich im Schulfunk, dass sie auf Mädchen „steht" und deshalb lesbisch sei. Ich stehe auch auf Mädchen. Und ich will auch Mopedfahren. Aber bin ich deshalb gleich lesbisch?

Seit dem letzten Gloria-Kinobesuch klingt es noch aus Charles Bronson in meinen Ohren: *Manchmal muss ein Mann tun, was ein Mann tun muss*. In ein paar Wochen darf ich ihm ganz offiziell bei seinen Bemühungen zusehen, wie er in Ab-16- und Jahrhundertfilmen wie »Der Grenzwolf« dort aufräumt, wo sich sonst keiner richtig hintraut. Denn ich gehe stark auf die 16 zu und ich weiß, was ich tun muss:

Führerschein machen. Moped kaufen. Fahren. Also stehen lebenswichtige Männerentscheidungen an: Entscheidungen wie: Welches Fahrzeug? Wie bezahlen? Welche Fahrschule?

Dabei ist das Gute am Erwachsenwerden, dass man jetzt die Wahl hat. Und das Gute am Noch-nicht-ganz-Erwachsen-Sein, dass sich diese Wahl auf einige wenige Möglichkeiten beschränkt. Das Leben ist noch keine Multiple-Choice-Antwort, sondern eine schnelle Rechts-Links-Kombination zur richtigen Entscheidung: Ja oder Nein? AC/DC oder Kiss? Mann oder Maus? Und auch Mobilität ist letzten Endes nur eine Frage des richtigen Abbiegens:

Mokick oder 80er?

Straßenmaschine oder Enduro?

Honda oder Yamaha?

Auf die meisten dieser Fragen findet man Antworten. Durch Leute, die einem vormachen, wie man es NICHT macht. Fred zum Beispiel. Fred und sein Mokick sind auf der Skala der Lässigkeit, wenn man rein kommt, scharf links und dann ganz unten. Lieber laufen als Mokick fahren. Oder: *I'm not afraid of speed.* Ich bin kein Fred der Geschwindigkeit.

Denn frisiert oder nicht (und wir reden vom Mokick, nicht vom Fred), aber ein Fahrzeug mit einem kleinen Kennzeichen, wie man es in einer Sparkassenfiliale bekommt und eben nicht wie die Erwachsenen auf der Zulassungsstelle, ist kein adäquates Fortbewegungsmittel für einen Heranwachsenden. Für jemanden, der vielleicht demnächst nicht nur in den Straßen-, sondern auch in den Geschlechtsverkehr einsteigen möchte.

Mit einem Schmalspurmokick kommt man da nicht weiter. Ein Mokick hätte zu wenig auf der Brust und ich damit zu wenig unter dem Hintern. So groß können Ritzel oder Vergaserbohrung gar nicht sein, dass die Mokicks mit den echten Geschossen, den 80ern mithalten können. Und ich will auf gar keinen Fall, dass die anderen auf mich warten müssen.

Meine Entscheidung steht fest: Es soll eine 80er werden. Die Yamaha DT 80. Enduro. Geländetauglich für die Morast-, Wüsten-, Tundra- und Taiga-Landschaft rund um Stuttgart-Möhringen.

Allerdings bedeutet 80er fahren natürlich auch 80er bezahlen. Anschaffung, Unterhalt und Versicherung werden mich teurer zu stehen kommen als bei einem Mokick, und auch für den Führerschein muss ich mehr Geld in eine Fahrschule tragen.

Konfirmation ist leider keine weitere in Sicht. Schade eigentlich. Das war bei aller Herausforderung eine 1-a-Einnahmequelle für junge Leute. Wegen mir könnte man Weihnachten und Konfirmation tauschen. Weihnachten einmal im Leben (sagen wir so gegen Ende, wenn man es gerne kuschelig hat und viele Leute um sich herum braucht) und Konfirmation dafür einmal pro Jahr.

Vielleicht hätte ich aber auch einfach besser haushalten sollen? Weniger Stereoanlage und mehr Geldanlage. Aber dann könnte ich heute nicht die neueste Errungenschaft aus dem Govi-Plattenladen hören, während ich mir einen Finanzierungsplan für die nächsten Jahre mache: »Van Halen II«. Ein Jahrhundertalbum. Das musikalische Pendant zum »Grenzwolf«. Und der Gitarrist Edward van Halen trägt auf dem Plattencover eine tiptop Stufenfrisur. Bestimmt ist er dafür auch über Kopf gehangen. In diesem Punkt also alles richtig gemacht.

„Nein, ich kann dir sicherlich keine 2 000 Mark leihen. Und auch keine schenken …"

Die Definition von Wahnsinn ist, immer wieder das Gleiche zu tun und andere Ergebnisse zu erwarten.

Auch bei meiner zweiten Kreditanfrage nach der Stereoanlage bleibt Mom hart. Und wird sogar noch härter, weil sie auf einmal nicht nur ihr Konto für mich sperrt, sondern quasi die ganze Straße: „… und ich bin mir auch nicht sicher, ob du überhaupt Moped fahren solltest."

Ich dachte, ihr geht's ums Geld. Aber ihr geht's ums Prinzip. Wahrscheinlich wäre sie erst überzeugt, wenn ich einen längeren Schulweg vor- und zurücklegen würde. Und dafür wiederum müsste ich wohl auf ein Internat.

„Ihr sollt es mir doch nur leihen."

„Marc, leihen heißt zurückzahlen, nicht: bekommen und dann nicht mehr drüber reden."

„Dann werde ich's eben zurückzahlen."

„Ach ja? Und wie?"

„Ich werde halt irgendetwas austragen: *Stadtanzeiger*, *Wochenblatt*, *Sonntag aktuell*, *Metal Hammer*."

„Na, da bin ich aber mal gespannt."

Sechzehn. **DINGE, DIE ICH TUN WERDE, WENN ICH IN 2 1/2 MONATEN ENDLICH 16 BIN UND MACHEN KANN, WAS ICH WILL, OHNE JEMANDEN UM ERLAUBNIS ZU FRAGEN**

1a) Unmengen von Geld verdienen
1b) Unmengen von Geld ausgeben
2) Alkohol trinken (in Maßen)
3) offiziell rauchen, auch zu Hause
4a) ausziehen
4b) Alternativ: meinen Auszug mit 18 von langer Hand planen
5) Sex machen
6) betrunken Sex machen
7) Sex machen und anschließend im eigenen Bett rauchen
8) meine Technics/Dual/Nakamichi/Grundig-Anlage lauter drehen
9) Moped haben und fahren
10) Mit Drogen experimentieren (Heroin-Mike fragen!)
11a) Schule abbrechen (oder zumindest den Kunstunterricht)
11b) Unseren Kunstlehrer Weitz töten (oder zumindest quälen)
12) Urlaub ohne die Eltern
13) mehr und weiter weggere Rockkonzerte besuchen
14) VfB-Spiel im A-Block anschauen
15) nichts mehr klauen, weil strafmündig
16) *Penthouse* oder *Lui* oder beide Magazine abonnieren

Insgesamt würde ich mir ein bisschen mehr Wohl- und ein bisschen weniger -befinden wünschen. Weniger an meinen Eltern zu kleben. Was passiert eigentlich wirklich, wenn ich Moms Geglucke von mir abstreife und Dads zehn goldene Regeln ablege? Wie wäre es denn, wenn das, was mir meine Eltern bisher mit auf den Weg gegeben haben, nicht mehr in Stein gemeißelt wäre und ich diese Gebotstafel nicht mehr mit mir rumschleppen müsste – sondern ich sie als Spickzettel für Notfälle in der Hosentasche immer dabei haben könnte? Aus Gesetzen werden dann Empfehlungen. Ich will schließlich nicht das Leben meiner Eltern leben. Und ich will auch nicht genau das Leben haben, das Mom und Dad für mich vorgesehen haben. Aber an vielen Stellen empfinde ich genau das als schwierig: Es gibt keine Trennschärfe zwischen „mein Leben" und „mein Leben im Sinne meiner Eltern."

Ich bin jetzt langsam alt genug, um zu wissen – und um auch einzusehen und zu verstehen – dass man die Füße nicht auf den Tisch legt (wobei das manchmal die bequemste Sitzhaltung von allen ist). Dass die Wahrscheinlichkeit, vom Stuhl zu fallen, ungleich höher ist, wenn man kippelt. Dass man sich vor dem Essen die Hände wäscht und danach das Geschirr. Dass man Erwachsene siezt. Und dass ungeschützter Geschlechtsverkehr zu ungewollter Vaterschaft führt – all das habe ich verstanden. Ich weiß, dass man Schallplatten, die man nass reinigt auch nass abspielen muss. Und dass das nur mit besonderen Plattenspielernadeln geht. Das allerdings weiß ich nicht von meinen Eltern, sondern von Karl dem Großen. Von dem ich ohnehin über Bande eine ganze Menge gelernt habe. Fahren ohne Stützräder = mein Dad. Rocken ohne Kopfhörer = Karl. Und beides wird mich im Leben vermutlich weiterbringen.

Ich schaue mir Dad manchmal sehr genau an und hoffe dann, dass ich ihm heute und später nicht besonders ähnlich sehe. Mein optisches Vorbild ist neuerdings eher Edward Van Halen (Van Halen) als Papa Kleinert. Beruflich möchte ich auch nicht unbedingt in seine Fußstapfen treten, sondern lieber in die von Ossy Hoppe (Shooter Promotions), einem Konzertveranstalter, der alle unsere Lieblingsbands auf Tour begleiten darf. Aber was die moralische Qualität angeht, so bin ich durchaus bereit, mir eine dicke Scheibe von meinem Vater abzuschneiden. Alles wirkt bei ihm irgendwie geregelt und gut ausbalanciert. Wie bei einem feinfühlig eingestellten Equalizer stimmen bei Dad die Höhen und Tiefen, die Bässe und die Mitten. Er brüllt selten und wenn, dann kann ich ihn nicht wirklich ernst nehmen. Weil die Männer, die mich sonst anbrüllen von einem ganz anderen Schlag sind. Sie heißen Gene Simmons oder Bon Scott. Und sie brüllen auch nicht „Räum dein Zimmer auf" oder „Wo ist das Zweimarkstück, das ich in meiner Blazer-Tasche hatte." Sie brüllen »God of thunder« oder »T.N.T.«

Mom brüllt nie. Mom klagt. Das ist zwar leiser, aber auch eindringlicher. Denn Brüllen prallt ab, aber Klagen geht unter die Haut. Schleicht sich ein wie ein tückisches Gift. Brüllen hat Dezibel, Klagen hat Untertöne. Wie Ultraschall. Eine fiese Frequenz, wie sie nur Hunde- und Kinderohren hören. Und ihr Klagen befiehlt nicht, ihr Klagen klagt an. Es nennt die Fakten und meint den Vorwurf. Nicht: „Räum dein Zimmer auf", sondern „Dein Zimmer ist nicht aufgeräumt". Und im Subtext: „Fiiiiiiiiiiiiiiiiiiiiiiiiiiiiiiiiieeeep. Wenn Dein Zimmer aufgeräumt wäre, würde es mir viel besser gehen. Dann wäre meine Ehe in Ordnung, mein Leben erfüllter, wäre ich nicht in die Kriegsjahre hineingeboren worden, hätte nicht darben und meine eigene Kindheit in einem Keller zubringen müssen."

Das ist dann der Moment, in dem ich nach oben gehe und mein Zimmer aufräume. Ich möchte wirklich nicht Schuld sein am Zusammenbruch des Weltfriedens, der laut Unterton meiner Mutter drohend in der Luft hängt.

Einige materialermüdende Diskussionen später habe ich endlich eine vernünftige Mischkalkulation für Moped plus Führerschein minus Eigenkapital aus Eltern/Opa Willi Darlehen/Zuschüssen. Allerdings habe ich damit jetzt auch Schulden, hoch wie ein Butterberg. Sie werden mich mindestens für die nächsten sieben Jahre an mein Zuhause binden und eine Fast-Festanstellung als Blättle-Austräger erfordern. Andererseits habe ich auch das Okay meiner Eltern. Und das ist unbezahlbar.

Jetzt wird es darum gehen, keinen groben Fehler zu machen – einen Fehler wie den falschen Fahrlehrer wählen. In Möhringen gibt es drei Fahrschulen. Entsprechend lassen sich die Auto- und auch Mopedfahrer Möhringens in drei Gruppen einteilen: Fahrschule-Burkhardt-Fahrer. Fahrschule-Globus-Fahrer. Und Fahrschule-Arsylan-Fahrer. Sag mir, wo du deinen Führerschein gemacht hast, und ich sage dir, wer du bist. Wie cool du bist. Und ob du dazugehörst oder nicht.

Ganz unten in der Hackordnung: Fahrschule Globus. Globus ist der Newcomer unter den Fahrschulen und sie versuchen junge Möhringer zu ködern, indem sie auf ihren Fiat Uno das Modell einer Erdkugel schrauben. Wirst du in Möhringen gesehen, wie du am Steuer eines Diesel-Fiat sitzt, der einen Globus auf dem Dach spazieren fährt, bist du durchgefallen. Zwar nicht in der Fahrprüfung, aber in der mindestens ebenso wichtigen kritischen Beurteilung durch die lokale Jugend. Wer bei Globus seinen Führerschein macht, darf später auch von Vati einmal pro Monat den Opel Monza ausborgen. Mehr aber auch nicht. Den 1-b-Schein, der zum Fahren einer 80er berechtigt, muss man bei Globus auf einer Puch Ranger 25 machen. Was im Klar- oder Werbetext soviel bedeutet wie: *Das schnittige Gelände-Mofa im rassigen Profi-Look. Die 3-Gang-Handschaltung erlaubt dem Könner die präzise Leistungsdosierung auf der Straße und abseits davon. Das grobe Stollen-Profil garantiert auch im Gelände stets absolute Spurtreue.*

Schon besser ist da die Fahrschule Burkhardt. Der Fahrlehrer unserer Eltern. Burkhardt gab's schon immer. Und es gibt ihn schon so lange, dass viele unserer Ahnen vermutlich ihre Kutschprüfung schon bei Burkhardt abgelegt haben. Burkhardt ist nicht besonders schlimm, aber auch nicht besonders cool. Wie Barclay James Harvest auch. Die Erfolgsquote ist vollkommen in Ordnung und wer einen Führerschein ohne viel Tamtam will, der geht zur Fahrschule Burkhardt. So wie es Generationen vor uns getan haben. Jones hat sich entschieden, seinen Schein bei Burkhardt zu machen. Vielleicht weil er sich schämt, dass er sich zwar einen Führerschein, aber erstmal kein Moped und nicht mal ein Mokick leisten kann. Denn er hat gerade viel Geld in einen Gitarrenverstärker investiert. Schade, ich hatte darauf gehofft, auch in der Fahrschule Jones' Nebensitzer zu sein. Der Junge ist verdammt gut, wenn es um Prüfungen geht, und seine Schrift ist abschreibefreundlich. Aber Jones will ja ein Fahrschule-Burkhardt-Fahrer ohne fahrbaren Untersatz werden.

Ich dagegen will das echte Führerschein-Abenteuer – und das gibt es bei der Fahrschule Arsylan. Das geht schon beim Fuhrpark los: Statt Unofahren darf man bei Arsylan Porschebrausen. Und statt mit der Puch zu tuckern, darf man als Achtzigerführerscheinanwärter mit der Enduromaschine Yamaha DT 80 fahren. Das finde ich enorm praxisnah, denn genau dieses Modell soll es ja später auch im richtigen Leben und Straßenverkehr für mich sein.

Für Arsylan spricht aber nicht nur die Flotte: Am Wochenende wird aus Fahrlehrer Arsylan Busfahrer Arsylan und er bringt den VfB Stuttgart zu seinen Auswärtsspielen nach Düsseldorf, Braunschweig oder zu Tennis Borussia Berlin. Auch das qualifiziert Herrn Arsylan für mich als Fachkraft.

Allerdings ranken sich um die Lichtgestalt Arsylan auch Gerüchte. So ist das eben: Erfolg macht sexy. Und Sexysein macht neidisch. Es gibt Möhringer Menschen, die behaupten, Fahrlehrer Arsylan würde seine Fahrschüler bei Überland- und Autobahnfahrten nach Liechtenstein lotsen. Dort würde er Unmengen von Gold kaufen, während er den jungen Menschen eine kurze Pause gönnt, und dieses dann anschließend via Fahrschulauto über die Grenze schmuggeln. Arsylan und die Zöllner kennen sich, heißt es weiter in der Gerüchteküche, und die Beamten würden jedes Mal Rücksicht auf die Nervosität der jungen Fahrschüler nehmen und den Wagen nicht kontrollieren, sondern nur höflich grüßen und durchwinken. Aber erstens glaube ich nicht alles, zweitens, was man so hört und drittens werden wir mit einer 80er wohl kaum bis nach Liechtenstein fahren. Obwohl mich bei Arsylan auch das nicht wirklich wundern würde.

Bei Aryslans scheint die ganze Familie verroht zu sein. Allen voran: Arsylan junior aka Deniz Arsylan aka „der junge Arsylan". Der Sohnemann meines zukünftigen Fahrlehrers. Hat wohl weder in Theorie noch in der Praxis besonders gut aufgepasst. Während es über Arsylan senior unglaubliche Gerüchte gibt, gibt es über Arsylan junior unglaubliche Geschichten. Obwohl sein Vater nicht gerade einen kleinen Fuhrpark besitzt, hat es Deniz mit einem Kumpel, der flüchten konnte, geschafft, einem Freund von Karl dem Großen die Yamaha XT 500 aus der Garage zu klauen. Und dann eine Spritztour über die Route Möhringen – Vaihingen – Kaltental – Polizeiwache Heslach zu unternehmen. Führerschein Ade würde ich mal sagen.

Deniz macht permanent Mist, weshalb man besser einen großen Bogen um Deniz macht. Ich selber kenne ihn vom Sehen – und wenn wir uns begegnen, nicken wir uns ganz leicht zu. Für andere unsichtbar ist das unsere kleine respektvolle Zeremonie, die sagt: Ich beklau dich nicht und du verpetzt mich nicht. Warum ich diesen Respekt bei Deniz genieße, weiß ich nicht. Vielleicht der Fanclub? Bei mir ist Deniz vor allem durch eine Aktion im Nachbarörtchen Plieningen mächtig in der Achtung gestiegen: Über Monate hat er regelmäßig die Schellenschraube eines Blitzgeräts am Ortseingang ganz leicht gelöst. Und das Blitzgerät um 90 Grad gedreht. Und zwar direkt auf das Fenster eines Plieninger Rentners. Und weil die Geschwindigkeit dort mittels Kontaktschleifen im Boden gemessen wird, löste das Ding trotz der Richtungsänderung immer wieder aus, wenn einer zu schnell zwischen Möhringen und Plieningen unterwegs war. Der Rentner wunderte sich, warum es beim Schauen von »Die Montagsmaler«, »Was bin ich?« und »Der Große Preis« immer plötzlich blitzartig hell wurde – und die Polizei wunderte sich, warum auf jedem Radarfoto ein Rentner in seinem Fernsehsessel zu sehen war. Irgendwann haben sie das Ding abgebaut. Dank dir, Deniz.

Danke an die ganze Familie Arsylan.
Danke Herr Arsylan.
Danke Opa Willi.
Danke Mom, danke Dad.
Dank an das Fürstentum Liechtenstein.
Danke Führerscheinstelle Stuttgart.
Ihr seid die Besten.

„Achtung! Fahrschulauto folgt", steht auf dem neongelben Nierengurt, den ich in den wenigen praktischen Fahrstunden bis zu meiner Prüfung trage.

„Heißa! Fahrprüfer ist unaufmerksam" wäre heute – am Tag meiner Prüfung – die passendere Beschriftung. Arsylan senior verwickelt den strengen Prüfer im Fahrschulauto hinter mir ganz offensichtlich in ein Gespräch (VfB) oder in ein Geschäft (Gold).

Die DT 80 wörtlich nehmend fahre ich mit 80 von Möhringen nach Plieningen und lasse die amerikanische Kaserne Kelley Barracks links liegen. Soweit mir das aus der Theorie noch richtig in Erinnerung ist, sind 80 km/h auf einer Landstraße durch eine ungeschlossene Ortschaft vollkommen okay. Doch am Ortseingang Plieningen erscheint mir die Geschwindigkeit plötzlich nicht mehr ganz so angemessen. Dass ich den Führerschein bestehe, verdanke ich der Tatsache, dass es nicht blitzt. Dass es nicht blitzt, verdanke ich Deniz. Dass es der Prüfer nicht merkt, Deniz' Dad.

Siebzehn. **R-GESPRÄCH AUS DEM NICHTS**

Nur fünf Monate nach dem Tod von Bon Scott bringen AC/DC »Back in Black« raus. Mit dem Sänger Brian Johnson. Es ist müßig zu diskutieren, ob Brian oder Bon oder Bon oder Brian – darum geht es bei AC/DC nicht. Es geht darum, dass es verdammt noch mal weitergeht. Und dass so ein bisschen Erbrochenes in einer Speiseröhre nicht das Ende bedeuten darf. Dass der liebe Gott unseren Göttern AC/DC zwar einen gehörigen Arschtritt verpasst hat, dabei aber vergessen hat, dass AC/DC zurücktreten würden. Ihr Tritt trägt schwarz und beginnt nicht mit einem Pauken- sondern mit einem Glockenschlag. Einmal, zweimal, neunmal, dann setzt das vielleicht beste Gitarrenriff aller Zeiten ein. Dungdängedungdängedungdängedung … dududu … dängedungdängedungdängedung …

Diese Glocken sollen uns begleiten. Durchs ganze Leben. Aber erstmal durch halb Europa.

Denn fünf Monate nach dem Tod von Bon Scott und nur wenige Wochen nach dem Bestehen meines 1-b-Führerscheins (Theorie: 3 Fehler, Praxis: 0 Fehler) machen Basti, Fred, Jones und ich uns zu einer wirklich schweren Fahrprüfung auf. Wir wollen nach Südfrankreich. Der AC/DC Fanclub Stuttgart-Möhringen auf Tour. Unsere Startaufstellung: Basti auf einer Zündapp TT 50. Ich auf meiner Yamaha DT 80 (gebraucht, günstig, gut erhalten, Garagenmoped). Fred auf einer Yamaha RD 25. Jones, dessen Budget wie gesagt zwar zum Führerschein machen, aber nicht zum Moped kaufen gereicht hat, als wechselnder Beifahrer von Basti oder mir. Unser Plan: Wir wollen in mehreren Etappen nach Argelès-sur-Mer. Wir einigen uns, auf den Zwischenstopps zu zelten – unsere Eltern einigen sich darauf, dass wir am Zielort in ein billiges Hotel gehen. Sie subventionieren uns sogar Halbpension. Die treibende Kraft ist dabei Frau Bach, die feststellt, dass sie nicht genug Tupper besitzt, um ihrem Sohn Jones für zwei Wochen Brote mitzugeben.

Unser Ziel ist es, so schnell wie möglich nach Frankreich zu kommen und uns dann „etwas langsamer bis an die Küste runterfallen zu lassen", wie Basti diese Art der Fortbewegung nennt. Mit 50ccm hat er da natürlich leichter reden als der hinterhertuckernde Fred. Und mit Jones als Sozius schwächelt sogar meine DT 80 ein wenig auf Langstrecke. Ist eben doch eine Enduro und keine Straßenmaschine. Aus Rücksicht auf die anderen verzichte ich aber trotzdem darauf, bis zur Grenze durchs Gelände zu fahren. Schließlich haben wir es eilig, nach Frankreich zu kommen. Dort sind die Kippen billiger, und das hier soll eine Raucher- und Rock-and-Roll-Reise werden. Also packen wir Streichhölzer und vier »Back in Black«-Musikcassetten ein, einen Radiorekorder und jede Menge Varta-Batterien von Radio-Burosch.

Das erste Etappenziel „irgendwo Frankreich, scheißegal" erreichen wir locker, allerdings nicht vollzählig. Wir haben Fred verloren. Oder Fred den Anschluss. Je nachdem aus welcher Richtung man kommt und es betrachtet.

I'm not afraid of France. Ich bin kein Fred der Franzosen. *I'm not afraid of here.* Fred ist fort. *Où est le Fréde?* Mokick *perdu*.

Das wäre an und für sich kein großer Verlust, aber erstens sind wir mit drei Mitgliedern als offizielle Delegation des AC/DC Fanclubs, der den chansonhörenden und froschverspeisenden Franzosen den Rock beibringen will, ein bisschen schwach bestückt. Und zweitens hat Fred die Zeltstangen. Nicht die Planen, nur die Stangen. Unser Verteilerschlüssel fürs Gepäck sah vor, dass Fred das kleinste Packmaß und das geringste Gewicht für sein Mokick bekommt.

Im Niemandsland zwischen le Dingsbums und la So-und-so überlegen Basti, Jones und ich wie es wohl weitergeht. Krisensitzung auf der Landstraße. „Das fängt ja gut an" ist stark untertrieben. Immerhin haben wir Benzin, Kippen, drei von vier »Back in Black«-Cassetten und den Radiorekorder – und wir haben Zeltplanen. Als es zu nieseln anfängt, sind wir noch guter Dinge. Als das Nieseln in ein Stakkato-Tröpfeln … dann Tropfen … Bindfädenregnen … Wie-aus-Eimern-Gießen und schließlich Schütten-Pissen-Kübeln übergeht, liegen drei Jungs auf einem Zeltplatz in Nordfrankreich in einem Zelt ohne Stangen in ihren Schlafsäcken und fluchen. Nicht mal rauchen können wir in dieser Haltung. Die Zeltwand liegt auf unseren Gesichtern. Aber rocken, das können wir. In der Pause zwischen »Shake a leg« und »Rock 'n' Roll ain't noise pollution« stellt Jones eine fast schon philosophische Frage: „Wenn wir unter einer Zeltplane ohne Stangen liegen ... liegt dann Fred jetzt gerade in einem Zeltgestänge ohne Plane?"

„Zuzutrauen wär's ihm."

„Morgen früh bilden wir drei Trupps. Ein Trupp bleibt hier im Basislager. Der zweite ist der Suchtrupp. Der schwärmt aus und sucht – sagen wir mal – im Umkreis von 25 Kilometern. Der dritte Trupp versucht Kontakt mit Freds Eltern aufzunehmen. Aber behutsam, ohne dass die vor lauter Sorge nicht mehr schlafen können. Vielleicht hat er sich ja zu Hause gemeldet?"

„Drei Leute auf zwei Mopeds bilden drei Trupps?"

„Halt's Maul und schlaf jetzt. Morgen wird ein anstrengender Tag."

„Du meinst: im Gegensatz zu heute?"

„Fresse!"

„Aye, aye, mon capitaine."

Pause. Schwerer Atem. Und vor allem: sichtbarer Atem.

„Mir ist arschkalt!"

„Je weniger ihr anhabt im Schlafsack, umso weniger friert ihr."

„Du bist doch nicht etwa ein Schwuli? Und willst uns nur nackig sehen?"

Basti scheint eine ausgeprägte Phobie gegen Schwulis zu haben. Was er wohl sagt, wenn er erfährt dass Busen-Grübi lesbisch geworden ist?

Am nächsten Abend finden wir Fred tatsächlich wieder wie einen Haustürschlüssel, den wir unterwegs verloren haben. Besser gesagt: Fred findet uns. Ein Expeditionsteilnehmer, der alles richtig gemacht hat. Er ist weiter der Route gefolgt. Er hat – als es zu dunkel zum Weitersuchen wurde – heimlich in einer Scheune übernachtet. Und er hat jeden Campingplatz auf der Strecke angesteuert und nach uns gesucht. Fred hat *un et un* zusammengezählt und ihm war klar: Wir würden irgendwo schlafen und rauchen müssen.

Als er hier in den Campingplatz einbiegt, erkennt er sofort das zum Trocknen aufgehängte Viermannzelt, zu dem er tapfer die Stangen auf seinem Mokick transportiert. Der Einmanntrupp Fred hat sich zu seiner Einheit durchgeschlagen.

„Ein paar Orte weiter hab ich gestern sogar im Fremdenverkehrsbüro gehalten und mit meinen zwei Brocken Französisch die Sachlage erklärt. Die waren total nett und haben mir eine Telefonkarte geschenkt und die Nummer Deiner Eltern in Deutschland rausgefunden, Marc."

„Warum wolltest du denn bitte schön bei MEINEN Eltern anrufen???"

„Ich wollte meine nicht beunruhigen!"

Ich sehe Dad schon den Wagen starten und mich auf der Stelle abholen. *Adieu les vacances.* Das war's mit der Rock-Reise. Wenn die mitbekommen, dass wir zu blöd sind, zusammen am Ziel anzukommen, lassen sie uns nie und nimmer dorthin weiterfahren.

„Und wie haben meine Eltern reagiert?"

„Hab sie nicht erreicht. Ich hab's immer wieder probiert. Heute früh ging dann endlich jemand ran. Eine Kläranlage in Leipzig oder so." Kopfschüttelnd wedelt Fred mit dem handgeschriebenen Zettel. „Die dumme Nuss aus dem Office de Tourisme hat mir die Nummer deiner Eltern gegeben, aber die Vorwahl der DDR."

Achtzehn. **DAS BESTE AM LEBEN SIND DIE OUTTAKES**

Drei Tage ohne Zwischenfälle später sind wir am Ziel: ein Vierbettzimmer mitten im Zentrum von Argelès-sur-Mer in einem Hotel namens „Le Charlemagne“ – von uns sofort in Allemagne umgetauft und auch so besetzt. Wir einigen uns drauf, kein Wort französisch zu sprechen und die nächsten zwei Wochen statt *croissant et baguette* konsequent Mürbeteighörnchen und Stangenweißbrot zu bestellen. Solange, bis sie uns verstehen.

Das Hotel ist nicht der wahre Jakob. *Ce n'est pas le frère Jaques.* Es hat zwar Bar und Pool. Es hat allerdings auch Nachbarschaft. Und schon bei unserem ersten Rundgang hören wir sie: *DümmDümm DüDümmDümm, DüDümmDü DüDümm!*

„Was war das um Himmels Willen?“

„Funky Town!“

„Wie bitte?“

„Funky Town. Von Lipps Incorporated. DER Sommerhit der Saison, sagt Karl der Große.“

Wängedäng – gonna take me to – bängedäng – Funky – Town.

„Das ist ja grauenhaft!“

„Oh Gott, von da hinten kommt es auch.“

Wir dachten bei Urlaub eher an Meeresrauschen und Höllenglocken. Argelès-sur-Mer! Was zum Teufel war in uns gefahren, hierher zu fahren? Wer von uns ist auf die Idee gekommen, eine Disco-Partyhochburg für Heranwachsende sei das richtige Reiseziel für uns vier? Eigentlich wollten wir doch nur Mopedfahren. So lange wie möglich und so weit wie möglich. Und Musikhören. So laut wie möglich. Das ist hier nicht ganz einfach, denn gegenüber halten sie dagegen: Vis-à-vis des Hotels Allemagne befindet sich eine Diskothek namens „Trésor“, die von 18.00 Uhr bis 4.00 Uhr scheinbar nur einen einzigen Song spielt.

Wir erklären unseren Nachbarn offiziell den Krieg.

Die Eingangstür der Diskothek Trésor ist originellerweise einer Tresortür nachempfunden. Ich würde sie am liebsten zusperren und die Zahlenkombination vergessen. Mit unserem kleinen Radiorekorder und unseren vier »Back in Blacks« versuchen wir dagegenzuhalten. Eine Cassette und vier Radiorekorder wären wohl besser gewesen.

DümmDümm Dü-DümmDümm, DüDümmDü DüDümm – won't you take me to … funky town
vs.
Dungdängedungdängedungdängedung – I got my bell, I'm gonna take you to hell.

Funky Town gewinnt das erste Duell. Wir müssen schwereres Geschütz auffahren. Und finden es im Zimmer nebenan: drei Berliner, ein paar Jahre älter als wir und ein paar Ecken härter in ihrem Musikgeschmack. Tätowiert. Alle drei tragen Springerstiefel. Und einer sogar eine Glatze. Er stellt sich uns als Igel vor. Und auf Freds freche Frage, dass ein Igel doch wohl Stacheln hätte und wie das sein könne, erklären sie uns ihr Igel sei ein überfahrener Igel.

„Das sind Punker", raunt uns Basti zu.

„Deine?", fragt Fred. Und bekommt dafür drei Tage beleidigte Leberwurst von Basti.

Team Berlin ist unsere Rettung. Denn sie kennen einen Fluchtweg aus der Funky-Town-Hölle – einen kleinen irischen Pub namens „Buccaneer", wo sie verzerrte Gitarrenmusik spielen, immerhin. Allerdings zu viel englische Gitarrenmusik und zu wenig Australisches für unseren Geschmack. Def Leppard, Ozzy Osbourne oder Judas Priest. Besser als nix. Und besser als Funky Town.

Beruhigend am Buccaneer ist, dass er schon nachmittags seine Pubtüren öffnet. Um diese Uhrzeit haben die Engländer dort bereits ihre charakteristische rote Farbe. Bestehend aus 25 % Adrenalin, 25 % Grundaggressivität und 50 % falscher Lichtschutzfaktor bei der Sonnenmilch. Aber abends sind dann alle selig. Die Engländer bierselig und wir rockselig. Arm in Arm mit ihnen grölen wir »Oho Black Betty, Ram-a-lam«, »Breaking the law … breaking the law …«, »Can you help me? Oh no«. Nur als dann Def Leppard läuft, da ist Schluss. Denn Def Leppard kann man nicht grölen.

Ein Typ namens Steve fragt, ob er unseren Fanclub joinen may. Jones erklärt ihm in feinstem abireifen Englisch, dass wir ihm ein Beitrittserklärungsformular zusenden würden, wenn er uns einen frankierten Rückumschlag sendet – und wenn er Jones zum Bier einlädt. Steve und Jones trinken um die Wette und Steve gewinnt.

Tagsüber verkaufen sie im Buccaneer neben den obligatorischen Strandtüchern auch Hardrock-Fanartikel. Jones und Basti und Fred und ich und die drei Berliner Kotze, Atze und Überfahrener Igel kaufen uns schon nach kurzer Zeit allesamt Fan-T-Shirts „Buccaneer, Argelès-sur-Mer." Das macht uns zu einer Art Bande, zusätzlich zu unseren selbstbemalten Sash-LaBamba T-Shirts mit der Aufschrift „AC/DC Fanclub Stuttgart". Unsere Sommeruniform für unseren ersten internationalen Einsatz. Basti kauft sich außerdem im Buccaneer-Fanshop einen Patronengürtel, den er in den nächsten Tagen nicht mehr ablegt.

Da der Buccaneer Pub erst um 17.00 Uhr aufmacht und der Fanshop erst um 14.00 Uhr, wir aber schon zwischen 9.00 und 10.00 Uhr zum Halbpensionsfrühstück müssen, bleiben uns vier Stunden Zeit, die rumgebracht oder totgeschlagen werden müssen. Leider wissen wir alle nicht so recht, was man in einem Urlaub ohne Eltern machen soll. Also liegen bei 30 Grad im Schatten vier ganz unterschiedliche Typen in unterschiedlichen Badehosen und in ganz unterschiedlichen Bräunungsgraden rauchend am Pool. Von links nach rechts:

Marc, schlohweiß, in Speedo.
Jones, schneeweißchenweiß, in adidas.
Fred, alpinaweiß, in No-Name.
Basti, elfenbeinweiß, in Erima + Patronengurt.

Fred schlägt verschiedene fakultative Ausflüge vor:
„Strand. Weibergucken!" und
„Poolbar. Lumumba trinken."

Zu 66,6 Periode 6 Prozent wären unsere Eltern mit diesem Getränk einverstanden. Denn Lumumba besteht zu zwei Dritteln aus Kakao. Allerdings auch aus Rum. Jones kann kaum widerstehen und trinkt diesmal mit Fred um die Wette. Fred gewinnt.

Aber auch die feste Nahrung ist nicht unumstritten: Das Hotelfrühstück hat diesen Namen nicht verdient. Alles, was abends nicht wegkommt, liegt morgens trotzig wieder am Buffet. Unsere Beschwerden – selbstredend auf Deutsch – bleiben ungehört. Aber unsere neuen Freunde aus Berlin zeigen uns, wie man sich am Hotel rächt: Als wir nachts aus dem Buccaneer kommen, ist das L'Allemagne schon geschlossen. Die Leitungen allerdings, aus denen Cola, Fanta und Sprite kommen, die sind noch offen. Überfahrener Igel schickt uns auf unser Zimmer, alle Gefäße holen, die wir fassen können: Zahnputzbecher, Tupper und leere Flaschen. Und wir zapfen was das Zeug hält. Nirgendwo steht, dass man nicht hinter die Bar darf. Erfrischungsgetränke werden wir in diesem Urlaub nicht mehr kaufen und haben damit schon mehr Geld für Zigaretten (Jones, Basti, Fred, ich), Lumumba (Jones, Fred) und Batterien (alle).

Hallo Mutti.
Fred.
P. S. bin in Frankreich.

Hey Punker.
Ihr glaubt ja gar nicht, wen ich hier in Frankreich getroffen hab: Atze, Kotze und Überfahrener Igel aus Berlin. Die total krassen Typen. Wie Ihr halt. Cheers & beers an alle und no future – Basti

Hallo?
Hallo?
Mom?
Wer ist denn da?
Was heißt da: Kläranlage Leipzig?
Tut-tut-tut-tut-tut-tut-tut-tut

Lieber Karl,

Du hattest recht: die Franzosen haben es nicht so mit Rockmusik. Außer einer Band namens Trust, kennst du bestimmt. Die singen aber auf Französisch. Und du hattest auch recht mit Funky Town. Es ist tatsächlich der Sommerhit der Saison. Grauenvoll. Wie findest du die Back in Black? Ich nach mehrmaligem Hören echt stark. Und was sagst du zu einer englischen Band namens Def Leppard? Das spielt der Discjockey hier immer im Pub. Das mit dem Beifahren ging ganz gut hier runter. Aber ich freue mich, wenn ich wieder zu Hause bin. Vor allem auf Mutters Brote. Grüß sie bitte ganz lieb von mir. Dein Jones.

Als wir irgendwann in Woche zwei auf unserem Balkon mit Trésorblick gerade dabei sind, Kontakt mit zu Hause aufzunehmen, bekommen wir neue Nachbarn. Anreisetag. Neben uns beziehen drei pferdegesichtige Mädchen aus Albstadt-Ebingen ihr Zimmer: Petzi, Sonja und Karen.

„Könnt ihr mal bitte den Krach ein bisschen leiser machen?", flötet es vom Balkon rüber.

Fred lässt Postkartenschreiben Postkartenschreiben sein und stürmt sofort nach nebenan. Ich bin froh, dass er sich der Sache annimmt. Als er nach einer halben Stunde noch nicht zurück ist, fange ich an, mir Sorgen zu machen. Um die Albstadt-Ebingerinnen vor allem. Dann taucht er plötzlich auf dem Balkon nebenan auf.

„Die sind voll okay", ruft er rüber.

„Und sie sehen aus wie Pferde", rufe ich zurück. Und Petzi, Sonja und Karen heißen ab sofort bei mir „Das schwäbische Gestüt". Petzi oder Sonja oder Karen kommt kichernd auf den Balkon getrabt und macht mit ihrer Kodak-Pocketkamera ein Foto von Fred, der dazu bis dahin strahlt, wo seine verdammte Popperfrisur aufhört.

Abends wollen wir eigentlich ins Buccaneer und danach zapfen. Aber Fred ist mit dem Gestüt verabredet.

„Was soll das heißen: verabredet?"

„Wir machen was zusammen."

„Wer? Du und die drei Pferde?"

„Nein. Jones kommt auch mit.“

Kurze Zeit später sehe ich die fünf im Trésor verschwinden. Und erstmal nicht wieder rauskommen. Wie von einem funky-town-speienden Monster verschlungen. Um die vier Pferdegesichter ist es nicht schade, aber Jones ist mein Freund.

Basti und ich ziehen frustriert und schockiert ins Buccaneer. Wir lassen uns von einem Engländer (Basti: „Ein Schwuli wahrscheinlich“) zu Cola und Cola mit Rum einladen und kommen spät in der Nacht nach Hause. Immer noch keine Spur von Jones und Fred. Die beiden Herren treffen eine halbe Stunde nach uns im Vierbettzimmer ein. Jones ist sturzbetrunken.

Und noch etwas stimmt nicht mit den beiden: „Petzi hat echt süße Möpse“, erklärt Jones lumumbablöde und pennt sofort ein.

„Won't you take me to … funky town“, singt Fred – und endlich passt sein Musikgeschmack mal zu seiner Frisur. Er tänzelt ins Bad, wo er die halbe Nacht immer wieder kotzt. Dann legt er sich ins Bett und zündet sich eine Kippe an. Als er gerade im Begriff ist einzuschlafen, nehme ich im die Zigarette hotelbrandverhindernd aus der Hand. Fred wacht auf und zündet sich gleich die nächste an.

„… and I talk about it, talk about it, talk about … movin'.“ Wieder zitiert er lallend seine neue Lieblingsband Lipps Incorporated. Wieder schläft er fast ein. Wieder nehme ich ihm verantwortungsbewusst die Zigarette weg. Wieder wacht er auf. In dieser Nacht mache ich kein Auge zu.

1110 Kilometer von daheim weg liege ich in einem kargen, weiß getünchten Vierbettzimmer und starre an die Decke, an der sich ein abgeblätterter Ventilator auf Stufe 1 müht, die Aromamischung aus Zigarettenrauch, Alkoholdunst und Erbrochenem gleichmäßig im Raum zu verteilen. Ich sehe mich vorsichtig um, als könnten meine Blicke irgendjemand in diesem Raum wecken. Jones schnarchgrunzt und pumpt dabei stoßweise schlechte Trésordiscoluft aus seinen Lungen in unser kleines Zuhause. Basti schläft auf dem Rücken, ausgestreckt und wie aufgebahrt. Selbst das dünne Leintuch ist zu warm bei diesen

Temperaturen, und so liegt er da, mit freiem Oberkörper, in seiner gestreiften Schlafi-Hose, über der er natürlich seinen Patronengurt trägt. Ich schaue in das Gesicht, das neben mir liegt. Lächelt Fred etwa im Schlaf? Oder ist einfach nur sein zynischer Ausdruck um die Mundwinkel verschwunden? Vis-à-vis des L'Allemagne fahren sie endlich auch die Bumsbässe runter und Argèles-sur-Mer wird gleich wegnicken. Nur ich bin wach und fühle mich ein bisschen fremd. Nicht, weil das hier Frankreich ist, sondern weil das hier meine Freunde sind. Die einzigen, die ich habe und wahrscheinlich die einzigen, die mich verstehen. Und trotzdem überkommt mich ein riesengroßes, eiskaltes Gefühl des Alleinseins. Als hätte mir jemand einen Eimer Einsamkeit über den Kopf geleert.

„So wie gestern Abend geht das nicht." Wir brauchen Strafmaßnahmen. Clubausschluss!

„Da schießen wir uns ins eigene Bein", sagt Basti.

„Stimmt. Wenn wir Jones und Fred rauswerfen, sind wir nur noch zu zweit."

„Plus Steve aus dem Pub auf der Warteliste."

„Komm, wir malen die beiden Penner mit Edding an."

„Und was machen wir mit den Weibern?"

„Da fällt uns auch noch was ein."

Und wie uns was einfällt! Ein paar Tage später warten Basti und ich, bis das Gestüt zur Tränke geht. Als Petzi, Sonja und Karen es sich am Pool bequem machen, startet die Operation Albstadt. Wir bitten unsere neuen und wahren Freunde Überfahrener Igel, Atze und Kotze sich ein bisschen um die drei Damen zu kümmern. Gerade solange, dass wir uns mal ungestört im Stall umschauen können.

Wie alle im Hotel, lassen auch unsere drei Nachbarinnen bei der Hitze ihre Balkontür auf. Also klettern Basti und ich rüber und wühlen uns ein bisschen durch die Klamotten. Gerade so, dass sie wissen, dass ungebetener Besuch da war. Das wird sie hoffentlich lehren, die Stalltür zu schließen. Vor allem, wenn sie drin und wir nebenan sind. Dann kommt der Hauptteil, das Grande Finale, unser persönlicher

Triumph. La voilà, da ist sie ja: die Kodak Pocketkamera. Wir schießen unseren Goldenen Schuss. Das Sportfoto des Jahres. Ein Meisterwerk der Fotografie.

Von unserer eigenen kriminellen Energie überrascht und gleichzeitig wie berauscht, malen Basti und ich uns das Szenario in vollen Farben aus: Irgendwann nach dem Urlaub wird eine der drei zu einem Photo–Porst-Fachgeschäft in Albstadt-Ebingen gehen und dort einen Farbfilm zum Entwickeln geben. 9x13, matt oder glanz. Dann, wenn sie die fertigen Bilder abholen, werden sie sich in einem Bistro treffen, Cappucino mit Sahne bestellen und sich gemeinsam über die schönen Abzüge freuen: Sie werden den Pool fotografiert haben, den Strand, vielleicht auch die Aussicht auf die Diskothek Trésor. Sie werden Fotos durchblättern von Petzi im Badeanzug. Sonja mit leichtem Sonnenbrand. Karen mit einem Schirmchencocktail. Petzi mit afrikanischem Strandnegerlederhut. Karen mit Hut. Sonja mit Hut. Sonja mit Patronengurt. Moment mal? Sonja hat doch gar keinen Patronengurt???? Wem gehört bitte dieser haarige Hintern?

Auf drei gestochen scharfen Nahaufnahmen werden sie den Arsch eines jungen Mannes sehen, in dem jedes Mal eine andere Zahnbürste steckt.

Soviel wie Petzi, Sonja und Karen dann kotzen möchten, können sie gar nicht gurgeln. Happy Holidays. Auch von den beiden Headbangern nebenan.

P. S.: Das war kein Krach. Das war »Givin the dog a bone.«

Neunzehn. **NO SLEEP 'TIL FASANENHöF**

Nach unserer Rückreise in die Heimat, die reibungsloser verlief als der Hinweg, ist nicht zu übersehen, dass sich einiges verändert hat: der Kilometerstand unserer Mopeds, die Geschlechtsreife und sogar der Musikgeschmack.

Auslöser ist ein zerknitterter Umschlag, den wir von unseren drei neuen Freunden aus Berlin als kleines Urlaubssouvenir mitbekommen haben.

„Warnung! Warnung! Achtung Warnung! Nicht öffnen, bevor Ihr wieder in der Heimat seid. Atze, Kotze, Rotze", steht auf dem mysteriösen Päckchen. Sieh mal einer an: Überfahrener Igel heißt gar nicht Überfahrener Igel.

Endlich zu Hause, reißen wir den Umschlag nervös auf. Es sei ein Dankeschön fürs Cola klauen, Trésorbesucher mit Wasserpistolen bespritzen, ihnen ab und zu was vom „Frühstück" rausschmuggeln, wenn sie verpennt haben und „natürlich für den Tipp mit den drei Schoten von der Alb, die man super knallen konnte, alle drei", wie sie schreiben (was keiner von uns so recht versteht, außer Basti, der uns nicht einweihen will). Als Dank für all das haben sie uns eine Musikcassette mitgegeben. Maxell C90. Mit Kuli haben sie „play it löud" draufgeschrieben.

„Müsste das nicht *loud* heißen?"

„Vielleicht ist das französisch?"

„Dann wären's Accents, keine Pünktchen."

„Leg mal ein!"

„Und mach läut. Steht ja drauf."

PLAY löst den wahrscheinlich schnellsten gewaltigsten unerhörtesten überwältigendsten Schlagzeugbeat der Geschichte aus. Dazu einen verzerrten Bass, der ein Riff spielt, wie es bisher nur Gitarristen vorbehalten war. Wenn das nur der Bass ist, möchte man nicht wissen, was die Gitarre gleich spielt, denke ich mir noch, aber da überrumpelt mich schon ein Gitarrenschwall, wie ein Tiefseemonster, das aus dem

Nichts kommt, kurz auftaucht und mich – schwups, happs, rülps – einfach verschluckt. Unzerkaut gefressen von »Overkill« von Motörhead, noch bevor der „Gesang" überhaupt eingesetzt hat.

So wie man irgendwann ganz automatisch von Cola mit Bier auf Bier ohne Cola umsteigt, und von Lord Extra auf Peter Stuyvesant, ist auch beim Rock irgendwann der richtige Zeitpunkt für die nächst höhere Dosis gekommen. Und dieser Zeitpunkt ist jetzt. Gerade als die Wirkung von AC/DC trotz oder wegen »Back in Black« ein bisschen nachlässt, werden wir von drei Musik-Dealern aus Berlin angefixt. Mit Motörhead. Mit ö. Ohne Schreibfehler!

„Meint ihr, die sind auch aus Berlin?"

„Glaub nicht."

„Frag mal Karl. Wir müssen ganz sicher sein."

Karl der Große sagt, Motörhead seien Engländer – und wir fragen uns, warum wir es dann im Buccaneer nie gehört haben. Andererseits kann man einen Song wie »Overkill« auch nicht wirklich in einem, der Öffentlichkeit frei zugänglichen Gebäude abspielen. Außer man möchte, dass die Öffentlichkeit wieder geht. Karl der Große weiß außerdem, das Motörhead die lauteste Band der Welt ist.

Laut war bis heute kein Kriterium, nach dem wir Bands beurteilt haben. Keiner ging zu Govi auf dem Kleinen Schlossplatz und fragt „Habt ihr was Lautes da?" Alles ist laut, das man laut genug aufdreht. Sogar Moms Genesis-Platte ist laut, wenn man will.

Es dauert eine Weile, bis ich verstehe, was mit „lauteste Band der Welt" gemeint ist. Motörhead sind nicht nur lautstärkenlaut. Sie sind laut im Sinne von SCHEISSLAUT! Laut im Sinne von „Immer noch laut, selbst wenn man es leise dreht." Und laut in allem, was sie tun. Nicht nur in ihren Songs. Sie haben verdammt noch mal einen Umlaut in ihrem Bandnamen. Ö-Pünktchen. Härter und lauter und orthografisch heruntergekommener geht's ja wohl gar nicht. Umlaute! Sowas gab's bisher nur bei den pseudo-akademischen und –intellektuellen Blue Öyster Cult mit ihrer blöden Physik-und-Bio-LK-Abiturienten-Musik.

Alle Motörhead-Cover ziert ein Wildschweinschädel mit Stahlhelm, der von Album zu Album mehr zu zerbersten droht. Das furchterregende Bandmaskottchen trägt den drolligen Namen Snaggletooth B. Motörhead, was den Grusel aber nur ein kleines bisschen entschärft. Motörhead selbst sind nur drei Typen, aber sie klingen wie 300.

100 Schlagzeuger, 100 Bassisten, 100 Gitarristen. Und eine Rock-and-Roll-Drecksau, die sich vorne hinstellt, den Mikrofonständer bis zum Anschlag nach oben schraubt und das Mikro ganz lässig von oben in die Kehle fallen lässt. Dorthin, wo die grunzenden Laute entstehen. Als würde man mit einer Endoskop-Kamera eine Rachenspiegelung machen. Auch die Musikernamen sind so cool, dass man sie sich untereinander auf den Oberarm stechen möchte. Die Typen heißen nicht einfach Peter Smith, sondern

Lemmy Kilmister
Philty Animal Taylor und
Fast Eddie Clarke.
Ob das alles Taufnamen sind?

Die Band gefällt uns. Dem einen weniger, dem anderen mehr, und einem fast schon beängstigend am meisten: Fast Basti Clarke redet und benimmt sich plötzlich wie das vierte Mitglied von Motörhead. Er hört Motörhead rauf und runter. Er trägt Motörhead rauf und runter. Und er ist Motörhead rauf und runter.

Dabei scheint die Band nicht nur für ihn eine absolute Bank in Stilfragen zu sein: Motörhead tragen immer Jeans und immer Hemden. Und immer schwarz. Nur einmal – auf ihrem Jahrhundertalbum »Ace of Spades« da tragen sie obendrein Westernhüte. Natürlich auch in schwarz. Nur Fast Eddie fällt mit einem sandfarbenen Poncho etwas aus der Reihe. Und noch etwas: Motörhead tragen immer Patronengurte. Das ist natürlich 1a für Basti.

Denn jetzt, wo er die Rohheit und Schroffheit von Motörhead für sich entdeckt hat, fühlt er sich in seiner Kaufentscheidung aus dem Buccaneer bestätigt. Der kupferfarbene Patronengurt ist für ihn Gold wert. Basti hat das Teil seit Argèles-sur-Mer nicht mehr abgelegt. Er trug ihn dort sogar über der Badehose. Als er aufsteht und sein neues

Lieblingskleidungsstück ein bisschen verrutscht, kann ich sehen, dass Basti nach zwei Wochen Südfrankreich zwar eine gesunde Urlaubsbräune hat, aber unter dem Patronengurt blass geblieben ist.

Ich brauche wohl auch einen. Da hilft alles nix. Gut, dass es im Stuttgarter Punk-Zubehörladen »Der Fliegenpilz« nicht nur Springerstiefel für die Sex-Pistols-Fans gibt und Spinnenohrringe für die Mädchen, die es nicht auf die Carnaby Street nach London schaffen, sondern auch das ultimative Motörhead-Zubehör.

Als ich mir den Original-Patronengurt holen will und weil ich schon mal in der Innenstadt bin, der Vollständigkeit halber auch gleich das erste Motörhead-Album »Motörhead«, erzählt man mir im Govi, dass Mike vor Kurzem gestorben sei. Einfach so. Hier oben auf dem Kleinen Schlossplatz.

Motörhead hätten Heroin-Mike bestimmt auch gefallen. Aber Mike lebt nicht mehr. Er starb einen Drogentod, der keiner war. Denn tragischerweise konnte sich Mike nicht mal mehr den berüchtigten Goldenen Schuss setzen. Er starb nicht high, sondern sehr, sehr low. Erschlagen von einem Mit-Junkie wegen ein paar Gramm Heroin.

But I don't care for sky
And this sure ain't no lie
At the end of all tracks and trails
Dead men tell no tales

würden Motörhead dazu bestimmt auf den Soundtrack zu seiner Beisetzung packen.

B-Side

Zwanzig. **URGEWALTEN AUF DEM PLANET MÖHRINGEN**

Das Leben ist ein Discjockey, der seine Kanzel von innen verschlossen hat und keine Musikwünsche entgegennimmt. Anders kann ich mir nicht erklären, warum wir plötzlich mit mehreren Naturgewalten gleichzeitig zu kämpfen haben:

Erstens Tod.
Zweitens Motörhead.
Drittens Mädchen.
Viertens Sex.

Eigentlich hätte man es ahnen können. Angekündigt hat sich das in unserer Clique schon in Südfrankreich. Es ging im Vollkörperkontakt mit dem schwäbischen Gestüt los und mit viel Gerede über „Weiber/die Alte da drüben/tierische Frau … guck mal" weiter. Ich schob das eine Zeit lang auf den Einfluss des Fred-Faktors: der solange über Mädchen spricht, bis er sich einbildet, dass er sie mag. Oder noch paranoider: dass *sie ihn* auch mögen.

Aber dann steigt auch Basti in das Thema ein. Und wie immer bei Basti, ist die Sache etwas anders – und leider pathologisch.

Denn plötzlich hat Basti eine Freundin. Woher die auf einmal kommt, weiß keiner so genau. Warum sollte einer von uns eine Freundin haben? Waren wir uns denn nicht genug? Wo gibt es diese Freundinnen? Vielleicht ist es ganz gut, dass die anderen beiden nicht wissen, wo es welche gibt. Vielleicht würden sie sonst auch noch losziehen und sich eine holen?

Möglich, dass Bastis plötzliches Interesse am anderen Geschlecht ja nur aus der Angst vor dem eigenen kommt? Schwuli-feindlich wie er ist, schlägt er vielleicht nur kurz ins genaue Gegenteil um, lege ich mir zurecht, und wird dann wieder gesund. Doch irgendwann wird mir klar, dass es bei Basti einen Kippschalter umgelegt hat.

Bea ist einfach auf einmal da in Bastis Leben – und damit auch in unserem. Niemand hat sie eingeladen, aber sie ist plötzlich ein Teil von Basti. Und der wiederum ist ein Teil der Clique. Eine Rechnung, die vorne und hinten nicht aufgeht: zu viele Teile, zu wenig Clique. Ich erwische die beiden, wie sie sich gegenseitig an der Hand durch das Jugendhaus führen. Wie zwei Blinde. Ich verstehe gar nicht, wer da wen gerade an der Hand hält, und ich weiß vor allem nicht, wozu? Ich dachte, aus dem Alter sind wir raus. Jetzt haben wir uns doch gerade erst von dieser Abhängigkeit von Muttern gelöst. Für einen Augenblick überlege ich mir, Basti an der anderen Hand zu nehmen. *Engele, Engele flieg*. Sie stehen für meinen Geschmack viel zu dicht nebeneinander, dann liegt Bastis Arm plötzlich auf ihrer Schulter, als würden sie den Dschingis-Khan-Tanz tanzen wollen. »He Reiter, ho Reiter, immer weiter«, und so weiter … »Dsching, Dsching, Dschingis Khan!«

Hinzu kommt, dass sich Bea mächtig einmischt – und unangenehm präsent ist. Dafür, dass sie eine Frau und kein AC/DC-Fan ist. In den letzten Wochen war ich mir eigentlich sicher, Basti würde irgendwann seinen Patronengurt heiraten. Oder zumindest *in* seinem Patronengurt. Jetzt bin ich mir da nicht mehr so sicher. Jetzt, wo sich Bea in seinem Leben und in seinem Möbel-Mammut-Bett breitgemacht hat.

Basti darf jetzt knutschen, Händchenhalten, fummeln und mehr. Wie sonst auch im Leben, muss es Basti aber auch mit Bea übertreiben. Im wahrsten Sinne des Wortes.

Er treibt es in der Badewanne, er treibt es in der Küche, er treibt es auf der Wohnzimmercouch seiner Eltern (als die aber nicht zu Hause sind – muss man ihm zugutehalten). Trotzdem ist und bleibt es die Weckerle'sche Wohnzimmercouch! Dort, wo Bastis dürrer Vater mit Bastis dicker Mutter normalerweise sitzt und Bienenstich isst. Basti treibt es in seinem Möbelhausjugendzimmerbett, das nahtlos in seine Schrankwand übergeht. Er treibt es zu AC/DC, zu Kiss und zu Motörhead. Und vor allem: Er erzählt es. En détail. Ungefragt redet er plötzlich viel zu offen über Dinge, die wir nicht wissen wollen.

Oder möglicherweise irgendwie schon, meint Fred. Denn dass Basti seine sexuellen Erfahrungen mit uns teilt, sei vielleicht besser, als gar keine eigenen zu haben. Ich finde aber, der Preis dafür ist für uns drei, die wir keine Freundin, aber plötzlich eine Beziehung zu einer haben, verhältnismäßig hoch. So gesehen zahlen Fred, Jones und ich für Sex. Sex, den nicht wir haben, sondern Basti. Wenn man das zu Ende denkt, bleiben am Ende drei Freunde, die ihrem Kumpel den Puffbesuch bezahlen, damit er ihnen davon erzählt. Ich mag mich täuschen, aber ich glaube, so etwas nennen die Erwachsenen pervers.

Dabei ist Bea nicht besonders hübsch und auch nicht besonders hässlich, aber offensichtlich besonders geil. Ihre Figur ist ganz okay, sie hat irgendwie Schweinebeine und sie hat was von einem Autobahnunfall auf der Gegenfahrbahn: Eigentlich will man es nicht wirklich sehen, und trotzdem kann man gar nicht anders als hinschauen. Vielleicht ist es auch nicht ihr Aussehen, was uns zu Gaffern macht. Vielleicht ist es mehr das, was wir über sie schon alles wissen. Denn Basti redet von fast nichts anderem mehr als vom Bumsen mit Bea. Seine Erzählungen beginnen neuerdings fast immer mit den Worten „Jongervadder, und neulich da habe ich Bea …“

Und dann folgt eine Art Live-Reportage. Detailgetreu, fast als wäre man dabeigewesen. Wir erfahren von Bastis Sexleben nicht durch die stille Post, sondern durch eine sehr sehr laute. Denn Basti erzählt von seinen Eskapaden nicht nur seinem besten Freund, der es dann halbdiskret hinter vorgehaltener Hand weitererzählt. Basti erzählt es all seinen Freunden in einer öffentlichen Vortragsreihe.

„Wir könnten den Hedwigssaal neben der Möhringer Hedwigskirche mieten, das Ganze plakatieren und für Bastis Sex-Geschichten Eintritt verlangen“, schlägt Fred vor. „Sagen wir mal … acht Mark?“

Karten an allen bekannten Vorverkaufsstellen. Kartenhäusle Kleiner Schlossplatz, Ticketcorner in der *Stuttgarter Wochenblatt*-Anzeigenannahme und überall, wo es *TV Hören & Sehen* gibt.

Bastis Intimleben ist damit jetzt nicht mehr intim, sondern öffentlich. Und fast schon offiziell. Wildfremde Menschen, na ja nicht wirklich wildfremde, aber immerhin Menschen, die noch nie in Bastis Schlafzimmer waren, haben schon davon gehört. Und daraus. So gehört es nach kurzer Zeit zum Beispiel schon zum Allgemeinwissen Möhringer Jugendlicher, dass Basti beim Duschen den Badewannenstöpsel in der Wanne lässt, um das Duschwasser zu sammeln. Das wäre jetzt an und für sich noch nicht skandalös, wenn damit nicht das Wissen verbunden wäre, dass Bastis neue Freundin B. A. (Name von der Redaktion geändert) in dem Auffangbecken anschließend baden muss – damit er sie danach in der Badewanne bumsen kann.

Allgemein bekannt ist außerdem, wie sich Bea beim Bumsen anhört. Denn von Basti und Bea gibt es ein Sex-Tape. Und zwar Tape im ursprünglichsten Sinne des Wortes: eine C60-Musikcassette, die Basti mit seinem Radiorekorder, auf dem bis vor Kurzem noch »Back in Black« lief, aufgenommen hat. Dazu hat er sich beim Radio-Burosch Mikrofon und Kabel besorgt und beides über sein Jugendbett gehängt. Irgendwie hat er es vor dem Akt geschafft, noch PLAY, RECORD und PAUSE gleichzeitig zu drücken – und Beas Aufmerksamkeit von seinem kleinen Studioaufbau abzulenken.

Und wir dürfen zeitversetzt – und ohne Bea natürlich – dabei sein und zuhören, wie die beiden es treiben. Das, was Basti da so groß angekündigt hat, als es sei es ein verschollener AC/DC-Song mit Bon Scott, ist aber beim genauen Hinhören weder besonders elektrisierend noch aufschlussreich für mich. Ich erfahre nichts, was ich nicht schon wusste, oder zumindest geahnt habe.

Man kann hundertmal »Highway to hell« rauf und runter hören, aber eben nur ein bis zweimal Beas unbeholfenes Stöhnen und Bastis sehr bemühte, diskrete Versuche, beim Sex keine Geräusche zu machen, damit wir in den ungefilterten Genuss »Alles von Bea« kommen. Zum Glück ist die Videotechnik noch nicht so wahnsinnig weit. So dass uns zumindest Bea auf Betamax erspart bleibt.

Wir verlieren schnell das Interesse an der Audio-Pornografie und hoffen, dass Basti auch irgendwann die Schnauze und die C60 Cassette voll von Bea hat.

Und weil das Leben gerade so schön in Fahrt ist, packt es gleich noch eine weitere Schreckensnachricht drauf. Die Quelle: Karl. Der Bote: Jones.

„Es ist was Schlimmes passiert."
„Oh Gott, Brian Johnson ist tot."
„Quatsch. Sie haben den Bomber geklaut."
Wie viele solcher traumatischer Botschaften kann eine junge Seele eigentlich wegstecken? Und wenn ja, wohin?
„Weiß man, wer das war?"
„Keine Ahnung. Irgendwelche Schweine in England."
„Und was genau sollen die geklaut haben?"
„Den Bomber von Motörhead."
Andere Bands haben eine Lightshow. Motörhead haben eine Lightshow in Kriegsflugzeugform. Auf die Tour zu einem Album namens »Bomber« bringen sie eine Lichtanlage namens Bomber mit. Bestehend aus einem Stahlgestänge, das der Form eines Flugzeugs nachempfunden ist. Beim Titelsong »Bomber« ihres Albums »Bomber« senkt sich das Lichtgestänge gefährlich wie im Sturzflug über die Musiker. Andere Bands haben wesentlich größere, aber auch wesentlich schlechtere Geisterbahn-Attraktionen auf die Bühne und auf die Beine gestellt: Drachen (Dio), große Monster (Iron Maiden) Kirchturmglocken (leider Gottes AC/DC). Aber besser als der Bomber wird es wohl nie wieder werden.
„Wie kann man denn bitte schön einen Bomber klauen?"
Ich kenne Nuts klauen, Raider klauen, Treets klauen – alles schon unerwischt gemacht. Aber ein Schokoriegel passt eben auch in eine Parkatasche. Für einen Bomber wird es da ein bisschen eng.
„Was weiß denn ich? So ein paar kranke Typen haben in Manchester den Truck von Motörhead geklaut, in dem der Bomber war."
„Woher weißt du denn das?"
„Steht im *Kerrang!*. Ne Hardrock-Zeitschrift aus England. Karl der Große hat jetzt 'n Abo."

Die Kunde vom geklauten Bomber macht schnell die Runde. Und sie dringt sogar bis ins Schlafzimmer von Basti und Bea, löst da aber keine besondere Reaktion aus. Ich dagegen bin empört. Denn ich muss sagen: Das ist wirklich zu dreist. Ich wollte nicht derjenige sein, der erwischt wird, wie er der lautesten Band der Welt die Lichtanlage unter dem Arsch wegstiehlt und versucht, sie auf dem Schwarzmarkt zu verkaufen. Aber man findet auch in den darauf folgenden Wochen weder den Täter noch den Bomber. Ich nehme an, irgendwo im tiefsten England sitzt jetzt gerade ein Typ an einer selbst zusammengeschweißten Bar aus Bomberteilen. Er gießt sich ein Glas billigen Gin ein und trinkt alleine, weil er keine Freunde hat. Er weiß, was er getan hat. Aber er weiß nicht, was er da angerichtet hat. Er fühlt sich schlecht, und jeden Tag muss er an diese Bar zurück und sich einen Drink genehmigen, um seine Angst zu ertränken. Geschieht ihm ganz recht.

Ein bisschen habe ich darauf spekuliert, dass dieser Schock nicht nur in England, sondern auch in Stuttgart-Fasanenhof eine heilende Wirkung hat. Dass Bea den Keuschheits- und Basti den Patronengürtel wieder anlegen und alles wieder beim Alten ist. Doch das Gegenteil ist der Fall. Es wird alles nur noch schlimmer. Aus Sex wird Ernst. Und aus „Basti bumst Bea“ wird „Basti geht mit Bea“. Wie ein richtiges Paar, nein schlimmer: wie ein Pärchen. Denn Pärchen sind Paare, die man zum Kotzen findet. Pärchen sind Paare, die Malefizabende veranstalten, zum Raclette einladen und die andere Paare fragen, ob man Silvester nicht total kuschelig zusammen auf eine Skihütte gehen möchte.

Da war mir ehrlich gesagt Bastis öffentlich ausgelebtes Sexleben lieber. Jetzt, da die beiden ein richtiges Pärchen sind, wird es plötzlich privat. Wir sehen Basti kaum noch und wenn, dann trägt er sein Pärchen-Kostüm. Und jeder seiner Sätze beginnt nicht mehr mit den Worten „Alter, und neulich da habe ich Bea ...“, sondern viel viel schlimmer mit „Bea-und-ich“. Bea-und-ich waren im Kino (»Grease«). Bea-und-ich waren im Dieterle (ohne uns! an einem Donnerstag!! Wenn dort Tanzstunde ist!!!). Bea-und-ich werden nächstes Jahr vielleicht auch in Argèles-sur-Mer Urlaub machen. „Meine Punker“ werden ansatzlos ersetzt durch Bea-und-ich. Ob seine Punker das besonders gut finden? Ich jedenfalls finde das besonders scheiße.

Als Jones' Geburtstag auf einen Dieterle-Samstag fällt, und wir planen, für ihn eine gehörige Überraschungsparty inklusive Holzkisten-

Apfelkorn vom Feinsten und Udo Cheggburger bis er „Stopp“ ruft, zu schmeißen, eskaliert die Situation.

„Da kann ich, glaube ich, nicht“, sagt Basti und holt einen kleinen Taschenkalender der Landesgirokasse aus der Innentasche seiner Harro-Lederjacke, um nach dem Datum zu schauen.

„Lass mich raten: Deine Punker haben Jahreshauptversammlung“, sage ich und merke wie ich auf 177, 178, 179 … bin. Nur eine Einheit entfernt vom Explodieren.

„Nein“, antwortet Basti, „da sind Bea und ich bei ihren Eltern.“

Wieso hat Basti einen Kalender? Und wieso hat er in diesen Kalender etwas reingeschrieben, was ihn davon abhält, sich mit uns zu treffen? Und wieso zum Teufel blättert er durch die Seiten, indem er seinen Zeigefinger an seiner Zungenspitze anfeuchtet. Als hätte er nicht nur das Kundengeschenk von der Bank geholt, sondern würde dort auch gleich arbeiten.

„Ist das ein Wort?“, frage ich ihn provozierend.

„Was meinst du?“ Basti tut nicht nur so als würde er mich nicht verstehen.

„Beaundich. Ist das ein Wort?“

„Was willst du denn jetzt von mir?“

„Ich will wissen, ob das ein Wort ist. Beaundich. Oder sind da Leerräume dazwischen? Oder ein Komma? Oder ein Semikolon? Bindestriche?“

Basti sieht mich entgeistert an. So kennt er mich nicht. So kenne ich mich selber gar nicht.

„Ich will nur wissen, ob ich Beaundich zusammenschreiben muss, wenn ich es mir in meinen Scheiß-Drecks-Taschenkalender von der Landesgirokasse eintrage und dafür Jones’ 17. Geburtstag durchstreiche. In einen Kalender, den ich mir gleich holen werde, nachdem ich ein Sparkonto, eine Lebensversicherung und vermögenswirksame Leistungen abgeschlossen habe. Dann möchte ich mir gerne in meinem Kalender eintragen, dass du da keine Zeit hast. Beaundich werde ich mir da reinschreiben, und ich möchte nur wissen, ob man das auch auseinanderschreiben darf. Oder ob das ein Wort ist. Darf ich Bea auch ohne ich schreiben? Darf ich -undich schreiben ohne ein

Bea? Gibt es da irgendwelche Regelungen? Das ist alles, was ich von dir will."

„Sag mal, hast du'n Schuss?", fährt er mich an. Und das ist ein Anfahren zu viel.

„Nein, hast *du* einen Schuss?" Ich komme mir vor wie ein Kessel, dem man das Ventil nach Wochen voller Überdruck abgeschraubt hat. Es fühlt sich ein bisschen irre an und gleichzeitig tut es gut. Wahnsinn hat auch seine positiven Seiten.

„Du solltest Dir mal selber zuhören und zusehen, du verdammter Idiot, wenn du Bea und ich sagst. Bis vor ein paar Wochen gab es Bea überhaupt nicht in deinem Leben. Und jetzt gibt es kein Leben ohne Bea mehr. Was ist eigentlich passiert? Seid ihr zwei siamesisch zusammengewachsen? Kann man dich auch mal alleine sehen? Nur dich, Basti? Hast du eigentlich noch eine eigene Identität oder bist du nur noch Bea-und-ich? Gibt es dich überhaupt noch in deinem Leben? Oder wird's da nicht langsam ein bisschen eng? Beaundich und meine Punker – ich frage mich, wie ihr alle in dein verdammtes Kinderzimmer passt."

„Aber, aber … ich liebe Bea", lässt Basti die Tonspur aus einem Schwarz-Weiß-Film ablaufen. Immerhin hat er »ich« gesagt. Und nicht Beaundich lieben Bea. Mich macht es nur noch wütender.

„Und genau das ist Dein Scheiß-Problem, Basti. Wenn du in deinem Scheiß-Kalender ein paar Seiten zurückblätterst, dann wirst du sehen, dass du bis vor ein paar Wochen Musik geliebt hast, AC/DC und sogar Motörhead. Du hast Bon Scott geliebt. Und den Rock and Roll. Und er dich. Wir haben dich geliebt. Und du hast deine engsten Freunde geliebt. Und dein Leben, genauso wie es war. Zumindest hast du es mir so erzählt, und ich hab es dir geglaubt. Kannst du mal nachschauen, ob in Deinem Kalender zwischen August und Oktober irgendwo steht, was verdammt noch mal passiert ist?"

Endlich kontert Basti. Wurde aber auch Zeit.

„Was soll der ganze Engste-Freunde-Quatsch? Bist du also doch ein Schwuli?", herrscht er mich an. „Beaundich haben uns sowas fast schon gedacht."

Meine Faust – sein Gesicht. Wie in Zeitlupe. Nein, noch langsamer. Als würde man einen Kungfu-Film mit Bruce Lee rückwärts schauen. Ich treffe ihn nicht ganz richtig, aber der Schlag, der auf Wangenknochen und Stirn landet und vor allem die Wut, die dahinter steckt, reichen aus, damit Basti zu Boden geht.

Einundzwanzig. **6000 UMDREHUNGEN PRO MINUTE – STICH**

Für Dinge, die im Affekt passieren, gibt es im Nachhinein immer haufenweise Entschuldigungen, aber nie eine richtige Erklärung. Vielleicht hat dieser Schlag nicht nur Basti wehgetan. Ich weiß es nicht. Weiß nicht mal, ob es mir überhaupt leidtut. Weil ich an der Stelle, an der das Leidtun normalerweise sitzen müsste, nichts spüre. Rein gar nichts.

Der Zeitpunkt für den Bruch zwischen Basti und mir könnte kaum blöder sein. Denn Basti hinterlässt nicht nur eine Riesen-Cliquenlücke, sondern auch noch drei Probleme: zwei Mopeds und ein AC/DC-Konzert in Frankfurt in der Jahrhunderthalle.

Dabei hatten wir doch so einen guten Plan: Basti und Marc fahren, Fred und Jones fahren bei. Vier Leute auf zwei Fahrzeuge mit mehr als 25 Kubik verteilen und zusammen zweimal 200 Kilometer zurücklegen – das war die Rechnung mit dem Wirt. Vor dem Streit. Das hätten Mensch und Maschine beide gepackt. So, dass wir nicht morgens um 5.00 Uhr losfahren müssen. Und so, dass wir noch in der selben Woche wieder zurück sind.

Aber mit drei Leuten, von denen keiner auf das einzige Konzert der »Back in Black«-Tour in unserer Nähe verzichten will, von denen aber nur einer ein nach-Frankfurt-fahrtüchtiges-Fahrzeug besitzt, und das bin ausgerechnet ich – da kommen wir nicht weiter, oder besser gesagt: nicht hin und zurück.

„Wir könnten »Zwanzig ab« spielen. Der Verlierer bleibt hier."

„Abgelehnt. Niemand bleibt hier. Entweder wir gehen alle oder keiner. Wir sind schließlich immer noch ein Club."

„Dann brauchen wir ein Auto", weiß Fred.

Ein Auto plus einen Autoführerschein. Das offizielle Dokument für das Führen eines Fahrzeugs. Und das inoffizielle Dokument für das Erreichen eines Konzertes. Das Ticket zum Ticket. Fahren können heißt zu Konzerten fahren können. Zu Konzerten, die weit weg sind.

Und Frankfurt ist weit, es ist weg – und es liegt eindeutig außerhalb des Radius von Mokick oder Straßenbahn.

Stuttgart ist nun mal leider nicht der dickste Stecknadelkopf auf der Landkarte der Konzertagenturen. Holt ein Veranstalter eine Band nach Deutschland, dann lässt er sie in Hamburg spielen, weil dort die Plattenfirmen sitzen. Er lässt sie in Köln wegen der Presse auftreten, in München wegen der Mädels und in Frankfurt, weil sie von dort aus gleich wieder nach Übersee weiterfliegen können – ohne je in Stuttgart gewesen zu sein. Tourneepläne lesen sich deshalb meistens so oder ähnlich:

Hamburg – Markthalle
Köln – E-Werk
München – Alabamahalle
Frankfurt – Alte Oper
Stuttgart – Fehlanzeige.

Ein Auto hilft uns bei der Flucht aus diesem Rock-and-Roll-Ödland in eine fruchtbare und vor allem erreichbare Landschaft. Beim „Distanzenrocken" – wie Karl der Große diese Disziplin des Konzertreisens über 100 Kilometer nennt – geht es darum, Bands nicht entwischen zu lassen, die Stuttgart mit ihrem Tourbus links oder rechts liegen lassen. Es geht aber auch darum, manche Bands mehrfach zu sehen. Auf ein und derselben Tournee. Denn wer weiß, vielleicht spielen Kiss in Neu-Isenburg (bei Frankfurt, natürlich) ja eine andere Zugabe als in Riem (München-Riem, wo sonst?). Wobei das gerade im Fall von Kiss eher unwahrscheinlich ist. Eine Band, die auf ihrer letzten Tournee von A wie Auckland in Neuseeland bis Z wie Zwolle in Belgien 18 Monate lang ein und dasselbe Programm und denselben Stiefel gespielt hat. Einen Stiefel mit sehr hohen Absätzen, allerdings.

„Wen kennen wir denn alles, der ein Auto hat?"

„Floyd."

„?"

„Der Bassist von Sacred Far. Der hat sogar einen VW-Bus."

„In den wir niemals einen Fuß setzen werden. Der hasst uns."

„Nee, nur dich, Fred. Dich hasst er."

„Er hat doch nur ein T an ihren Bandnamen gemalt."

„An ihren Bandnamen auf ihrem Bandbus! Das grenzt an Sachbeschädigung."

„Hab ich nicht."

Hat er doch. Und Fred weiß es. Jones weiß es. Ich weiß es. Und Floyd weiß es wahrscheinlich auch.

„Meine Mutter hat ein Auto. Ihren Fiat Ritmo."

„Der alte Opel Senator meines Vaters. Oder der R4 meiner Mutter."

Das hier ist kein Auto-Quartett. Es geht hier nicht um 6000 U/min, bestes Baujahr oder höchste PS-Zahl – Stich. Wir haben ein ernsthaftes Problem. Ich versuche die Ruhe zu bewahren. Und ich versuche einen Weg zu finden, wie wir zu AC/DC kommen. Wenn die schon nicht zu uns kommen.

„Was ist mit dem Zug?"

„Zu teuer! Ich zahl doch nicht 18 Mark für die Eintrittskarte und noch mal so viel für den Zug."

„Was ist mit Blüte?"

„Der hat 'n VW Derby."

„Nie! Nie! Nie! steige ich zu Blüte ins Auto." Fred schüttelt seinen Kopf. „Der Typ ist Psycho hoch zehn."

Trommelwirbel. Tusch. Auftritt Blüte. OH! MEIN! GOTT! Marc, Jones und Fred präsentieren: The mighty mighty Blüte in »Jedes Dorf hat den Depp, den es verdient.«

Alle nennen Blüte „Blüte", der bürgerlich Lars Schwinger heißt. Eigentlich kein schlechter Name, aber viel zu gut für Blüte. Der heißt so, weil er a) rumläuft wie Falschgeld und sich b) verhält wie ein blütenstaubklebriges Etwas, das man nicht mehr von seinen Fingern kriegt. Er trägt seinen Namen also völlig zu Recht. Blüte selber hört auf „Blüte". Auf „Blütchen". Auf „Blütilein". Aber nicht auf Lars.

Blüte hat schon im Jugendhaus immer mal wieder versucht, sich von hinten an uns anzuschleichen und sich mit unseren Gesprächsinhalten zu bestäuben. Wenn irgendwo AC/DC lief, hat er mit einem ganz besonders betonten Wippen seines kleinen Körpers darauf hingewiesen, dass er und wir auf die gleiche Musik stehen – uns also quasi etwas verbindet. Dabeiseinwollen und dabeihabenwollen ist aber nicht dasselbe.

Blüte hat einen Bruder, Malte, der riesiges Pech hatte: Er sieht Blüte nämlich ähnlich. Blüte ist ein Fasanenhofkind, das die Realschule erfolgreich geschmissen hat, um beim A&O Knobloch, dem örtlichen Obst- und Gemüsehändler, Paletten zu stapeln. Dadurch hat er ein eigenes Einkommen und dadurch wiederum ein eigenes Auto. Und den Führerschein hat er wo gemacht? Wer weiß es, wer weiß es? Richtig! Fahrschule Globus. Die Deppenfahrschule. Blüte sieht aus wie zwölf – aber Blüte ist auf dem Papier schon 18. Und zwar auf genau jenem Papier, das ihm erlaubt, einen Wagen zu fahren. Das heißt, er kommt nicht nur ins Dieterle, sondern auch wesentlich weiter. Nach Frankfurt zum Beispiel.

„Ihr habt nicht wirklich vor, mit diesem Idioten zu fahren?"

„Was sollen wir machen?"

„Dann gehen wir halt nicht."

„Nicht zu AC/DC gehen ist auch keine Lösung."

„Blüte hat nun mal ein Auto. Das ist Fakt."

„Ja und er hat einen Schatten."

Über Blüte gibt es viele Geschichten. Und die meisten sind peinlich. Einige so sehr, dass sich nicht nur Blüte schämt, sondern auch alle, die diese Geschichte kennen.

„Erinnert ihr euch nicht an das Fleischbrühen-Fiasko der Schwinger-Brüder?"

„Kennt doch jeder!"

„Ich nicht."

„Los Jones, erzähl sie Marc", fordert Fred.

„Bis letztes Jahr waren Blüte und sein Bruder Malte ja beide noch auf der Schule."

„Realschule, ich weiß. Und?"

„In jeder großen Pause kam Mama Schwinger mit ihrem VW Derby in diese Schule gefahren."

„Ja und?“

„Nicht: *an die* Schule. *In die* Schule! Mama Schwinger hat ihr Auto jeden verdammten Tag in jeder verdammten Pause *mitten auf den* Schulhof gestellt. Blüte und Malte mussten einsteigen und die vollen 20 Minuten der großen Pause schön brav auf der Rückbank sitzen und Mamas Fleischbrühe aus einer Thermoskanne trinken. Während 300 Schüler um sie herum draußen rauchten, kickten und das Schwingermobil als Zielscheibe nahmen. Wahrscheinlich ist die ganze Familie nicht ganz sauber. Alle Schwingers!“

Die Story kannte ich bisher nicht. Nur die, wie man Blüte mal nach der Schule die Jeans ausgezogen und auf einen Baum geworfen hat, auf den er nicht hochkam. So dass er erstens zu Hause erklären musste, warum er ohne Hose nach Hause kam. Und zweitens den Hausmeister der Realschule um eine sehr große Leiter und einen ebenso großen Gefallen bitten musste.

„Und genau den VW Derby fährt Blüte jetzt“, erklärt Fred den Wagen zur fleischbrühen-kontaminierten Zone.

„Ja. Und zwar nach Frankfurt. Und ich werde zusteigen, weil ich mir AC/DC ganz bestimmt kein zweites Mal durch die Lappen gehen lasse“, lautet Jones’ Abschlussplädoyer *für* eine Mitfahrgelegenheit im Derby.

„Vielleicht bringt er ja ’ne Thermoskanne mit?“

Wir sind wohl bereit, einen Pakt zu schließen. Nicht mit dem Teufel zwar, aber immerhin mit seinem kleinen Neffen. Wir könnten dafür so tun, als ob Blüte unser Freund ist. So weit geht die Bereitschaft, sich für dieses Konzert zu verstellen. Wir könnten allerdings nicht so tun, als ob wir seine Freunde sind. Das niemals. Denn wir brauchen keinen neuen Freund. Und Blüte bringt aber auch rein gar nichts mit, was ihn als Freund qualifiziert. Allerdings hat Blüte natürlich etwas, was wir nicht haben. Ein Auto. Und wir haben etwas, was Blüte nicht hat: Ein Ticket zu viel.

Back in Black. Live in Concert. In Anwesenheit des AC/DC Fanclubs Stuttgart.

Sind wir vollzählig? So gut wie.

Noch etwas fürs Protokoll?

Ja: Drei von vier Mitgliedern drohen mit ihrem Austritt im Falle eines Blüte-Beitritts.

Eine Enthaltung.

Basti wäre absolut gegen alles, was mit Blüte zu tun hat: ein Gespräch mit ihm. Aber auch ein Gespräch über ihn. Nur: Basti ist nicht da. Und das ist das Problem. Und nein, nein, nein – ich will auf gar keinen Fall BeaundBasti und Bastiundbea fragen müssen, ob es vielleicht, eventuell, war doch nicht so gemeint, lass uns wieder … nein lass uns gar nichts!

Ich brauche keine Absolution und ich würde auch keine kriegen. Basti würde sich im Grab umdrehen. Aber er lebt ja noch. Nur wir – wir sind für ihn gestorben. Ich korrigiere also: Basti würde sich im Bett mit Bea umdrehen, wenn er das hier wüsste.

Und Blüte? Der besitzt zwar ein Auto, weiß aber offensichtlich nicht, was er damit tun soll. Einen größeren Deppen hätten wir wirklich nicht finden können. Und einen schlechteren Chauffeur auch nicht. Zusammengefasst wird die Fahrt nach Frankfurt eine Katastrophe, das Konzert in der Jahrhunderthalle auch ein Jahrhundertereignis, und die Rückfahrt ein Desaster.

Blüte reichen 400 Kilometer, um uns zu demonstrieren, dass er der schlechteste Autofahrer aller Zeiten ist – und auch der dümmste. Auf der Hinfahrt erleben wir hautnah, wie es ist, wenn man seinen Führerschein bei der Fahrschule Globus macht: nicht gut. Gar nicht gut. Überhaupt nicht gut. Die Rückfahrt ist dann ein abschreckendes Beispiel dafür, was passiert, wenn man ein Kind auf einem Schulhof in ein Auto einsperrt und mit Suppe füttert. Es wird weltfremd. Vollkommen weltfremd.

Weil sich unter uns Crashtest-Dummies auf Klassenfahrt kein Freiwilliger mehr für den Platz neben Blüte finden lässt, sitzen Jones, Fred und ich auf dem Rückweg dicht gequetscht zu dritt hinten. Auf dem Gebrüder-Schwinger-Fleischbrühen-Gedächtnis-Sitz. Das

Konzert hat sich leider nicht positiv auf Blütes Fahrweise ausgewirkt. Im Gegenteil.

Den Konzertschweiß noch auf der Haut und die Songs noch im Ohr, steuern wir die Raststätte Hockenheim an. Endlich. Blüte muss tanken, Jones muss pissen, Fred muss rauchen, und ich muss hier dringend mal raus.

„Lass uns da vorne noch'n Kaffee trinken!“, schlage ich vor.

„Oder besser'n Lumumba.“

„Okay, ich tank noch kurz und komm dann nach.“

Wir lassen Blüte stehen und gehen die paar Meter von der Tankstelle zur Raststätte kopfschüttelnd und schweigend. Wir genießen diesen kurzen Moment der Ruhe.

Es dauert allerdings keine fünf Minuten, da sitzt die Nervensäge schon wieder bei uns am Tisch: „Und wie fandet ihr das Konzert? Welchen Song fandet ihr am besten? Die T-Shirt-Preise waren aber ganz schön gesalzen, oder? Fiept es euch auch so in den Ohren? Was ist eigentlich eure Lieblingsplatte von AC/DC? Fandet ihr die Vorband – wie hießen die noch? Irgendwas mit White… ? Fandet ihr die gut oder scheiße?“

Fred, Jones und ich werfen uns fassungs- und wortlose Blicke zu und beantworten keine einzige Frage des Blüte'schen Freundschafts-Aufnahmetests in der großen Hoffnung, durchzufallen. Ich lasse meinen Blick verstohlen über seinen Rücken wandern. Jedes Duracell-Häschen hat doch irgendwo einen Ausschalter.

„Übernehmt ihr meine Sinalco? Wir können das ja nachher mit dem Spritgeld verrechnen. Hat einer von euch einen Schreiber da? Der Wagen braucht nicht viel. Ich kann das gleich ausrechnen“, telegrafiert es weiter aus Blüte heraus.

Immer noch wortlos stehen wir drei auf. Wir wollen weiter. Das hier möglichst schnell hinter uns bringen. Nach Hause! Auf einem Rasthof zwischen Frankfurt und Stuttgart bekomme ich größeres Heimweh als in Argèles-sur-Mer.

„Hey, wo wollt ihr hin?“, ruft Blüte durch den halben Rasthof Hockenheim.

„Rauchen." Der Trend geht zur Minimal-Konversation. Draußen ist es inzwischen arschkalt und sauspät. Schwer zu sagen, wo der ausgeatmete Rauch aufhört und der sichtbare Atem anfängt. Und ja, ich habe ein Fiepen im Ohr. Aber es kommt nicht vom Konzert. Zur Zugabe hat Brian Johnson elfmal mit einem überdimensionalen Hammer auf eine riesengroße Glocke gehauen, die von der Bühnendecke baumelte. *I got my bell, I'm gonna take you to hell ... Hells Bells.* Warum hat er diesen Hammer nicht einmal rumgehen lassen? Ich hätte auch was gewusst zum Draufhauen. In die Tiefe meiner Lunge inhalierend schaue ich mich auf dem menschen- und auch autoleeren Parkplatz vor dem Rasthof um.

Jetzt besteht dann doch Gesprächsbedarf: „He Blüte, wo hast du denn deine Karre geparkt?"

„Vorne!"

„Wo vorne?"

„Da an der Tankstelle. War einfacher."

Ich laufe los Richtung Tankstelle, gefolgt von Jones und Fred, nicht glaubend, was wir da hören – und was wir da sehen: Blüte hat es geschafft, zu tanken, zu zahlen, seinen VW Derby an Ort und Stelle an der Zapfsäule abzuschließen und ihn genau dort an der Zapfsäule auch stehen zu lassen. Das macht nicht nur uns fassungslos, sondern auch den Tankwart, der hier Nachtschicht schieben muss. Seine Retourkutsche für soviel Dummheit: Er hat dem Derby hinten rechts die Luft abgelassen und praktischerweise gleich das Ventil geklaut. Zu Recht muss man sagen, auch wenn wir betroffen sind.

Blüte will sich mit dem tätowierten Typen anlegen. Und das hätte er durchaus verdient. Blüte, meine ich. Wenn er Glück hat, fliegt wieder nur seine Jeans. Wenn wir Pech haben, er gleich hinterher. Und ein krankenhausreifer Fahrer bringt uns mitten in der Nacht nicht nach Stuttgart.

„Komm schon, lass uns das Scheißding wechseln und hier abhauen", versucht Fred die Situation zu organisieren.

Blüte öffnet den Kofferraum seines VW Derby und bekommt einen hochroten Kopf. Damit sieht er im Neonlicht der Texaco-Tankstelle aus wie ein Zwerg, der sich schämt – aber nicht wie einer, der wütend ist.

„Dieses Schwein! Den Ersatzreifen hat er mir auch geklaut."

„Wie das denn? Der Karren war doch abgeschlossen."

„Der Karren *war* doch abgeschlossen, Blüte? Oder?", brodelt es aus Jones.

Im Augenblick hat Blüte an dieser Tankstelle keinen Freund mehr. Vier gegen einen. Ich laufe um den Wagen, und mein Blick fällt in den leeren Kofferraum. Mit zwei Fingern hebe ich die Filzmatte an. La voilà: l'Ersatzreifen!

„Du Idiot. Du verdammter Idiot! Willst du mir sagen, dass du seit du das Auto hast, noch nie in deinen Kofferraum geschaut hast?"

Fred geht dazwischen, schnappt sich Blüte und lehnt ihn an die Zapfsäule. Normal verbleit.

„Lass uns das mal machen. Und halt die Füße und deine Fresse still!"

Jetzt artet das hier auch noch in Arbeit aus. Wir bocken den Derby auf, wechseln das Hinterrad, und gerade als wir den Wagen wieder runterlassen wollen, wieder ein Aufschrei von Blüte.

„Oh nein!"

„Was ist los? Was hat der Tankwart dir jetzt geklaut? Dein Lenkrad?"

„Menno. Vorne links ist auch platt."

„Scheiße. Verdammte Scheiße! Wir sind am Arsch."

„Warum? Wie viel Ersatzreifen hab ich denn?"

Sieht so aus, als ob wir nach AC/DC jetzt wohl erstmal den AD/AC brauchen. Und wenigstens da wird Blüte an Ort und Stelle noch Mitglied. Denn bei uns: nie im Leben!

Zweiundzwanzig. **WARUM NICHT EINFACH ALLES HINSCHMEISSEN, NINJA WERDEN UND CHEERLEADER RETTEN?**

Und am siebten Tag merkt Gott, dass er sich mächtig verrechnet hat. Er blickt zurück und schaut besser noch mal nach: Mann, Frau, Tiere, Pflanzen, Himmel, Erde – alles da. Dann zählt er noch einmal richtig durch: Montag, Dienstag, Mittwoch ... warte mal ... Donnerstag, Freitag ... ach du heilige Scheiße, denkt er, ich habe ja sieben Tage geschaffen, aber nur einen davon zum Rocken. Den Dieterle-Samstag. Verdammte Flitzkacke, sagt er sich, das muss ich aber schleunigst ändern.

Die Rockfabrik in Ludwigsburg eröffnet an einem Novemberfreitag. Ein Tag, der für uns im Nachhinein zu einem hohen geistlichen Feiertag wird. Unsere Kinderzimmer sind inzwischen zu klein, unser Jugendhaus zu jugendlich und das Dieterle zur sehr auf Samstage beschränkt. Da kommt die Rockfabrik gerade recht.

Denn was Clubs in Stuttgart angeht, sind wir bisher schlichtweg unterversorgt. Zumindest, wenn es um Clubs mit vernünftiger Musik geht. Im Sinne von vernünftig laut und vernünftig gitarrenlastig. Viele Clubs haben wir alleine deshalb noch nicht von innen gesehen, weil sie bei Karl dem Großen auf einer Art schwarzer Liste stehen. Und seine Anleitung für das Stuttgarter Nachtleben ist ebenso bindend, wie seine Unterweisung in Musik. Man muss sich daran halten. Das meiste, was wir über Weggehen in und um Stuttgart und außerhalb des Dieterles wissen, wissen wir aus dem großen Clubführer Karls des Großen. Und der weiß es, weil er schon überall war:

> Das Musicland: genannt s'Müsli. Das Gute: man kommt irgendwie immer rein. Das nicht-so-Gute: man will eigentlich gar nicht wirklich rein kommen. Denn drinnen, in der schwer verschachtelten

Discothek läuft Discotheken-Musik: Disco und so. Und davor stehen Discothekenbesucher. Leute, die man sonst aus der ZDF-Reportage kennt, wenn es heißt „Nacht für Nacht steht unsere Jugend vor den Discotheken“. Disco-Boys, Disco-Girls, Disco-Musik.

Das Tao: zu taoistisch. Was immer das bedeuten mag. Wir stellen uns vor, sie sitzen dort im Schneidersitz. Oder sind das Buddhisten? Egal. Wir gehen jedenfalls nicht hin.

Die Boa: zu uneinnehmbar. Mit Türstehern, die quasi niemanden reinlassen. Zumindest niemanden mit Lederjacke, Boeri-Motorradhelm über dem Ellbogengelenk und halblangen Haaren. Es ist anzunehmen, dass auch abgeschnittene Jeansjacken mit bedrohlichen Aufschriften wie »AC/DC Fanclub Stuttgart« dort nicht gern gesehen werden. In der Rockfabrik ist dagegen gar nichts verboten. Du kannst einen Morgenstern mit reinnehmen, wenn es dir gefällt. Ich würde sogar soweit gehen, dass Mitbringsel wie mittelalterliche Hieb- und Stichwaffen in der Rockfabrik nicht nur geduldet – sondern ausdrücklich erwünscht sind.

Mausefalle: zu fusselig, meint Karl. Und ich mag keine Namen, die witzig sein sollen, meine ich. „Wo gehst du heute Abend hin?“ – „In die Falle!“ Ein Name, der versucht augenzwinkernd daherzukommen („Fred“, „Mausefalle!“), ist ein schlechtes Zeichen . Bei Rockfabrik zwinkert überhaupt nix.

Bis zur Eröffnung der Rockfabrik gibt es quasi nur einen einzigen Laden im näheren Umkreis, der bei Karl dem Großen nicht durchfällt:

Das Belinda in Sulzbach. Sulzbach ist aber am Arsch der Welt, oder zumindest kann man ihn von dort aus schon ganz gut sehen. Und das Belinda leidet nicht nur wegen dem Frauennamen und dem falschen Artikel DAS unter einem mittelschweren Imageproblem. Angeblich gibt es dort Rocker. Was für eine Diskothek ungefähr so schädlich ist, wie das Gerücht über ein Spitzenrestaurant „Angeblich gibt es dort Ratten.“ Nicht Rockfans, sondern schwere Rocker mit schweren Maschinen. Und ebenso angeblich tritt dort jeden ersten Samstag im Monat ein Typ namens Crazy Eddie auf und lässt sich vom Publikum Geldscheine an die Stirn tackern. Die 5-, 10- und sogar 20-Mark Scheine behält er dann und steckt sie ein. Für uns zu viel Zirkus, zu gefährlich, zu weit weg. Lang lebe Ludwigsburg!

Die Strecke Stuttgart-Möhringen – Ludwigsburg – Stuttgart-Möhringen ist Klein- und Leichtkraftrad-tauglich. *In* der Rockfabrik muss man fast größere Distanzen zurücklegen als *zur* Rockfabrik. Der Laden ist riesig. In einer ehemaligen Fabrikhalle, in der bis vor Kurzem Kühlschränke hergestellt wurden, ist so viel Platz, dass man eigentlich erwartet, dass sie hier wie in der Tanzschule Dieterle verschiedene Räume haben mit verschiedenen Musikrichtungen und verschiedenen Besuchertypen. Aber das hier ist nicht die Tanzschule Rockfabrik. Und Rock ist hier kein Abfall-, sondern das Hauptprodukt. Der ganze Laden ist auf das Rocken aus- und eingerichtet und ein paar Jungs aus Stuttgart-Möhringen sollen in den kommenden Wochen hier ihr neues Wohnzimmer finden.

Der Einfachheit halber wird aus der Rockfabrik in unserem Sprachgebrauch die Rofa. Das spart entscheidende Sekunden bei der Koordinierung unserer Freizeitgestaltung:

„Wochenende?“

„Rofa!“

„Montag?“

„Rofa!“

„Dienstag?“

„Morgen wieder.“

Denn Rofa ist theoretisch sieben Tage die Woche, das ganze verdammte Jahr! Und am dreihundertfünfundsechzigsten Tag denkt sich Gott: Mensch Leute, seid doch mal vernünftig. Macht doch auch mal ’ne Pause.

Doch da waren ihm die Rockfabrik-Macher genau wie Adam schon längst entglitten und zogen ihr konsequentes Programm durch:

Montag: freier Eintritt und gemäßigter Rock, aber immer noch Rock. Maximal noch Pop, aber niemals Disco. Der freie Eintritt lockt Leute nach Ludwigsburg, die sonst nicht kommen würden. Schaulustige, Gaffer, Typen in weißen Hosen und neonfarbenen Chewan T-Shirts. Allerdings auch viele auffallend hübsche Mädchen. Mädchen, die tanzen wollen und das auf Songs von Dio oder Def Leppard auch versuchen. Auf der Tanzfläche kommt es zu Aufrockunfällen. Mädchenballett vs. Jungsgitarren.

Dienstag: Oldie-Night. Nicht das SDR-1-Oldieprogramm, das aus Dads Blaupunkt-Bamberg Autoradio kommt. Sondern Rockmusik-Oldies. Uriah Heep, Led Zeppelin, Black Sabbath, Nazareth. Alles, was alt ist. Und wenn wir Glück haben, manchmal auch Altes von AC/DC.

Mittwoch: Cheap & Heavy – der 99-Pfennig-Tag. Bier, Korea (Wein mit Cola), Diesel (Bier mit Cola) und Bac Cola (Baccardi mit Cola) für unter eine Mark. Lumumba zum Leidwesen von Fred und Jones aber leider nicht. Und Cola ohne alles blöderweise auch nicht. Musikalisch alles einen Gang härter und 100 % balladenfrei.

Donnerstag: Ladies Night. Merkwürdigerweise zieht dieses Motto haufenweise Amerikaner an. Nicht aber Amerikanerinnen. GIs aus den benachbarten Kasernen, aus Kornwestheim, Vaihingen usw. Ladies Night heißt Männerüberschuss, US-Regiment und Soldateninvasion. Alles voller kurz geschorener amerikanischer Armeeangehöriger, die deutschen Schnaps lieben, aber ihn nicht vertragen. Jungs, die Millionen von Meilen oder Yards oder Füßen von zu Hause weg sind. Und die nicht besonders zimperlich sind, wenn es darum geht, die wenigen Ladies der Ladies Night offensiv zur Paarung zu überreden und die paar deutschen Jungs, die sich Donnerstags reintrauen, davon abzuhalten, ihre mitgebrachten Mädchen selber wieder mit nach Hause zu nehmen. Wer zur Ladies Night in die Rofa geht, muss ein ganzer Kerl sein. Wir erklären den Donnerstag zum Ruhetag.

Freitag/Samstag: Scheiß auf ein Motto, es ist Wochenende, verdammt noch mal! Und am Wochenende pilgern sie alle nach Ludwigsburg. Freitag/Samstag heißt weiterfeiern, durchrocken. Wer freitags jemanden kennenlernt, kommt samstags wieder, in der Hoffnung, dass es der Kennengelernte auch tut. Und wer freitags niemanden kennenlernt, kommt samstags trotzdem wieder. Neuer Tag, neues Glück, neuer Rock.

Sonntag: Live-Konzerte. Vor die DJ-Kanzel wird eine Bühne gebaut und Bands rocken die Fabrik. Leider nicht unsere Bands. Also bleiben- und sehen wir sonntags meistens fern.

Das Rofa-Wochenprogramm wird zu unserem Stundenplan. Mittwochs hat man in der 5. und 6. eine Doppelstunde Bio – und dann viel wichtiger: ab 22.00 Uhr eine Doppelstunde Cheap & Heavy. Um 0.00 Uhr ist Schluss für uns. Die Rockfabrik schließt zwar erst um 4.00 Uhr, aber unsere Ausweise schmeißen uns um 24 Uhr raus solange wir noch unter 18 sind. Und das sind wir nach der Eröffnung der Rockfabrik noch genau sieben Tage.

Dann werden unsere Schülerausweise noch mal überarbeitet. Die verräterischen Mopeds parken wir ab diesem Tag einfach um die Ecke auf dem Kaufland-Parkplatz – und gehen mit Helm und Lederjacke an den Türstehern vorbei, als würden wir viel schwerere Maschinen fahren.

Die Türsteher, das sind muskelbepackte Mitarbeiter einer Firma namens AOS. Was für Aufsicht, Ordnung und Sicherheit steht – und uns eine Menge Respekt einflößt. Es heißt jetzt nicht mehr: Lass das oder ich sag's der Mama. Lass das oder ich sag's dem Lehrer. Lass das oder ich sag's der Polizei. Nein, die schlimmste aller Drohungen ist: Lass das oder ich sag's der AOS. Türsteher oder besser In-der-Tür-Steher und Wegversperrer. Und ich meine nicht An-der-Kasse-Sitzer, 3-Mark-Kassierer und Stempel-auf-den-Handrücken-Stempler wie in der Tanzschule Dieterle. Ich meine Monstermenschen, so breit wie hoch, so stark wie schwer. Die jeden mustern, der reinkommt. (Aber glücklicherweise auch jeden reinlassen, den sie gemustert haben). Gladiatoren, die man wahrscheinlich donnerstags gegen die GIs in die

Arena lässt. Superhelden mit Superkräften. Man munkelt, einige können fliegen. Andere seien in ihrer knappen Freizeit tagsüber Profi-Ninjas. Manche haben noch nie das Tageslicht gesehen, lautet ein weiteres Gerücht, weil sie sonst zu Staub zerfallen. Und zwar zu sehr sehr viel Staub. Man sagt sogar, einige können lesen und schreiben. Gerüchte! Mehr nicht.

Die Rofa wird für Jones, Fred und mich zur Rettungsinsel. Basti kann ja von mir aus bleiben, wo er ist. Für uns ist hier eine Versammlungshalle und ein Kirchenschiff entstanden. Dort oben in der Kanzel predigt DJ Eddie Wahrheiten wie »I wanna Rock 'n' Roll all nite« (Kiss), »Rock 'n' Roll ain't noise pollution« (AC/DC) oder »I love Rock 'n' Roll« (Joan Jett) – und Jünger aus aller Welt strömen herbei. Naja, nicht ganz aus aller Welt, aber aus Heilbronn und Künzelsau, Balingen und Enzweihingen. Und am Wochenende sogar aus der Schweiz. Samstagnachts kann man dann draußen auf den Honda Civics und Opel Kadetts lustiges Landkreise-Lesen spielen:

WN
HN
CW
AA
GP
S
ES
LEO

Alle sind sie da.

Und alle sind sie eigentlich in Ordnung. Es gibt nur wenige Typen, denen man aus dem Weg gehen muss. Da ist Klaus. Gläser-Klaus. Er ist dafür zuständig, dass die Gläser aus allen Ecken der gigantischen Fabrikhalle wieder zurück in den Barbetrieb kommen. Und er wirkt dabei sehr ehrenamtlich, wie er Türme aus Glas unfallfrei an Rumstehern und Tänzern vorbeijongliert. Er ist eine der Slalomstangen in der Rockfabrik, die man auslassen muss, wenn man seine Runden ziehen will. Wer in ihn reinläuft, hat entweder Scherben vor den Füßen oder ein Gespräch an der Backe. Ein Gespräch, das niemals von Musik handeln wird, sondern immer nur von Gläsern. Nulldrei. Nullfünf. Schnaps. Seine Welt sind die Gläser.

Zweites Unbedingt-aus-dem-Weg-Gehen-Hindernis in der Rofa ist ein Typ namens Helmchen. Helmchen heißt Helmchen, weil er immer einen Helm dabei hat, aber nie ein Fahrzeug dazu. Helmchen wohnt in Birkach und findet schnell raus, dass wir mit unseren Mopeds mehr oder weniger in seine Richtung nach Hause fahren. Er wäre schon mit Möhringen, Plieningen und überhaupt allem im Postleitzahlbereich 7000 zufrieden. Aber Helmchen hat einen am Helm. Und ist ständig betrunken. Wahrscheinlich schon, bevor er die Rockfabrik betritt. Eigentlich kein Wunder, denn er reist öffentlich an. Das heißt, er muss auf dem Hinweg einmal durch die Stuttgarter Klettpassage und einmal den Ludwigsburger Bahnhof queren. Den Jägermeister-Äquator. Ohne Alkohol hält man das allem Anschein nach wohl nicht aus. In der Rockfabrik säuft er dann munter weiter. Wobei er sich eher nicht munter säuft, sondern müde. Fred hat ihn ein einziges Mal mitgenommen, und der Kerl wäre ihm fast vom Mokick gekippt. Pragsattel. Beim Anfahren. Man kann Helmchen in der Rockfabrik ganz gut aus dem Weg gehen, denn er verbringt die meiste Zeit im ganz hinteren Bereich, in der Spielhalle/-hölle/-höhle. Zwischen Billardtisch, einem von Luft angetriebenen Pseudo-Eishockey-Spiel namens Air Hockey und den Flippern. Und am liebsten am Kiss-Flipper. Sie haben einen verdammten Kiss-Flipper dort hinten in der Dunkelkammer unserer neuen Stammdiskothek. Wenn die Flipperfirma Bally der Band Kiss einen eigenen Flipper widmet – warum dann nicht auch AC/DC?

☐ finde ich fies
☐ zu Recht
☐ mir egal
(Nur ein Kreuz pro Leser, Mehrfachnennungen nicht möglich.)

Und dann ist da Blüte. Alarm! SOS. Notruf. Eins Eins Null. Hub-Hub-Hubschraubereinsatz! Ja selbst er hat die Rockfabrik entdeckt (kleines

Wunder!) und hergefunden (großes Wunder!). Allein der Schwingersche VW Derby auf dem Rofa-Parkplatz löst bei Jones, Fred und mir Posttraumatisches aus. Slalomstange Numero drei. Wobei der ja keine Slalom- sondern eher eine Limbostange ist. Ein Stängchen. Man muss nicht zwingend um ihn rum, man kann auch über ihn drüber. Blüte scheint sich extra für die Rockfabrik neu eingekleidet zu haben, oder Mama Schwinger hat ihm was zum Anziehen rausgelegt. Denn er trägt plötzlich einen bodenlangen schwarzen Satinmantel. Blüte ist zu kurz und der Mantel zu lang. So nimmt er Gläser-Klaus ein bisschen Arbeit ab, weil er im Vorbeigehen den verklebten Boden der Rofa von Scherben und Kippen reinigt. Die Ludwigsburger Kehrwoche.

Und dann ist da … verdammt noch mal … da ist ja Basti. Basti läuft auch Slalom. Und ich bin eine seiner Slalomstangen.

Basti sieht mich nicht. Basti tut so, als sieht er mich nicht. Basti tut so. So wie er immer so tut. Als ob. Nie ist etwas Basti. Immer ist etwas *als ob*. Und jetzt ist etwas, als ob ich nicht existiere. Als ob genau der Ort in seinem Gehirn, an dem abgespeichert ist, dass wir zwei Freunde sind, fingerdick mit Tipp-Ex zugetüncht wurde. Synapsen gekappt. Halb auf seinem Patronengurt, halb auf seiner Arschbacke sitzt er vor einer Gulaschsuppe und einem Kännchen Kaffee im kleinen Bistro. Das Bistro der Verzweifelten. Der perfekte Ort, um eine einsame Pizza und anderes Aufgetautes zu essen. Im Dieterle gab's nie was zu essen. Da ist Basti. Aber wo ist Bea?

Jemand hält mir von hinten mit zwei lauwarmen und nach dem Händewaschen nicht ganz abgetrockneten Händen die Augen zu.

„Huhu. Wer bin ich?"

Eine Frage, die ich mir selber stelle, seit ich vier bin. Allerdings ohne Huhu. Ich hasse es, wenn mir jemand die Augen zuhält. Nicht wegen dem nichts sehen. Aber es ist wie von hinten auf die linke Schulter tippen und sich hinter der rechten verstecken. Wie Faul-Ei. Wie „Guck mal da!" – und dann die letzten Pommes vom Teller mopsen.

Wer bin ich?

Ich weiß, wer du bist!

Du bist der Grund, warum alles so beschissen ist.
Du bist das Übel!
Du bist die Pest!
Du bist schuld, dass Basti so tut als ob!
Du bist Huhu!

Wer oder was bin ich?
Fünf Mark ins Schweinchen.
Du bist einer von 800 Rockfabrik-Besuchern. Vorbeigekommen an der AOS. Die jeden durchlassen. Nur dich, dich hätten sie nicht durchlassen dürfen.
Huhu. Wer bin ich?
Sag mir, wie du mich fragst, wer du bist. Und ich sag dir, wer du bist.
Du bist bescheuert!
Du bist eine dumme Sau!
Du bist ein Flittchen!
Du bist Fasanenhof!
Du bist die Tonspur, die ganz Möhringen gehört hat!
Du bist gut im Bett, wenn man dieser Tonspur glaubt. Oder Basti ist gut im Bett.
Du bist der Star in einem Sex-Tape.
Die Künstlerin in einem Bootleg.
Du bist Bastis Freundin.
Aber du bist nicht meine Freundin.
Du bist nicht mal *eine* Freundin von mir.
Du bist nicht berechtigt, mich Huhu wer bin ich? zu fragen.
Ich hasse dich.
Ich hasse dich dafür, was du mit Basti gemacht hast. Und mit uns.
Huhu. Wer bin ich?
Du bist Bea.
Und ich hoffe du bist nicht mehr da, wenn ich gleich dort hinsehe, weil ich sonst gleich dort hinkotzen möchte.

Ich winde mich aus dem lauwarmen Augenzuhaltegriff – und hinter mir steht Fred.

Fred kann eine Menge Leute gut nachmachen. Er ist ein guter Klaus Meine von den Scorpions mit seiner Nummer »Leute, seid ihr gut draaaaaaaauuuuuf? Hier kommt Steamrock Feeeeeeeeever« Er ist gut als Hans Rosenthal in »Sie sind der Meinung, das war spitze!« Und er ist verdammt gut als Bea. Das muss man ihm lassen. Perfekt. Perfektioniert. Gekonnt und geübt. Vielleicht vor dem Spiegel? Ich meine sogar, dass er ihren Augenzuhaltehändedruck ganz bewusst dosiert hat.

„Huhu, ich bin's", sagt er mit hoher verstellter Stimme und lacht sich dann fast krank.

Ich find's alles andere als komisch.

Er hat mir einen fürchterlichen Schreck eingejagt.

Dreiundzwanzig. **ODER VIERUNDZWANZIG? ODER ERST EINUNDZWANZIG? ICH HAB DIE ÜBERSICHT VERLOREN. ABER SOWAS VON!**

„Drei Stimmen dafür, eine dagegen. Damit bist du überstimmt. Los gib ihm die Hand."

„Eigentlich ist er nicht wirklich stimmberechtigt."

„Wieso das denn nicht?"

„Naja schaut: Basti ist Teil des Konflikts. Er kann nicht auch Teil der Konfliktlösung sein."

„Kann er doch. So ist der demokratische Prozess. Helmut Kohl darf auch zur Wahlurne gehen und sich selber ankreuzen."

In meinem nächsten Leben werde ich auch ein Fred. Und weiß dann alles. Und auf alles eine Antwort. Und bei Fragen, auf die ich keine Antwort weiß, weiß ich diese dann besonders laut. Und es gibt dann von mir immer noch einen Nachschlag auf die Antwort zur Antwort.

„Du bist übrigens auch Teil des Konflikts, Marc. Nehmen wir also die beiden Teile aus der Abstimmung raus, bleiben immer noch Jones und ich. Jones ist dafür. Ich bin dafür. Richtig Jones?"

Im Spinnennetz von Fred-Seelenfänger zappelnd kann Jones doch gar nicht anders als ein Jawollja zu nicken.

„Ich weiß nicht recht", winde ich mich, „das ist dann irgendwie keine richtig geheime Abstimmung. Und verstößt auch gegen unsere Prinzipien."

Die Rolling Stones haben eine Million Dollar dafür geboten, AC/DC als Vorband auf ihrer Amerikatour auftreten zu lassen. Malcolm Young hat das abgelehnt, weil er unter gar keinen Umständen wollte, dass AC/DC jemals wieder als Vorband spielt. Für wen auch immer. Prinzipien sind eine gute Sache.

„Halt die Fresse, Marc und gebt euch die Hand."

In meinem übernächsten Leben werde ich Fred der Winkeladvokat, mit allen Wassern gewaschen, und zwar viel zu heiß.

Meine Hand zu ballen und in Bastis Gesicht zu schlagen, war eine Kurzschlussreaktion. Sie ihm jetzt hier vor dem Jugendhaus wieder ausgestreckt zu reichen, ist ein von langer Hand vorbereiteter diplomatischer Akt. Mehrheitsbeschlossen von Menschen, die von diesem Konflikt ganz einfach die Schnauze voll haben. The very best of Basisdemokratie – live aus Stuttgart-Möhringen.

Basti und ich stehen da wie Reagan und Breschnew. Wir schauen uns nicht an, sondern lächeln gequält in die Kameras. Nur, dass da keine sind. Wir schauen uns trotzdem nicht an. Zwei Fußballspieler, die sich gerade mächtig beharkt und gefoult haben. Gelb für alle beide. Wissend, dass sie Mist gebaut haben. Und beide so tuend als sei nichts gewesen. Unschuldslämmer im Opferlammpelz.

Und weil wir uns eigentlich nichts zu sagen haben, außer dieses komplizierte Wort, das mit Ent- anfängt und auf irgendwas wie tutmirleidwarnichtsogemeint endet, das wir aber beide nicht über die zusammengepressten Lippen bekommen, läuft unsere Schlichtung wie unsere Entzweiung: ohne lange Erklärung, ohne viele Worte.

Jungs-Rituale. Jungs reden nicht. Sie pinkeln um die Wette. Sie drücken den Arm des anderen auf eine Tischplatte. Sie brandschatzen zusammen ein paar Planwagen oder tauschen in schweigendem Einverständnis eine selbst gedrehte Schwarzer Krauser gegen eine Filterzigarette Peter Stuyvesant. Ein Indianer kennt keinen Schmerz. Denn er kennt eine Zeremonie dagegen: rauchen und Klappe halten.

Ich kann meine Wut zwar noch spüren, aber ich muss sie nicht mehr ständig denken. Shalom Aleichem. Wir wollen Frieden für alle. Als nächstes sollten wir den Libanon bereisen, finde ich, die Falkland-Inseln oder Grenada. Aber Basti schlägt einen anderen Krisenherd vor: Kornwestheim. Im Autokino will er „Aufwärmen für die Rockfabrik", wie er das nennt. Autokino und Aufwärmen und beides ohne Auto? Um die Stimmung nicht gleich wieder zu versauen und den Frieden nicht gleich wieder zu torpedieren, willige ich ein. Augenscheinlich hat sich Basti in den cliquenfreien letzten Wochen selbstständig gemacht und Neuland erkundet. Neuland in Kornwestheim.

Von einem Hügel neben dem Autokino und von der Sitzbank unserer Mopeds aus können wir vier kurze Zeit später »Cheech and Chong – jetzt raucht überhaupt nichts mehr« sehen. Hören können wir nichts. Denn in einem Autokino ist das Hören denen vorbehalten, die in einem Auto sitzen und ein eigens dafür vorgesehenes Tongerät in ihr Autofenster hängen. Wäre das Gloria eigentlich nicht der bessere Ort gewesen, um einen Film zu gucken? Es ist viel zu kalt, um hier draußen zu stehen.

„Komm, lass uns mal einen rauchen", beantwortet Basti meine ungestellte Frage. Und er breitet dazu Accessoires aus, als würde er uns gleich ein Abendessen zaubern. Sorgfältig klebt er drei Rizla-Zigarettenpapierchen aneinander. Zwei quer, eins hoch. Dann nestelt er etwas aus einer Frischhaltefolie. Ich tippe auf Lakritz. Groß wie ein 6er-Legostein. Mit einem abgewetzten Einwegfeuerzeug versucht er, die Legolakritze anzuzünden. Es stinkt nach Räucherstäbchen. Das Mistding will und will nicht brennen. Und soll es wohl auch gar nicht, entnehme ich dem Kennerblick von Fred und der Aussage von Jones: „Erstklassiger Shit."

Basti erhitzt den dunklen Bollen immer wieder und knetet kleine Würstchen in die Zigarettenpapierkonstruktion vor ihm. Basteln für Fortgeschrittene. Die winzigen Brösel, die er mit seinem Schwarzen-Krauser-Tabak mischt, sehen aus wie das Abfallprodukt eines Radiergummis, der hektisch einen langen Bleistifttext ausradiert hat.

Als das Radiergummi-Lakritz-Lego von einem 6er- auf einen 2er-Stein geschrumpft ist, packt Basti es wieder weg. Dann leckt er das gummierte Ende seiner Papers an und verklebt das Ganze zu etwas, was weniger nach einer Zigarette und mehr nach einer kleinen weißen Schultüte aussieht. Er zwirbelt das obere Ende wie eine Bonbonverpackung zusammen. Und präsentiert uns dreien stolz sein persönliches »Nimm Zwei«, sein »Werthers Echtes«. Ein Hustinettenbär im Menschenkostüm.

Jetzt fällt mir auch wieder ein, woher ich diese Schultütenform kenne: Karl der Große hat ein Poster an seiner Wand. Es ist aus Samt und zeigt eine schwarze Frau, mit Riesen-Krausekopf in einem violetten Hemdchen. Wenn Karl das Schwarzlicht über dem Poster anknipst, strahlt die Krausefrau knatschbunt in Neonfarben. Sie sitzt im Schneidersitz auf dem Boden, hat ihre Hände zu einem Hohlraum geformt als ob sie einem klitzekleinen Vögelchen darin Unterschlupf gewährt. Und sie zieht mit geschlossenen Augen an einer Haschzigarette.

Basti lässt diesen Teil aber weg. Kein Nestbau mit den Händen. Stattdessen zieht er ganz normal an seiner Spezialzigarette. Aber Basti sitzt ja auch nicht unter einer Schwarzlichtbirne. Er raucht wie er sonst auch raucht, außer dass er diesmal was abgibt. Das allein ist schon ungewöhnlich. Er reicht das Ding an Jones weiter. Ich beobachte die beiden aufmerksam. Wie Sportlehrer, die mir eine Übung vorturnen. Lektion eins: Mit paffen ist es nicht getan. Als ich an der Reihe bin, nehme ich also einen tiefen Zug auf Lunge und interpretiere das Vorgeturnte so, dass man das Inhalierte möglichst lange bei sich behalten muss, um zu gewinnen. Luftanhalten kann ich. Unter und über Wasser. Es schmeckt süßlich. Aus dem Autokino schallt lautes Lachen. Cheech oder Chong – einer von beiden muss einen Riesengag gemacht haben.

Aber das Lachen bleibt in einem Opel Kadett nebenan stecken. Denn plötzlich wird mir die Tragik in Bastis Grammatik bewusst: „lass uns mal *einen* rauchen" war kein Versprecher sondern ein Versprechen. Lass uns mal einen Joint rauchen. Haschen. Kiffen. Dope konsumieren. Eine Tüte, einen Dübel, einen Lötkolben, eine Frühlingsrolle, eine Sportzigarette rauchen. Cannabis, Marihuana, Drogen nehmen. Hat er „einen" oder „was" gesagt? Er hat rauchen gesagt, ganz sicher. Und damit wieder mal die Führungsrolle übernommen. Kaum versöhnt, schon wieder Chef im Ring. Diesmal im Drogenring. Der Haschisch-Fanclub Stuttgart. Tatü tata höre ich es in ganz Kornwestheim tröten. Auf der B 27 rast ein Löschfahrzeug blaulichtblinkend und martinshornhörnend vorbei. Erschrocken blick ich ihm nach.

„Razzia Paranoia“, beschreibt Basti meinen Geisteszustand verständnisvoll. „Mach dir keine Sorgen, ging mir auch so. Beim ersten Mal.“

Was Rauschmittel jenseits von Alkohol angeht, galt bis jetzt unter uns eigentlich eine eiserne Regel. Und weil Eisen ein Metall ist, nahmen wir diese Regel wie alles was Metall ist, verdammt ernst. Sie lautete: Finger weg von Drogen! Aber das galt wohl nur solange, bis die Finger an einer Frau namens Bea waren. Keine Ahnung, wann Basti damit angefangen hat. Und vor allem nicht, warum. Aus meiner Sicht gibt es überhaupt keinen Grund, mit Drogen anzufangen: Ich bin weder verzweifelt, noch sind wir hier in Berlin, noch kenne ich irgendjemanden, der mit Drogen besonders gute Erfahrungen gemacht hat, die es jetzt nachzuahmen gilt. Es gibt keinen Grund, einem Älteren durch Nicht-Nein-Sagen zu imponieren oder meine Eltern durch Ja – Sagen zu schockieren. Ich habe über Drogen weder Horrorgeschichten noch Wunderdinge gehört.

Kein Biolehrer, der das Thema mit erhobenem Zeigefinger angeschnitten hat. Vor Petting hat man uns gewarnt, vor Drogen allerdings nicht. Zumindest kann ich mich nicht erinnern. Das heißt: Entweder haben wir in Bio Drogen genommen. Oder wir haben in Bio Drogen nicht durchgenommen. Kann aber auch sein, dass ich es verpasst habe. Nachdem uns die blockflötengesichtige Frau Dr. Rahn den Unterschied zwischen Necking (Zärtlichkeitenaustausch oberhalb der Gürtellinie), Petting (unterhalb) und Fucking erklärt hat – und vor allen drei Praktiken ausdrücklich gewarnt hat, um dann wieder humorlos zur Photosynthese überzugehen, bin ich aus dem Thema Biologie gedanklich ausgestiegen.

Alles, was ich also bis heute über Drogen wusste, wusste ich von Heroin-Mike, der zwar nie über dieses Thema gesprochen hat, aber was ich wissen musste, konnte ich ihm ansehen. Was ich da gesehen habe, hat mir nicht gefallen. Und was mir an ihm gefallen hat, hatte hoffentlich nichts mit Drogen zu tun.

In unserem kleinen Ort gab es bisher für uns auch keine richtigen Möglichkeiten an Informationen über Drogen oder an Drogen selber zu kommen, dachte ich jedenfalls bis gerade eben.

Es gibt weder auf dem Gymmie noch sonstwo in Möhringen schwarze Männer, die psst-zischend Schüler ansprechen, um ihnen Hasch, Trips, LSD anzubieten. Und auch die Erwachsenen-Theorie, diese „fürchterliche harte Musik" würde uns eines Tages zu Drogen verführen: großer Quatsch. So wie ihr, liebe Erwachsene, nicht durch „Neger- und Bumsmusik" zur wilden freien Liebe manipuliert wurdet, so wurde in unserer Generation niemand, aber auch wirklich gar niemand, durch psychedelische Musik zum LSD oder durch Rockmusik zur Gewalt verführt.

Denn dazu haben die Bands, die wir lieben dann doch zu wenig Vorbildcharakter für uns und damit – so leid es mir tut – zu wenig Schwarzen-Peter-Charakter für euch Eltern. Bon Scott zum Beispiel, der sich nach einer Alkoholnacht zu Tode kotzt, taugt als Sänger, als Idol taugt er nicht. Und auch die großen Gesten anderer Bands sind nicht beeindruckend genug. Wenn sie uns eine Jack-Daniels-Flasche von der Bühne entgegenrecken und „Cheers Schduddgard" rufen und man später aus dem *Kerrang!* erfährt, dass diese Flasche Abend für Abend mit Kamillentee gefüllt ist, dann verstehen junge Menschen auch das nicht als Anlass um zu Drogen zu greifen, sondern höchstens nur als Signal, an den Hallenausschank zu gehen und sich eine Fanta zu holen. Wir sind jung. Aber wir sind nicht blöd.

Das wirklich Reizvolle an diesem kreisenden Joint ist also nicht, dass er uns in einen Bewusstseinszustand versetzt, den wir nicht kennen, lege ich mir eine Entschuldigung vor meinem bestimmt gleich einsetzenden schlechten Gewissen zurecht. Das Reizvolle ist, dass wir uns am Rande der Legalität aufhalten. Und zwar am Rand auf der anderen Seite. Dort, wo es schon verboten ist. Es ist nicht nur verboten, es ist auch verpönt. So wie lange Haare und Rockmusik verpönt sind. Das tut man nicht. Und genau deshalb tun wir es! Und mit jedem Zug, den wir nehmen, stirbt ein Einhorn, eine Zahnfee oder ein anderes Fabelwesen aus unserer Kindheit, und wir werden erwachsen.

Basti nimmt einen letzten tiefen Zug, bevor er sich die Finger am bedrohlich kürzer werdenden Joint verbrennt. Am all-you-can-smoke-Buffet füllt er sich so viel in die Lunge, wie dort reinpasst und winkt mich, die Luft anhaltend, ganz nah zu sich. 60 % willenlos, 40 % neugierig lasse ich mich auf das ein, was immer jetzt passieren soll. Entweder bekomme ich gleich eine Kopfnuss oder einen Zungenkuss. Mit Daumen und Zeigefinger trennt Basti meinen Unterkiefer vom Oberkiefer. Oberkiefer klingt wie Oberkiffer, denkt sich der Wattebausch auf meinem Hals, *formerly known as* Kopf. Basti kann seinen Atem nicht mehr anhalten und die ganze Lungenladung nicht mehr aufhalten – er bläst sie mir aus seiner Luftröhre direkt in meine. Wir zwei kiffen Brüderschaft.

Dass wir hier draußen auf einem Acker stehen, der das Korn in den Namen Kornwestheim gesetzt hat, egal. Scheißegal. Piepegal. Mirdochegal. Egal ist 88. Wie mir überhaupt alles egal wird. Egaler geht's gar nicht. Denn wir vier sind bekifft. Im Rausch. Stoned. High. Man hat uns was ins Glas getan. Nein, in die Zigarette. Ich muss grinsen. Dauergrinsen. Dann mädchenkichern. Cheech & Chong ohne Ton und Untertitel sind irre komisch. Eine Kifferkomödie im Kiffermilieu. Wahrscheinlich der beste Film, den ich je gesehen habe. Ist das schon 3D? Cheech und Chong und Fred und Basti und Marc und Jones. Wir sind alle Teil dieses Filmes. Der für einen kurzen Moment reißt.

…
(repeat a million times)

Keine Ahnung, wie ich vom Autokino in die Rofa gekommen bin. Geschwebt, nehme ich an. Wir vier sind in alle Himmelsrichtungen verstreut. Jones, Basti, Fred, Marc. Nord, West, Süd, Ost. Ich mache eine Runde. Eine Runde, die mir vorkommt wie ein Marathon, der mir vorkommt wie eine Ganzjahresveranstaltung. In meinem Brustraum läuft ein Miniatur-Drummer mit einer winzigen Bassdrum eine liegende Acht. Das Zeichen für Unendlichkeit. Fred finde ich in der Spielhölle. Er wirft eine Mark nach der anderen in das Air-Hockey-Spiel. Aber er spielt nicht. Er hält nur sein Gesicht wenige Zentimeter über die Platte und genießt lächelnd, wie die winzigen Luftzüge aus hunderten von perforierten Löchern sein Gesicht streicheln. Zwergenföhne.

In meinem Kopf fährt jemand Wilde Maus. Beschleunigt wie bekloppt und bremst dann abrupt ab. Unkoordiniert und ruckartig. Dies ist keine Vergnügungsfahrt mehr. Jeder Reiz, der von außen kommt, ist hochpotenziert. Dr. Fronzeck wäre stolz, wenn er wüsste, dass mir in diesem Zustand noch der mathematische Begriff potenziert einfällt. Jeder Lichtreflex, jeder Ton, jede zufällige Berührung kommt mit viel Wucht in meinem Körper an (Line-in) und wird dann analysiert, nicht verstanden und unverarbeitet, zigfach verstärkt an der Buxe (Line-Out) wieder ausgegeben.

Jones steht an der Tanzfläche, nein: *in* der Tanzfläche. Er scheint mit der Box, an der er lehnt, verwoben zu sein. Er lässt sich vom Bass den Rücken massieren. Er trinkt Lumumba und raucht. Keine Ahnung wie sich Haschisch + Kakao + Rum + Nikotin vertragen. Das Nicken seines Kopfes und der Rhythmus aus den Boxen haben nichts miteinander zu tun. Ich kann förmlich sehen, dass in Jones' Kopf ein ganz anderer Song läuft, eine andere Melodie spielt. Und wenn ich mich ein bisschen konzentriere, kann ich sie bis zu mir hören. Aber ich kann mich nicht konzentrieren. Muss eine weitere Runde fliegen. Hab keine Landeerlaubnis bekommen. Zum Glück ist noch genug Treibstoff da.

Ich verliebe mich in jeden Rockfabrikbesucher, der mir entgegenkommt. Auf den ersten Blick. Ich habe noch nie so viele so schöne Menschen gesehen. Am liebsten würde ich jedem sanft über den Kopf streicheln. Muss aber weiterfliegen. Kontrollflug beruhigt mich. Kontrolle ist das einzige, was mich am Boden hält. Ich erteile mir selber einen Auftrag. Jedes Mal, wenn die Erde droht, meine Füße bei ihrer Erdumdrehung mitzunehmen, versuche ich mich auf meine Digitaluhr zu fokussieren: Dreiundzwanzig durch neunzehn, steht da. Ich versuche, es auszurechnen. Ich komme auf eins Komma, dann gebe ich auf. Stunden später schaue ich wieder. Dreiundzwanzig durch dreiundzwanzig = 1. Na also. Es sind nur vier Minuten vergangen. Mein Kopf ist innen mit Luftpolsterfolie ausgekleidet.

Basti sitzt halbapathisch im Bistro vor seinem Rockfabrik-Gedeck: Kaffee, Gulaschsuppe. Er pustet seit einer halben bis ganzen Ewigkeit seine Suppe kalt. Ich mache den Zeigefingertest: Maximal vier Grad plus hat die Suppe. Dann mache ich die Gegenprobe: Auch der Kaffee ist eiskalt. Auf dem Kaffee schwimmt jetzt ein Gulaschsuppenkrönchen. Rofa-Gedeck spezial.

Aus allen Ecken starren mich AOS-Sicherheitsaugen an. Wissend, was wir Illegales intus haben. Razzia-Paranoia, denke ich Bastis Worte wieder, die wenig beruhigende Wirkung haben. Ich versuche aufzustehen, brauche sofort was Süßes. Ein Treets, ein Nuts, ein Raider. Aber die Süßwarenabteilung im benachbarten Kaufland ist zu weit. Und sie und ich, wir beide sind in diesem Moment zu zu. Würfelzucker in Kondensmilch wird von einer Minute auf die andere zu meinem Leibgericht. Basti sieht mich mit einem Zeitlupenblick an. Seine Augen so langsam wie meine Bewegungen. Ich kann weder aufstehen, noch kann ich Basti mitteilen, dass ich nicht aufstehen kann. Aber Basti versteht mich auch so und bestellt mir bei der vorbeihuschenden Bedienung eine Halbe. Eine Halbe Milch!

„Das bringt dich wieder ein bisschen runter. Du bist ja vielleicht auf einem Horrortrip."

Ich trinke nie Milch. Zumindest nie pur ohne Kaba Erdbeer. Jetzt trinke ich 0,5 Liter Milch ex in einem Zug. Nicht weil ich Milch mag. Aber weil ich diesen Zustand nicht mehr mag.

Ich muss weiter. Kann nicht bleiben. Mach's gut, mein Freund. Die Luftpolsterfolie in meinem Kopf ist geplatzt. Alle Bläschen auf einmal. PA-PENG!

Irgendwann geht das Licht an. Es gibt wenig Hässlicheres als eine Diskothek in Neon.

Wenn mit einem Schlag alles bunte Licht aus- und das grelle angeht. Putzlicht schlägt Tanzlicht. Schluss mit lustig und mit farbig. Kalte Realität pur. Kaum auszuhalten. Wie Nacktheit, die man lieber nicht sehen will. Ungeschminkt und ausgeleuchtet. Stumm und hell. Plötzlich wird einem erst bewusst, wo man die ganze Zeit über war. Aber wo sind eigentlich meine Kumpels?

Ich kann so auf gar keinen Fall nach Hause gehen. Ich muss aber vor die Tür. Die AOS zieht schon ihre letzte Runde. Nach dem Rausschmeißer-Song jetzt die Rausschmeißer selber. Meine Freunde sind weg und die Mopeds meiner Freunde sind weg. Dort, wo wir alle zusammen geparkt haben, steht nur noch meine DT 80 – und ein Typ mit einem Helm unter dem Arm. Streunend und nach einer Mitfahrgelegenheit suchend, dann nur noch wartend, dann kapitulierend. Nein Helmchen, du kannst nicht mitfahren. Und nein Helmchen, ich selber kann ehrlich gesagt auch nicht fahren.

Also sitzen wir beide vor der Rockfabrik auf dem Bordstein, und bald wird die Sonne aufgehen. Helmchen betrunken, ich bekifft. Er nickt ein und wacht auf, nickt ein, wacht auf, sagt „komm wir fahren nach Hause".

Ich sage: „Ich fahre nicht in diesem Zustand. In diesem Leben. Nach Hause."

Aber er ist schon wieder eingenickt. Irgendwann wird hier irgendwo ein Bäcker aufmachen. Irgendwann in ein paar Monaten werde ich vielleicht wieder fahrtüchtig sein. Eine Kondens-/H-Milch-Mischung landet aus meinem Hals auf dem Gehweg. Ich höre ein vertrautes Motorengeräusch – das muss ein VW sein – und eine Stimme, die mir bekannt vorkommt. Das muss wohl Blüte sein.

„Wollt ihr mitfahren, Leute?"

Bekifft und wach stelle ich mich nüchtern und schlafend. Als wäre es das Natürlichste der Welt, in der Nacht von Samstag auf Sonntag vor der Rockfabrik eine Siesta zu halten. Nie wieder steige ich zu Blüte in diesen Derby. Lieber laufe ich. Lieber lebe ich in Ludwigsburg. Lieber sterbe ich.

„Nichts lieber als das." Helmchen neben mir ist weniger wählerisch.

„Na los, komm schon, stell dich nicht so an, steig ein." Motor und Stimme kommen näher.

Moment mal. Das ist kein Derby. Und das ist auch nicht Blüte. Helmchen, der mir bis eben noch das letzte bisschen Halt gegeben hat, springt auf. Zum Gleitgeräusch einer Schiebetür blinzele ich vorsichtig mit einem Auge und lese die Airbrush-Buchstaben

S
A
C
R
E
D

F
A
R
und ein eddingschwarzes
t.

Ich blicke auf einen hellblauen VW-Bus, den jemand mit Schablonen-Buchstaben verziert hat, was wiederum jemand, den wir sehr gut kennen, ergänzt hat. Am Steuer Floyd, der Bassist von Sacred Far. Dich schickt der Himmel denkend gebe ich meine Tiefschlafsimulation auf und klettere auf den Beifahrersitz. Ich drehe mich um und finde in dem Wimmelbild aus halb Band- und halb Campingbus Helmchen. Er hat sich seinen Helm aufgesetzt und liegt eingeklemmt und schlafend zwischen einem Trace-Elliot-Bassverstärker und einem Campingwaschbecken. Mir ist nicht gut, ist stark untertrieben.

Wie lange hält die Wirkung von Drogen? Glaubt man den Kindern vom Bahnhof Zoo, dann ein ganzes Leben lang. Aber ist das hier dann jetzt schon „auf Turkey sein“? Denn auf Turkey sein klang nicht gut bei Christiane F. Und fühlt sich bei Marc K. auch nicht besser an. Zwischen dem Moment, als die Droge nachlässt und die Realität wieder einsetzt, gibt es einen lichten, sehr klaren Augenblick. In diesem Augenblick beschließe ich, dass meine kurze, aber steile Drogenkarriere hier endet. Für alle Zeiten.

Vierundzwanzig. **JETZT SEID DOCH MAL EIN BISSCHEN SUPER**

Okay, ich nehme alles zurück. Sollte ich jemals in der Vergangenheit irgendetwas Schlechtes oder auch nur Mittelmäßiges über die Band Sacred Far gesagt haben oder das in Zukunft tun, dann tut es mir leid. Es entspricht nicht der Wahrheit, wird hiermit gegengedarstellt. Und für Blödsinn, Lötzinn und Plumpaquatsch erklärt. Sacred Far ist und bleibt die beste … na ja zweitbeste … sagen wir unter den Top 10 … 20. Okay einigen wir uns auf unter den Top-50-Bands … also sie sind gut … sie sind unter den besten 10 Bands aus dem Möhringer Umkreis. (Wo es ja nicht sooooo wahnsinnig viele Bands gibt, zugegeben). Aber selbst wenn es viele gäbe, wären sie immer noch auf den vorderen 10 bis 20 Rängen … Anders gesagt: Sacred Far sind absolut okay … nicht übel … es gibt Schlimmeres – aber vor allem ihr Bassist Floyd ist der tollste Typ auf diesem Planeten.

Floyd, mein Ansprechpartner von der Pro Familia. Mister Nice. Mister Clean. Doktor med. Marcus Welby. Mein Rettungsschwimmer. Der Mann, der mir Arsch und Leben gerettet hat und mich mit seinem VW-Bus aus dem Drogensumpf gezogen hat.

Zusammen sitzen wir im Café „Soho“. Er vor einem großen Glas Diät Cola, ich vor einem großen Glas Milch. Floyd hat seine langen Rockstarhaare mit einer umgedrehten Baseball-Kappe weggebändigt. Und wer hintenrum an ihm vorbeigeht, begegnet dort einem Zopf und dem freundlichen Kappenaufdruck »fuck you you fucking fuck«. Floyd betrachtet mich prüfend – nicht lehrerprüfend, eher elterntestend – und hält mir laufend, in nicht berechenbaren Abständen eine Fingerzahl zwischen eins und fünf ins Sichtfeld.

„Zwei.“

„Zwei.“

„Vier.“

Test bestanden. Wieder nüchtern. Nüchtern ist doch das Gegenteil von stoned, oder? Oder nur von betrunken?

Das Soho ist der einzige Laden, in dem man die Totschlagestunde zwischen fünf und sechs totschlagen kann, wenn alles andere schon zu oder noch zu hat. Ein Café, in dem sich die letzten Menschen der Nacht und die ersten des Tages die abgegriffene Klinke in die Hand geben. Floyd rührt mit einem Abknickstrohhalm in seiner ersatzstoffgesüßten Cola.

Ich muss irgendetwas gegen den Frottee-Nicki-Lappen in meinem Mund unternehmen.

„Hast du mir 'ne Kippe?", frage ich ihn.

„Das kannst du schon wieder? Respekt!" Floyd reckt den Daumen nach oben.

„Eins?"

„Vielleicht hat dein Kumpel dir ja 'ne Zigarette? Ich bin Nichtraucher."

Welcher Kumpel?

Ach Gott: Helmchen!

Floyd deutet mit dem Baseballkappenkopf in das winzige Soho-Nebenzimmer. Das Bild, das sich mir dort bietet, ist eines der Zerstörung. Eine menschliche Tragödie. Eine Performance, die vor den Folgen von Alkohol warnt: Helmchen, immer noch seinen orangenen Uvex tragend, steht ganz dicht am Bally-Flipper »Jungle Lord« der in den frühen Morgen blinkt und scheppert. Seinen Oberkörper hat er auf der Glasplatte abgelegt und ist eingeschlafen. Aber bevor er eingeschlafen ist, hat er noch in seinen Helm gekotzt. Und bevor er das getan hat, hat er noch sein Visier geschlossen. Eine Art Bon Scott für Arme. Mit Helm. Doch er lebt. Und zuckt mit seinem hageren Körper bei jedem spiel-mich-, spiel-mich-Rattern und -Flackern des Flippers, das zum Einwurf einer Mark animieren soll. Widerwillig und -wärtig nehme ich ihm den Helm ab, setze ihn vorsichtig auf den Boden und lege ihm einen ganzen Stoß Papierhandtücher auf die Brust. Bis hierher bin ich ihm das schuldig. Aber ab da ist es jetzt eine selbstreinigende Angelegenheit. Mein Zivildienst endet hier.

Nüchtern betrachtet war bekifft sein besser. Ich schaue aus dem großen Fenster des Cafés auf die sich immer stärker belebende

Schwabstraße. Es gibt tatsächlich Menschen, die um diese Uhrzeit diszipliniert zur Arbeit gehen. An einem Sonntag. Und es gibt tatsächlich Menschen, die um diese Uhrzeit einen Mordshunger auf einen gemischten Salat bekommen. Floyd zum Beispiel.

Also geht meine kleine Privattournee weiter. Selber Tag, nächste Arena. Hello Cleveland. Langsam brauche ich Merchandise. Ein eigenes Tourshirt mit den Veranstaltungsorten der letzten zwölf Stunden:

Autokino Kornwestheim
Rockfabrik Ludwigsburg
Café Soho Stuttgart
Mövenpick Marchée

Im Selbstbedienungsableger des großen Mövenpicks, der um diese Uhrzeit zwar eher auf sonntägliche Frühstücksgäste eingerichtet ist, wird das Salatbuffet für den Ansturm der Bruncher schon vorbereitet. Und ich werde von Floyd in die hohe Kunst des Salatstapelns eingelernt.

„Morgens sind die Sachen alle noch ganz frisch. Da sind sie am besten. Man zahlt pro Schale. Soviel wie reinpasst. Und da passt verdammt viel rein."

Man merkt, dass er das nicht zum ersten Mal macht – und dass er seine Technik im Lauf vieler Besuche perfektioniert hat. Das Salatschichten hat System: Ganz unten in die Schale kommen leichte, große Blattsalate. Dann eine Lage schwerere, aber immer noch flache, dazu Karotten und Gurken. Das gibt der Konstruktion Stabilität. Jetzt folgen die nicht ganz so leicht verstaubaren Zutaten, wie Tomaten und Pilze, geschickt verbaut wie beim Packen eines Kombis für den Urlaub. Zeit für das Zwischendressing. Das, wenn man es nur am Ende drübergießt, nicht bis unten durchdringen würde. Der Wahnsinn hat eine Methode. Eine weitere Schicht flächendeckender Salatblätter dient als Trenner für die nächste Etage. Hier genehmigt sich Floyd Raffiniertes: gebratene Putenstreifen und Ei. Rein physikalisch geht jetzt in die Schale nichts mehr rein. In Floyd allerdings schon.

„*There's always room for one more cookie*." Er grinst mich an und legt eine Papierserviette über seinen Salat. Und es würde mich nicht wundern, wenn Der Große Floyd sie gleich ruckartig wegziehen würde – und der Salat hätte sich in einen Cheeseburger verwandelt. Aber die Serviette dient lediglich der Hygiene: Er stellt die Schüssel auf den Boden und tritt behutsam mit seinem Cowboystiefel den gehäuften Salat flach. Jetzt ist wieder Platz für Rote Beete, Nudelsalat Nicoise und ein paar weitere Schichten. Ich nehme mir ein Croissant und eine Axel-Frischmilch und lade Floyd großzügig ein. Kleiner Beilagensalat: 2 Mark 60.

Vielleicht muss man das Phänomen Floyd erklären, um es zu verstehen. Der Junge ist ein Teil Schwabe und ein Teil Amerikaner. Und zwar immer der Teil, den die jeweilige Situation erfordert. Die Mutter eine waschechte Stuttgarterin. Unscheinbar. Hausfrau. Die amerikanischen 50% hat Floyd von seinem Vater, den alle, inklusive seinem Sohn, ehrfurchtsvoll Mister Ross nennen. Mister Ross – nicht zu verwechseln mit Herrn Rossi – ist ein Ami, wie er im Buche steht. Und zwar im Buche »Jäger der Apokalypse«. Was Floyds Vater genau macht, weiß keiner so richtig. Alles topsecret. Ich schätze, er fährt Panzer, fliegt Hubschrauber oder steuert einen Flugzeugträger der US-Armee. Stationiert ist er in den Möhringer Kelley Barracks bei den amerikanischen Streitkräften.

Deshalb besitzt Floyd drei Ausweise: einen amerikanischen, einen deutschen und – den wichtigsten – einen für den PX. Im amerikanischen Supermarkt in den Barracks gibt es alles, was ein Cowboy-Herz begehrt: auftoastbare Kuchen, Live-Videos von Ted Nugent & Co., das amerikanische Rock-Magazin *Circus* und Sprühkäse aus der Dose. Alles billig und alles steuerfrei. Floyds PX-Ausweis ist der Backstage-Pass zum Schlaraffenland.

Kein Wunder also, dass Floyd zum Beispiel einen original BC Rich Bass besitzt. Ein Modell, das außer ihm niemand in diesem Land und wahrscheinlich nicht mal auf diesem Kontinent spielt, weil es ihn in dieser Ausführung entweder nur in einem kleinen Musikgeschäft zwischen Sunset und Hollywood Boulevard in Los Angeles zu kaufen gibt oder eben im PX zwischen Stuttgart-Möhringen und Stuttgart-Plieningen. Und noch etwas verdankt Floyd seinem Vater: diesen coolen Namen. Mister Ross, selber ein begnadeter und leidenschaftlicher

Blues-Gitarrist, hat seinen Sohn Floyd Ross nach Floyd Rose benannt. Einem Tremolo für Gitarren, das wiederum nach seinem Erfinder – man ahnt es fast – Floyd Rose benannt ist.

Entsprechend amerikanisch ist auch Floyds Musikgeschmack: Van Halen, Ozzy Osbourne (wenngleich der auch Engländer ist, aber eben ein ganz Großer in den USA), Aerosmith, Boston & Co. – und natürlich die amerikanischste aller Ami-Gruppen, der Disneyland-Vergnügungspark unter den Bands, die Marshmallow-Männchen von Kiss. Floyd besitzt beim Govi eine eigene Fläche im Regal und sobald eine Platte neu erscheint, die das Etikett »Made in USA« trägt und auf der auch nur ansatzweise eine verzerrte Gitarre zu hören ist, stellt sie ihm Govi-Chef Karl-Heinz sicherheitshalber mal zur Seite: ins Floyd-Fach.

Floyd selber redet nicht viel, und schon gar nicht darüber, was er vorhat. Als er irgendwann mal Bagger fahren will, kündigt er das weder an, noch fragt er irgendjemand um Erlaubnis. Er schließt das Ding auf einer Möhringer Baustelle einfach spontan kurz. Nicht, um irgendetwas kaputt zu machen. Einfach, um einmal in seinem Leben Bagger zu fahren. Und um eine große Schaufel Dreck vor dem Haus seiner Exfreundin abzuladen.

Außerdem gibt es da noch das Gerücht, auf dem Grund des Möhringer Probstsees würde ein kleiner Chevrolet Malibu liegen. Das Auto von Floyds Mutter, das er dort beim Versuch, einen Colt-für-alle-Fälle-Stunt nachzuahmen, versenkt hat – sagt man. Angeblich hat er probiert, wie es ist, mit dem Wagen auf den See zuzurollen, sich in voller Fahrt rauszustürzen und dann das Auto wieder einzuholen, bevor es nass wird.

„Das stimmt so nicht. Sie haben ihn wieder geborgen", erzählt mir Floyd seine Version der Geschichte. „Mister Ross kam in einer Nacht-und-Nebel-Aktion mit ein paar Buddies von der Army mit einem ziemlich großen Spezialfahrzeug und hat das zum Glück geregelt."

„Wenn der Herr mir bitte mal erklären könnte, wo er so lange war!"

Bum Bum Baff.

Bum Bum Baff.

Ein Vorweihnachten wie so oft bei uns: Es gibt wahrscheinlich viel zu viel zu essen und wir üben schon mal nichtbravgewesen sein und verkatertsein für die anstehenden Feiertage.

Dass Mom in der Tür steht, als ich heimkomme, ist zuletzt passiert, als ich mich damals auf dem Heimweg vom Kindergarten noch mit einem Kaugummiautomaten verplappert habe. Heute scheint sie nicht ganz so erleichtert zu sein, mich wiederzusehen. Na gut, es ist Sonntagnachmittag. Und das ist ein guter Nachhausekommzeitpunkt, wenn man am Sonntagvormittag kurz mal raus gegangen ist. Aber nicht, wenn man am Samstagmorgen das Haus verlassen hat. Die Vermisstenmeldung bei der Polizei, den Anruf bei Eduard Zimmermanns »Aktenzeichen XY«, das Handzettelverteilen in Möhringen und Umgebung, das Ausrufenlassen im Tengelmann „der kleine Marc möge doch bitte jetzt zu seiner Mutter zurückkommen" – all das hat sie sich zwar (noch) gespart. Und trotzdem benimmt sie sich, als hätten die letzten 24 Stunden je ein Hubschraubergeschwader und eine Hundestaffel nach mir gesucht.

„Darf ich mal fragen, wo Du jetzt um diese Uhrzeit herkommst?"

Darfst Du. Du bist schließlich meine Mutter. Aber nimm's mir nicht übel, wenn ich versuche zu parieren.

„Mir ist der Sprit ausgegangen."

„Und wie bist du bitte schön nach Hause gekommen?" Mom ist eins wacher als ich. Touchée. Und ich kann und will nicht gut lügen.

„Mit Floyd."

„Kenne ich nicht. Und dich – erkenne ich gerade auch nicht wieder." Die Dezibel, die sie jetzt in ihrem Ton drauflegt, wirken wie eine Hundepfeife auf Dad, der aus dem Wohnzimmer gedackelt kommt. Ich hoffe auf väterliche Unterstützung – und bekomme stattdessen eine Gerichtsverhandlung mit meinen Eltern. Ob ich nicht wüsste … was ich mir bloß denke … ob ich was genommen hätte … was mit meinen Augen sei … wie es sein könne, dass … und schließlich, ob ich mir der Konsequenzen bewusst sei.

Ja. Ja. Jaja. Jaja heißt „leck mich am Arsch". Oder lasst mich irgendwie aus dieser Situation entkommen. Ich habe nichts gemacht. Zumindest nichts, was ich euch erzählen will.

„Was ist denn los bei euch?“, wollen Mom und Dad wissen. Sie haben sich für diese Frage augenscheinlich abgesprochen und sie einstudiert.

Was soll denn los sein? Und wer soll euch sein?

„Was läuft denn da eigentlich mit Dir und Jones? Habt ihr gestritten?“ Das also sind die Euchs, na prima. „Seine Mutter war hier. Und sie macht sich auch Sorgen.“

„Schau mal, es ist völlig normal, dass sich zwei Freunde auch mal weniger verstehen, aber wenn es irgendetwas gibt, über das du reden willst …“

Mir fehlen außen die Worte und innen die Gedanken. Ich weiß nicht, was ich sagen oder denken soll. Lieber wäre mir, sie würden mich direkt auf meine erste und hoffentlich letzte Drogenerfahrung vor wenigen Stunden ansprechen, und ich könnte alles gestehen und gleich hinterherschicken, dass das eine blöde Idee war und den Bereuenden spielen – als das hier.

„Ich dachte, ihr seid zusammen im Verein.“

„MOM!“

Das ist ein Club. Ein gottverdammter Club, kein Verein.

„Du verstehst überhaupt nichts!“

Ich stürme in mein Zimmer und wähle die Nummer von Jones. Ich sehe, dass er da ist, seine Silhouette direkt gegenüber. Aber er geht nicht ran. Also öffne ich eben das Fenster und greife auf eines unserer zwei ältesten Kommunikationsmittel zurück, Dosentelefon und Steinchenwerfen. Ich werfe kleine Kiesel an sein Fenster. Aber Jones geht nicht ran.

„Im Grunde genommen steckt ihr in ganz ähnlichen Schwierigkeiten. Jones und Du.“

Ich wundere mich ein bisschen, dass Brian Johnson so akzentfrei Deutsch spricht.

„Mit dem Unterschied, dass Jones es übertrieben hat“, antworte ich dem AC/DC-Sänger auf dem Poster über meinem Kopf – und ich überlege, ihn nach einem Autogramm zu fragen. Wo er doch gerade schon mal da ist.

„Und dass du die gutgläubigeren Eltern hast.“

„Und Jones die misstrauischeren Menschen um sich.“

In der Poster-Pose sieht Brian Johnson ein bisschen aus wie ein Bauarbeiter, dem ein Presslufthammer auf den Fuß gefallen ist und der deshalb ziemlich schreien muss. Mit seiner Schiebermütze und seiner schwarzen Jeansweste mit den abgeschnittenen Ärmeln. Aber ich habe Brian unterschätzt. Er ist extrem einfühlsam und hat ein gutes Gespür für die Situation.

„Warum gehst du nicht einfach rüber?“

„Ich weiß nicht. Obwohl Jones gleich da drüben wohnt, kommt er mir so weit weg vor. Hast Du schon mal Hasch geraucht, Brian?“

„Reden wir nicht von mir. Das ist jetzt zweitrangig.“

„Ich weiß, dass das bei mir ein Ausrutscher war, und ich bin nicht stolz drauf. Bei Jones bin ich mir aber nicht sicher, ob er auch nur ausgerutscht ist – oder vielleicht schon tief reingerutscht.“

„Und was wirst du jetzt tun? Ihm bei der Bruchlandung zusehen? Dich selber aus der Affäre ziehen? Oder einfach deinen Kopf in diesen Treibsand stecken und warten, dass es vorbeigeht?“

„Tja. Ich weiß es nicht.“

„Was wirst du tun, Marc? *Whatcha gonna do*?“

Ich muss dringend schlafen. Oder dringend aufwachen. In dieser Reihenfolge!

Zum Glück bin ich nur wenige Tage darauf mit Floyd im Jugendhaus verabredet. Zum Glück, weil ich ein paar andere Gesichter und Geschichten um mich herum brauche, ein paar andere Gedanken und ein paar Sorgen weniger. Zum ersten Mal überhaupt wage ich mich im Jugendhaus eine Etage tiefer. Das Erdgeschoss war mal mein Wohnzimmer, bevor ich in die Rockfabrik umgezogen bin. Aber im Keller war ich bisher noch nie, obwohl Jones hier unten seinen Gitarrenverstärker geparkt hat, um unter Ausschluss der Öffentlichkeit für sich Gitarre zu üben, nachdem es seiner Mutter zu Hause zu laut geworden ist. Deshalb erwartet mich eine absolute Premiere, als Floyd mich fragt, ob ich nicht Bock hätte, bei der Bandprobe vorbeizuschauen. Und weil ich von dem, was mich da unten im geheimnisvollen

Gewölbe erwartet, weder eine konkrete Vorstellung habe, noch etwas Besseres vor, sage ich Ja – wieso nicht. Mit Zirkus Maximus habe ich allerdings nicht gerechnet.

Ich unterbreche die Band gerade an der Stelle, an der der Sacred-Far-Sänger einen Zaubertrick probt – indem er seinem Mikrofonkabel ein paar Handbreit Spiel lässt und es wie eine Mischung aus dem The-Who-Sänger Roger Daltrey und einem argentinischen Gaucho durch die Luft wirbelt. Das sieht zwei, drei Umdrehungen lang beeindruckend aus. Dann gibt der Sänger mehr Stoff und mehr Kabel und stößt damit an die Grenzen. An seine eigenen athletischen Grenzen und an die architektonischen dieses Übungsraumes, der einfach nicht für die großen Arena-Posen gemacht ist.

Hier unten im Proberaum ist jeder Ton und jeder Schritt leicht gedämpft. Wie in einer Tropfsteinhöhle auf der Schwäbischen Alb. Nur das die Stalaktiten hier aus grauen Eierkartons bestehen. Die sollen das ganze isolieren. Ich bin mir nicht sicher, ob die Kartons dazu da sind, den Tischkickerlärm von oben abzuhalten – oder ob sie verhindern sollen, dass etwas von Sacred Far an die Außenwelt dringt.

Zwischen zwei Songs stellt Floyd mir seine Bandkollegen vor. „Das ist Perry an der Gitarre." „Hallo." „Das ist …" den Namen des Schlagzeugers vergesse ich sofort wieder. Denn ich bin völlig fasziniert vom Sänger der Band: Ein 1 Meter 90 großer Hüne mit langen blonden Haaren, der mit ein bisschen Make-up, Wimperntusche und Lidschatten genauso gut auf dem Titel des Quelle-Katalogs modeln könnte – für die Damenkollektion. Er trägt eine schwarze Lederjeans und dazu ein schwarzes Lederhemd. Floyd macht uns beide bekannt.

„Das ist unser Sänger, Dieter."

„Gute Freunde dürfen mich Dave nennen", sagt der zur Begrüßung.

„Freut mich, Dieter."

„Sag Dave zu mir."

Ich wusste nicht, dass wir schon so gut befreundet sind.

„Das ist mein Bühnenname."

Und offensichtlich auch dein Gewölbekellername!

Dieter. Dave. Ich kann mir beides merken. Denn er erinnert mich an beide: An den ZDF-Hitparaden-Moderator Dieter Thomas Heck wie er mit seinem Mikro zwischen Daumen und Zeigefinger in die Kameras grient und die Startnummern eins bis zehn noch mal im Schnelldurchlauf anmoderiert. Und an den Van-Halen-Sänger David Lee Roth. Der unter anderem dadurch Furore gemacht hat, dass er bei Lloyds in London eine publicityträchtige Versicherung gegen Vaterschaftsklagen abgeschlossen hat. Ich hoffe nur, dass ich beide Persönlichkeiten nicht irgendwann durcheinander bringe und ihn Davter nenne.

Als er sich zu seinem winzigen Gesangsanlagen-Mischpult umdreht, um an einem der vielen Knöpfe und Regler „ein bisschen mehr Effekt reinzupegeln“ – (mehr Dave? Oder mehr Dieter?) – da dreht er uns den Rücken zu. Und ich erkenne, dass diese Lederhose gar keine Hose ist. Es sind Chaps! Cowboyüberzugsschenkelschoner aus Leder. Und das wirklich Erschreckende ist, dass Dieter/Dave nichts drunter trägt. Ich starre fassungslos auf zwei blasse Männerarschbacken.

„One-two. Check check check. One-two.“

Dieter/Dave lässt einen Sirenenschrei los, der ihn an den Rand seiner Stimmbänder bringt.

„Yahaaaaaaaaaaaa“, schreit er in die kleine Anlage.

„Krzzzzzzzzzzzzzzz“, schreit diese beleidigt und verzerrt zurück.

Deshalb also die hermetische Dämpfung. Ich nehme mir vor, zu Hause Eierkartons nicht mehr achtlos wegzuwerfen, sondern sie zu sammeln und sie karikativ dem Verein Stuttgarter Jugendhaus e.V. zukommen zu lassen.

„Alright, Möhringen. How ’r you feelin’? Are you ready to rock?“, will Dieter/Dave wissen. Nur von wem?

„This next song is taken from our third album …“

Aus Dieter, der gerade beim Hallo-Sagen noch ein bisschen geschwäbelt hat, ist tatsächlich Dave geworden, dem jeder unserer Englischlehrer am Gymnasium einen Hollywood-Akzent attestieren würde. Und aus Sacred Far, die noch nicht mal ein Demo haben, eine Band mit … hat er wirklich „third album“ gesagt?

Die Band probt hier unten in den Katakomben von Möhringen nicht nur ihre Songs – Dieter/Dave probt hier auch sein Gesamtbild. Er animiert die Proberaumwand zum Mitklatschen, erzählt zu jedem Song eine mehrminütige Geschichte, in der viel Weiber und viel Whiskey vorkommen. Den genervten Gesichtern der anderen drei Bandmitglieder nach zu urteilen, haben sie diese Ansagen schon mehr als einmal gehört. Dann schließlich teilt Dieter/Dave die Menge in eine linke und in eine rechte Publikumhälfte und fordert beide Teile auf, in einem Mitsing-Duell gegeneinander anzutreten.

„*Woho woho woho … you're singing beautiful … let me hear you out here … and now the other side.*"

Da ich der einzige Zuschauer bin, fordert Dieter/Dave mich auf, von der einen auf die andere Seite des Proberaums zu springen und in einer Doppelrolle beide Parts zu übernehmen. Mein Links schlägt schließlich gesangstechnisch mein Rechts und Dieter/Dave bestätigt mir: „*You're absolutely the best audience on this tour, … so far!*"

Als er mir dann aber eine Flasche Teinacher Mineralwasser über den Kopf leeren will, um die aufgeheizte Menge wieder runterzukühlen, verlasse ich fluchtartig den Proberaum. Ich habe Angst, dass er sich als nächstes ins Publikum stürzt.

„*Thank you, good night. See you next year, Möhringen. Yahaaaaaaaa.*"

Ja doch, Dieter!

Ich brauche eine kurze Pause. Also gehe ich nach oben, ins vertraute Erdgeschoss des Jugendhauses, mir eine Cola kaufen oder erkickern – je nach dem, wer da ist.

Fred zum Beispiel, der ist da – und es ist mir ein bisschen peinlich, dass er mich aus dem Keller kommen sieht. Doch bevor ich mich erklären kann und muss, spüre ich eine schwere Hand auf meiner Schulter. Es ist die Hand von Sozialarbeiterbernd, der mit ernster Stimme sagt: „Kann ich mal mit euch beiden sprechen?"

Doppelpremiere. Gerade zum ersten Mal im Keller des Jugendhauses, jetzt mein Debüt im Sozialarbeiterbüro von Sozialarbeiterbernd. Hier war ich auch noch nie und hatte gehofft, er will vielleicht nur mit uns rauchen. Aber er will mit uns reden. Und damit uns das leichter fällt, erlaubt er uns – ausnahms- nur ganz ganz ganz ausnahmsweise und sagt es bitte niemanden – hier zu rauchen. Und steckt sich gleich eine mit an. Dreifachpremiere. Aber die Freude an diesem Ausnahmezustand hält nur kurz.

„Ich weiß nicht, wie ich's sagen soll. Weil ich auch nicht weiß, ob es stimmt. Es ist nur so ein Gerücht. Aber ihr wisst, dass ich hier nicht einfach nur eure Cola kalt stelle, sondern auch eine gewisse Verantwortung für euch trage."

Ob er von Basti und den Punkern weiß? Von Fred und der Edding-Attacke auf Sacred Far? Von unserem gemeinsamen Haschrauchrausch?

„Kann es sein, dass euer Kumpel Jones in Schwierigkeiten steckt?"

Die Inquisition zum Thema Jones geht weiter. Wo ich doch gerade erst in einem anderen Prozess mit anderen Nebenklägern in der gleichen Sache in den Zeugenstand musste. Fred und ich schauen uns an und schütteln den Kopf. Nicht um Jones' Hals aus irgendeiner Schlinge zu retten. Sondern weil es nicht sein kann. Jones trinkt zu viel, okay. Jones ist zu oft betrunken, auch okay. Oder besser gesagt: nicht okay. Denn das finden wir genauso beschissen, wie ein Erwachsener es beschissen findet. Jones gibt Gas und findet die Bremse dann nicht. Aber echte Schwierigkeiten?

„Hat er was geklaut?", will Fred wissen.

„Nein."

„Was beschädigt?"

„Auch nicht."

„Gut – hast du ihn besoffen erwischt?"

„Nein."

„Na schön. Wo ist dein Problem? Lass ihn in Ruhe, Mann. Du bist nicht sein Vater."

Ich weiß, dass Sozialarbeiterbernd eigentlich auf unserer Seite ist. Aber noch mehr auf unserer Seite ist Jones.

„Jetzt hört mal gut zu, Jungs. Ich hab hier schon genügend Kids rein- und wieder rausgehen sehen, und sie müssen nichts angestellt haben, damit bei mir eine Alarmglocke angeht. Ich mag Jones und ich mag euch – Ihr seid mir nicht egal. Sonst würde ich mich einfach hinter die Theke stellen und zusehen, wie ihr vor die Wand fahrt. Ich könnte euch auch einfach Hausverbot erteilen …"

Uns doch egal. Dann wohnen wir eben im Dieterle und in der Rockfabrik. Eh viel besser da.

„… aber hier geht's um was anderes. Ich mach diesen Job schon ein paar Jahre und weiß, dass es manchmal reicht, einfach nur im eigenen Leben festzustecken und nicht weiter zu wissen. Und dann kommt ein bisschen Alkohol ins Spiel und ein paar Drogen und ein bisschen wird experimentiert. Und aus dem bisschen wird dann mal eine ganze Menge und nachher schreien alle, dass es zu spät ist und ach, hätten wir doch nur. Ich hab keine Lust, den Papa zu spielen und noch weniger Lust, den Papa anzurufen …"

„Den würdest du auch nicht erreichen, Jones' Papa ist tot", entfährt es mir. „Das solltest du eigentlich wissen, wenn du dich schon in sein Leben einmischst."

„Na schön. Ich kann mir auch die Mühe machen und selber mit Jones reden. Das ist der logische nächste Schritt. Trotzdem: ihr seid seine Freunde. Und ganz ehrlich: Als Freunde habt ihr auch eine Verantwortung. So ist das eben im Leben. Aber wenn ihr nicht wollt, rede ich mal mit seinen Eltern, seinen Lehrern – und dann schauen wir mal."

Sozialarbeiterbernd ist inzwischen lauter geworden als Dieter im Keller. Und strenger als Dr. Fronzeck am Gymmie.

Zu laut und zu streng für Fred, der die Situation auf seine ganz eigene Art beendet: „Mach dir da mal keine Sorgen. Wir haben alles im Griff."

Er klingt dabei nicht wie ein minderjähriger Jugendhausbesucher, sondern wie der abgeklärte Anwalt der Familie Bach, der Sozialarbeiterbernd gleich mit einem Disziplinarverfahren droht, sollte der sich weiterhin in Familienangelegenheiten mischen. Und um seiner Entschlossenheit ordentlich Nach- und Ausdruck zu verleihen, zündet sich Fred eine weitere Zigarette an – diesmal keine aus seiner eigenen Marlboro Menthol Tarnschachtel, sondern dreisterweise eine von Bernds Zigaretten – und er bläst ihm wie in einem Mafiafilm den Rauch mitten ins Gesicht. Don Fred hat gesprochen.

Eine kurze, aber klärende Unterhaltung.

Als Fred und ich das Sozialarbeiterberndbüro verlassen, steht Floyd vor uns, der gerade seinen Basskoffer im Bus verstauen will. Ich befürchte, er wird fragen, worum es da drin ging. Oder – genauso unangenehm – wie ich die Bandprobe fand. Aber er fragt mich zum Glück nur, ob ich noch mitkomme auf eine Party.

„In L. A.“, verstehe ich und wundere mich ein wenig.

„In L. E.“, sagt Floyd, „entweder Musberg oder direkt in Leinfelden-Echterdingen. Wir werden's schon finden. Ich kenne die Mädels auch nicht wirklich, die die Party machen. Die waren mal auf 'nem Gig von uns. Sind Cousinen von unserem Drummer.“

Mit! Mit! Mit! Mit! Mit! Der Zwölfjährige in mir bricht durch und hat mich unter Kontrolle.

Ich schaue Fred an und weiß, dass das jetzt eigentlich der Zeitpunkt für eine außerordentliche AC/DC Fanclubversammlung wäre. Eines unserer Mitglieder hat offensichtlich Ärger, und wir haben gerade davon erfahren. Aber auf der anderen Seite wartet dort ein VW-Bus, der mich zu einer Party bringt – und vor allem weg von Schwierigkeiten, die ich mir schließlich nicht eingebrockt habe.

Die Entscheidung fällt mir schwer. Aber sie fällt. Nix wie nach Leinfelden. Cousinen besuchen.

„Aber es ist noch 'n bisschen früh, um da hinzugehen“, sagt Floyd. „Schon was gegessen?“

Bloß keinen Salat, bitte. Hunger hätte ich allerdings schon.

„Lass uns doch noch kurz in den Vaihinger Hof fahren.“

Das sind wohl Floyds fünfzig schwäbische Prozent: Er liebt Essen – und die Herausforderung, möglichst viel davon für möglichst wenig Geld zu bekommen. Im Rückspiegel sehe ich Fred, der uns rauchend hinterherschaut.

Floyds beste Charaktereigenschaft ist wahrscheinlich sein Hang zum Überdrehen. Ich kenne niemanden, der soviel Quatsch im Kopf hat. Und ich meine nicht Quatsch reden, sondern Quatsch machen. Großen Quatsch. XXL-Quatsch, für den man von der Schule fliegt – oder wenigstens aus dem Unterricht. Quatsch, für den es kein Alibi und keine Ausflüchte gibt, außer vielleicht: *Ich wollte unbedingt richtig Scheiß bauen. Und das ist mir ja wohl gelungen, oder?*

Floyd ist äußerlich ein richtig netter Kerl (wenn man sich nicht vor Langhaarigen fürchtet), den selbst meine Eltern nett finden würden, wenn Mom sich die Mühe machen würde, ihn kennenzulernen. Aber innendrin besitzt er eine ausgeprägte kalifornische Spring-Break-Mentalität. Er ist sowas wie der König der Überholspur, ständig im roten Drehzahlbereich und immer am Vollgasgeben. Nicht mit Alkohol, nicht mit Drogen, nicht mal mit Zigaretten, sondern mit Leben. Das macht Floyd ein bisschen anstrengend. Das macht Floyd aber auch hochinteressant: In seinem Beisein braucht man keine drei Fernsehprogramme zur Unterhaltung. Man muss nur ein bisschen Acht geben. Auf Floyd und auch auf sich selbst. Sonst findet man sich plötzlich an einem Bungeeseil wieder oder braucht eine Haftpflichtversicherung.

Als der blaue VW-Bus knirschend auf dem Kiesparkplatz des Restaurants zum Stehen kommt, lese ich auf einem großen Schild: „Geschlossene Gesellschaft."

Das Sold-out-Schild der Spießer.

„Scheiße!"

„Super!"

Für Floyd kein Hinderungsgrund, sondern eine zurückhaltende Einladung.

„Komm mit!"

Die Gesellschaft ist deshalb geschlossen, weil zwei von ihnen heiraten. Die Türen allerdings sind offen. Also mischen wir uns, etwas zu dünn bekleidet für diesen Anlass, unter die 50, 60 schon relativ angetrunkenen Hochzeitsgäste. Floyd kann sich gar nicht zwischen Buffet und Geschenketisch entscheiden. Ich halte mich möglichst unauffällig in seinem Windschatten und tue einfach, was er tut: mir übertrieben viel vom Buffet holen und das auffallend oft. Als schließlich gar nichts mehr in uns reinpasst, nimmt Floyd die übrig geblieben Crevetten und dekoriert damit ein Geschenk auf dem Hochzeitstisch. Man kann dem Brautpaar nur wünschen, dass in diesem Päckchen eine Moulinex-

Moulinette steckt und die darauf drapierten Meeresfrüchte damit wenigstens als Deko durchgehen.

Niemand fragt uns, wer wir sind. So ist das wohl, wenn eine fremde Frau einen fremden Mann heiratet. Jeder hält uns für gute – oder, nach fünf mal Nachschlag vom Crevetten-Cocktail, böse – Bekannte des jeweils anderen.

„Wir sollten auch was schenken", schlägt Floyd vor.

Außer einer halbvollen Schachtel Peter Stuyvesant habe ich aber nichts. Und ich möchte jetzt keinen Bassverstärker aus dem VW-Bus reintragen müssen.

„Am besten einen Gutschein. Das geht immer. Wir haben ja schließlich auch lecker gegessen."

Irgendwoher aus dem Nichts organisiert Floyd einen schönen, gefütterten Briefumschlag und einen Bogen Papier, auf dem wir dem Brautpaar großzügig eine Städtereise nach Venedig schenken und sehr undeutlich unterschreiben. Lachend rennen wir raus und freuen uns wie kleine Kinder darüber, dass sich zwei frisch Vermählte in ein paar Tagen gerne für das schöne Geschenk bedanken möchten – und nicht wissen, bei wem. Vor allem aber werden sie den Gutschein einlösen wollen. Wozu sie wohl oder übel ihren Freundeskreis durchtelefonieren müssen, um vorsichtig zu fragen, ob denn diese süße Flitterwochenidee zufällig von … ach, nicht von euch? Das haben wir uns schon gedacht … ich sag noch zu meinem frischgebackenen Mann: Simone schenkt uns doch nicht so was Einfallsloses wie eine Reise …

Auf der dünnen Linie zwischen Familienzwist und Ehekrach fahren Floyd und ich weiter zur nächsten Feier.

Fünfundzwanzig. **DAS KAPITEL, IN DEM EIN IGEL DEN KÄSE SCHLEPPT UND ZWEI HUNDE DAS FLIEGEN ANFANGEN**

Echterdingen – Endstation der Straßenbahn Linie 6 und Zwischenstation des blauen VW-Busses von Floyd. Die Party findet im obersten Stock eines Mehrfamilienhauses am Ortsrand statt. Mit einem donnernden Grollen droht eine PanAm-Maschine auf dem Dach des Hauses zu landen. Die Gegend hier ist auch nicht mehr oder weniger spießig als die Orte, an denen wir alle wohnen. Sie ist nur weiter weg von der großen Stadt und näher dran am Flughafen. Als das Donnern leiser wird, kann man Stimmen, schrilles Mädchenlachen und verzerrte Gitarren-Musik bis auf die Straße hören. Hier sind wir zumindest mal nicht ganz falsch. Das Dachgeschoss hat jemand zum Partykeller umfunktioniert. Die schrägen Wände sind mit Alufolie und *Pop-Rocky*-Postern ausgekleidet: Judas Priest, Mike Oldfield, Meat Loaf, Kajagoogoo. Ein Musikgeschmack wie ein Bauchladen. Die beiden Bauchladenbesitzerinnen stellen sich als Mischi und Nini vor, wobei sie Floyd um den Hals fallen und ihn abknutschen. Spätestens jetzt haben sich all die Jahre, die Floyd wahrscheinlich alleine in seinem Zimmer investiert hat, sich die Finger wund zu üben, amortisiert. Ich werde wohl ein Instrument lernen müssen.

Mischi und Nini sind Zwillingsschwestern. Zweieiig. Ein Ei hat aber die falsche Abzweigung genommen. Die eine bildhübsch, die andere wahrscheinlich ganz der Vater. Nini sieht mit ihren langen dunklen Haaren und ihren grünen Augen aus wie die Gussform für Joan Jett. Und sie hat dieses Strahlen um die Augen, das verrät, dass hinter dem hübschen Gesicht ein hübscher Verstand und ein positives Gemüt wohnen. Tür an Tür. Mischi ist dagegen stumpf. Sie isst, wiegt und redet zu viel und sie lacht zu laut. Eine ganz ungesunde Mischung physischer und psychischer Merkmale.

Was sich auf der Straße schon akustisch angedeutet hat, bewahrheitet sich hier oben im Dachgeschoss: Aus den Kugellautsprechern der Zwillingsschwestern pocht Rockmusik. Allerdings Rockmusik aus Hannover: »He's a woman, she's a man« quäkt der kleine Klaus mit seiner – darf man Begleitband sagen? – den Scorpions aus Niedersachsen in Deutschland. Ohren zu und durch. Es wird ja gleich was anderes kommen. Ich hole uns jedem ein Glas Bowle und ein paar Salzstängel, aber als ich zurückkomme, hat sich Nini – die Hübsche – leider schon voll und ganz Floyd zugewandt. In diese Konversation kann ich wohl nicht mehr quereinsteigen. Dafür schaut mich Mischi aus Ei Nummer zwei erwartungsvoll an und prostet mir mit einer Flasche Alpirsbacher Klosterbräu in der linken und einem Schirmchengetränk in der rechten beidhändig und zwinkernd zu. Fred hat sowas mal „Trabanten" genannt: Um jede hübsche Frau, so seine Theorie, kreist eine Hässliche. Und wenn man ein echter Kumpel ist, würde man sich an dieser Stelle opfern: „Nimm du die Dunkelhaarige, ich nehm die Dicke. Ist schon okay." Die Dicke ist in diesem Fall allerdings auch gleichzeitig die Doofe, wie ich nach nur zwei Sätzen registriere.

„Wenn du Hunger hast, da drüben steht noch ein Käseigel", erklärt Mischi und lächelt. Ich bin sicher, sie hat das kulinarische Kunstwerk selber geschaffen und möchte es auch am liebsten selber verzehren. Mit nur einem Happs. Mitsamt Alufolie und Zahnstochern. Ich schaue das possierliche Milchprodukt-Tierchen an, denn irgendwo muss ich ja hinschauen und ich will Mischi nicht ansehen müssen. Mir fällt das Gestüt aus Argelès-sur-Mer ein: Petzi, Sonja und Karen. Mischi ginge gut als die entlaufene Vierte durch. Aus den Lautsprechern kommt Franz K. – eine Band aus Witten an der Ruhr, die Deutsch singt.

„Und bist du auch in 'ner Band?", blockflötet mich Mischi an.

„Nee du, bin ich nicht." Und ich hoffe, dass ihr die Unattraktivität dieser Antwort bewusst wird.

„Doch du, isser", grätscht Floyd von links außen rein.

„Süüüüüß. Ich find Musiker toll."

„Ja, ich auch." Ich gebe mein Bestes, so wenig geistreich wie möglich zu sein. Doch mein Groupie lächelt ungeliebt, aber verzückt. Jeder Versuch, mich aus ihrer verbalen Umklammerung zu lösen, bewirkt wie bei einer Schlingpflanze genau das Gegenteil. Aus den Kugellautsprechern proletet Zeltinger (Köln). Wenn ich mich musikalisch-geografisch nicht ganz täusche, dann befinden wir uns auf einer Reise durch die Republik.

Ein Faux-pas, der endlich auch meinem neuen Freund Floyd auffällt: „Ist das hier eigentlich ’ne Deutschrock-Fete?“

Es entsteht eine kurze Pause, in der wir ein bisschen zu deutlich hören, wie Jürgen Zeltinger das Kölner Fußballstadion besingt. „Ich weiß ehrlich gesagt nicht, ob wir so wahnsinnig lange bleiben können.“

„Ach wieso denn? Ihr seid doch gerade erst gekommen.“ Die Zwillinge klingen sehr synchron und tief enttäuscht.

„Ja, kann nur sein, dass ich nachher noch ins Studio muss, ’n paar Bass-Tracks einspielen.“

„Ach so! Klar! Toll!“

Nini sieht mich an, als würde ich die Lead-Gitarre dazu spielen, und sie strahlt dabei. Und dann, einfach so aus dem Nichts und Wiedernichts heraus, legt sie ihre Arme um mich und drückt mich feste. „Saucool, dass ihr da seid.“

Ich werde verdammt noch mal ein Instrument lernen müssen.

Aus den Lautsprechern kommt Accept (Solingen), aus dem Knäuel der restlichen Partygäste ein besoffenes „Bier ist alle!“

„Es gibt noch jede Menge im Keller“, antwortet Mischi.

„Wir holen’s“ sagt Floyd.

„Och, das ist ja total goldig von euch.“

Wie goldig genau, soll sich erst noch zeigen.

„Pack mal mit an!“

Floyd und ich greifen uns im Keller je zwei Kästen Bier. Aber statt sie nach oben zu bringen, fordert Floyd mich auf, seinen kleinen blauen Getränketransporter damit zu beladen, begleitet vom Soundtrack aus den Kugellautsprechern, der bis auf die Straße zu hören ist:

Dann rast er über den Highway
und die Nadel auf dem Tacho flippt aus
und die Braut hinten auf dem Sozius
krallt die Nägel in seine zweite Haut.

Nachtflugverbot – es ist ganz still in L.E. geworden. Das einzige, was man hören kann, ist eine Band namens Morgenrot aus Berlin und das Tuckern eines VW-Bus-Motors. Floyd fragt nach all meinen 10-Pfennig-Stücken und hält dann an einer Telefonzelle, wählt ein paar Nummern und springt wieder in die Fahrerkabine. Keine 20 Minuten später sitzen wir in einem echten Partykeller, hören Rockmusik, die nicht wie Butter aus deutschen Landen, sondern wie Popcorn aus Amerika stammt, und trinken mit ein paar von Floyds Freunden das Bier der Zwillingsmädchen.

Komisch: Ich muss ständig an Nini denken. Ihr Gesicht geht mir nicht aus dem Kopf. Gar nicht komisch: Ich muss leider auch an Mischi denken. Ihr XXL-Gesicht schiebt sich immer dann ins Bild, wenn es gerade schön wird. Hier in Floyds Keller sind zum Glück nur Jungs. Und das ist gut so. Das macht den Abend unkompliziert.

Denn es ist ein Riesen-Unterschied, ob man mit Jungs oder mit Mädchen weggeht. Jungs wollen weggehen, damit sie nicht zu Hause sind. Deshalb heißt es *weg*gehen. Und damit sie andere Menschen treffen, die auch nicht zu Hause sein wollen. So wie die zwei Handvoll Freunde von Floyd, die spontan genug sind, an einem Samstagabend alles stehen und liegen zu lassen, was sie bisher gemacht haben, und zu Floyd in den Keller zu kommen. Ganz einfach, weil Floyd sie angerufen hat. Und weil es umsonst Bier gibt. Unkompliziert eben. Jungs wollen ein Bier trinken oder eine Cola. Sich respektvoll zunicken. Sich signalisieren: Ich bin da, du bist da, es ist doch okay, dass wir da sind. Dann wollen sie in ihrem Ich-hab-den-Typen-getroffen-Speicher abspeichern, dass sie den Typen getroffen haben. Mal wieder was von dem Typen gesehen? Ja, neulich erst. Und wie geht's ihm? Sah okay aus.

Für Mädchen ist weggehen gleich großer Opernball. Während ein Junge zum Weggehen das T-Shirt nimmt, das oben liegt, oder auf dem vorne AC/DC steht, und die Turnschuhe, die er morgens auch in die Schule angezogen hat, sucht sich ein Mädchen extra für diesen Anlass etwas zum Anziehen aus. Sie macht sich eine Frisur (als ob sie davor keine hatte!). Der Junge geht mit der gleichen Frisur, mit der er morgens aufgewacht ist, abends weg. Er würde niemals auf die Idee kommen, sich die Haare in einer anderen Farbe zu tönen, nur um mit anderen Jungs ein Radler zu trinken. Jungs gehen wie ihre Urururväter einfach aus der Höhle raus und treffen sich mit anderen Jungs vor der Höhle. Seit Millionen von Jahren nehmen sie dazu dasselbe mit:

Eine Keule.
Den Höhlentürschlüssel.
Zigaretten.

Mädchen nehmen eine Handtasche mit. Und kein Junge wird je wirklich verstehen, was da drin ist:

TicTac.
Haar- und Pfefferspray.
Spiegel, Kamm, Bürste, Spängchen = ein halber Coiffeursalon.
Vier verschiedene Lippenstifte.
Ersatzsschuhe. Falls ein anderes Mädchen bei der gleichen Veranstaltung die gleichen Schuhe trägt.
Übergangsjäckchen.
Ein Tuch, wenn's kalt wird.
Ein trägerloses Top, wenn's warm wird.
Schatulle für Schmuck, falls sie an diesem Abend einen Ring geschenkt bekommt.
Schatulle für Diadem, falls sie an diesem Abend zur schönsten Prinzessin gekrönt wird.

Mädchen machen aus jedem Weggehen einen Aschenputtelabend. Selbst wenn sie am Ende des Tages nur einen Schuh tragen, muss das der schönste auf dem ganzen Parkett sein. Ihre Frisur muss die schönste sein. Und ihr Ballkleid sowieso. Bin ich die Allerschönste? Sag's mir bitte noch mal, ich habe es nicht richtig verstanden. Und gleich nach dem Schönsein wollen Mädchen Konversation. Sie wollen, dass man den ganzen Abend mit ihnen redet. Mit ihnen und mit niemand anderem. Sie wollen Beachtung. Und dass man sie an der Hand hält. Nicht, damit sie nicht umfallen oder weglaufen können, sondern als Dauerzeichen der Beachtung. Sie wollen den anderen Prinzessinnen zeigen: Schau, das ist mein Prinz. Den hab ich mir gesucht und den bekommst du nicht. Aber damit nicht genug, wollen sie von allen anderen anwesenden Männern die Blicke und damit die ultimative Bestätigung/Krönung: Das ist aber eine schöne Prinzessin. Viel schöner als meine eigene, mitgebrachte. Die will ich heiraten und mit ihr auf mein Schloss ziehen.

Nur Nini – die ist bestimmt ganz anders.

„Wo sind eigentlich deine Eltern?“, frage ich Floyd.

„Oben. Aber die sagen nichts.“

Mir kommt es vor, als ob Floyd Langstrumpf hier in der Villa Kunterbunt ganz alleine wohnt und feiert. Mit dem kleinen Onkel, Herrn Nilsson und einer Batterie Bassverstärkern. Und Mister Ross fährt wahrscheinlich gerade auf einem Kriegsschiff der US-Armee Richtung Takatukaland. Ich schrecke hoch. Denn im Raum nebenan hat irgendjemand irgendetwas umgestoßen.

„Deine Mutter?“, frage ich Floyd.

„Meine Flughunde.“

Nicht ganz legal, wie so einiges in seinem Leben, hält Floyd zwei nachtaktive Tiere in der Waschküche, in der wider Erwarten keine Miele steht, sondern zwei bequeme Ohrensessel. Floyd führt mich wie einen Blinden in den stockdunklen Raum, setzt mich in einen der beiden Sessel und reicht mir ein schweres Etwas: ein Nachtsichtgerät.

Ich setze mir die unhandlichen Gläser auf die Augen – und kann nach wenigen Augenblicken Eingewöhnung tatsächlich sehen, zuerst Floyds breites Grinsen in infrarot im Ohrensessel neben mir, dann zwei fledermausartige Tierchen, die durch die Luft jagen ohne irgendwo oder irgendwen anzustoßen. Lolek und Bolek heißen die beiden – Gottes Gegenentwurf zum Käseigel. Im Nebenraum singt Ozzy wie die Faust aufs nachtsehende Auge »Steal away the night«. Das Nachtflugverbot – hier in Möhringen ist es heute aufgehoben.

Woher man so etwas bekommt, will ich wissen.

„Von Mister Ross. Der es wiederum von der Army hat. Die wiederum nicht so ganz genau weiß, dass sie offizieller Lieferant für die Spezialeffekte unserer Bühnenshow ist.“

Ich meinte eigentlich die Tiere.

Das macht Sacred Far zur wahrscheinlich einzigen Band, die mit ihrer Pyroshow (und mit ihrem Sänger) ein mittelgroßes Land im Nahen Osten bedrohen könnte.

„Du musst unbedingt mal zu einem Gig von uns kommen. Silvester zum Beispiel."

Sechsundzwanzig. **HEAVY METAL LEGOLAND**

Die Maichinger Sport- und Gemeindehalle liegt am Arsch der Welt – oder anders gesagt: hinter Böblingen. Ihr Sprossenwand- und Basketballkorbcharme hat schon bessere Tage gesehen, aber wenn man Dieter/Dave glaubt, noch keine bessere Band.

Sacred Far stehen auf einer Holzbühne und machen Soundcheck. Und ich – ich stehe am 31.12. direkt davor. Vor einer knarzenden Bühne, die man in den 60er-Jahren mal für Schwäbisches Mundarttheater errichtet hat. Die 60er sind längst vorbei, doch das hat sich noch nicht bis Maichingen rumgesprochen. Aber auch dieses Jahr wird in wenigen Stunden vorbei sein. Und ich soll seine letzten Stunden aus lauter neuer Freundschaft zu Floyd hier verbringen.

„Test … one … two … Yahaaaaaaaaaaaaaaa", urschreit es aus Sänger und Boxen. Dieter/Dave ist sichtlich unzufrieden und lässt das alle Anwesenden auch spüren. Alle – das sind zu diesem Zeitpunkt:

4 x Sacred Far
1 x Lichtjockey
1 x Tonmann
1 x ich
1 x der Typ mit der dicken Brille, dem verwaschenen Parka und den 2-Streifen-Turnschuhen, der quasi immer da ist: Erst vor der Halle Bonanzarad fahrend, dann innen herumhängend und zu niemandem richtig gehörend. Kurzum: der Sohn des Hausmeisters.

Dave/Dieter/Diva scheint mit dem falschen Cowboystiefel zuerst aus dem Bandbus ausgestiegen zu sein und verleiht seinem Unmut am letzten Abend des Jahres noch mal ordentlich Ausdruck: *„Fuck. Shit. To hell with Maichingen."*

Die Rockstarallüren richten sich gegen den schlechten Sound (für den er meiner Laienmeinung nach mit seinem schlechten Gesang nicht ganz unverantwortlich ist). Gegen die Tatsache, dass es ihm hier in der Halle in seinen Chaps an den Arsch zieht. Und schließlich gegen den TV Maichingen. Der nämlich hat bei seinem Sportfest vergessen, die Turnringe vom Ringeturnen wieder unter die Hallendecke zu ziehen. Weswegen die jetzt Dieter auf Augenhöhe direkt vor dem Gesicht hängen. Ein Königreich für einen Roadie.

Ich bin gespannt, was als nächstes kommen mag. Zuschauer jedenfalls nicht. Auch 30 Minuten nach Einlass verlieren sich in der Halle nur zwei Dutzend Leute. Wobei ein Dutzend eine Uniform der Freiwilligen Feuerwehr trägt. Der Brandschutzbeauftragte der Stadt Böblingen hat der Band am Nachmittag nach einer kurzen Inspektion den Einsatz ihrer Pyrotechnik untersagt. Feuerwerk Punkt 0.00 Uhr und draußen ja, davor und drinnen nein. Ahnend oder unwissend, dass die Pyrotechnik von Sacred Far aus Armeebeständen stammt, hat er ein paar arme Maichinger extra dafür abkommandiert, das Einhalten seines Pyroverbots auch ordnungsgemäß durchzusetzen. Auch die hätten an Silvester bestimmt etwas Besseres vorgehabt. Sogar hier in Maichingen.

Floyd lädt mich zur Feier des Tages zum Catering ein – und weil ich nicht weiß, was das ist, aber vermute, das es was zum Essen ist, komme ich mit. In der Sammelumkleide riecht es nach Knabenschweiß und Medizinball, und die lokale Maichinger Metzgerei Fröschle hat eine 1-Mann-Wurstplatte geliefert. Allerdings hat der bonanzaradfahrende Hausmeistersohn Dickbrille schon mehr als die Hälfte verputzt.

„*No fucking fans backstage*“, brüllt Dieter/Dave erst mich, dann Floyd, dann unseren Freund, den Parkaboy an. Noch 90 Minuten bis Showtime.

Ich übersetze: Dieter möchte beim Einsingen vor dem Konzert lieber alleine sein. Und Catering heißt auf Deutsch: Blutwurst, Leberwurst, Geflügelwurst und Radieschen-Deko. Schade, zwischenzeitlich hätte es bei uns zu Hause Dads sagenhaftes Silvester-Fleischfondue gegeben. Und selbst in der Rockfabrik fahren sie heute Abend ein Buffet aus flüssiger und fester Nahrung zum Festpreis von 30 Mark auf, bei dem man nicht meckern kann. Und dort spielen sie vermutlich die bessere Musik.

Sacred Far ernst zu nehmen wird einem nicht leicht gemacht, obwohl sie eine Menge dafür tun: »Rock to the Top on New Years Eve« steht auf den Plakaten, die Floyd & Co. in mehreren Nacht- und Nebelaktionen unterwegs mit dem Bus an die Stromverteilerkästen der Region tapetengekleistert haben. »Live on stage« und »plus very special guest« – ist da außerdem zu lesen. Der ganz spezielle Gast heißt TÖRMENTÖR, was soviel wie Fölterer heißt. Und in der Tat ist die Vorband eine echte Qual: drei Motörhead-Klone, die sich ihre Gesichter vor dem Konzert vor der Halle mit Kickplatzdreck eingeschmiert haben, damit sie wilder wirken. In Wahrheit sehen sie aber aus wie ungezogene und ungewaschene Lausbuben, die man am liebsten an den Ohren über ein Waschbecken zerren möchte. Auch musikalisch sind die drei Struwwelpeter ungepflegt und hässlich. Und als sie nach 45 Minuten von der Bühne gehen – um sich hoffentlich das Gesicht zu waschen oder zumindest die Nasen zu schnäuzen – da möchte man von TÖRMENTÖR lieber nichts mehr hören. Heute Abend bitte keine Musik und in Zukunft bitte keinen Mucks mehr.

„Zu-ga-be! Zu-ga-be“, ruft trotzdem ein zierliches, rothaariges Mädchen in die aufflackernde Neonbeleuchtung der Halle hinein. Sie ist die Freundin des Trommlers – und in dieser Funktion muss sie das tun, erklärt mir Floyd.

„Der Drummer ist das am zweithäufigsten gebumste Mitglied einer Band. So rein statistisch.“

Wir stehen in der Grauzone zwischen Backstage- und Publikumsbereich und ich bekomme eine Gratis-Einführung in die Szene:

„Siehst du die Jungs dort hinten? Das ist die Musikerpolizei.“

„?“

„Jungs, die selber in Bands spielen und nur auf Konzerte gehen, um mit verschränkten Armen wie Schießhunde darauf zu warten, dass du einen Fehler machst. Du könntest dir den Arsch aufreißen …“

Was Dieter mit seiner Hose ja schon getan hat – denke ich mir still.

„… und diese Typen würden es trotzdem Kacke finden. Sie klatschen nicht, sie rühren sich nicht, sie wippen nicht mal mit dem Fuß.“

Also quasi die Madame-Tussaud-Wachsabbildung eines echten Publikums, wenn ich das richtig verstehe.

„Die meisten von denen zahlen auch nicht, weil irgendjemand sie auf die Gästeliste geschrieben hat."

Auf der Gott sei Dank auch ich stehe und mir so die – angesichts der Qualität etwas übertriebenen – vier Mark Eintritt spare. Danke Floyd. Danke Dieter. Und ein besonderer Dank an die Gemeinde Maichingen.

Tatsächlich haben sich zwischenzeitlich einige Leute mehr in der Halle verlaufen. Sie ist zwar nicht brechend voll, aber eben auch nicht mehr gähnend leer. Auf Höhe des Mischpults bildet sich sogar eine fast geschlossene Linie. Links die Musikerpolizei, rechts die Hallenfeuerwehr. Ich überlege, mich dazu zu stellen. Die Vorstellung, nicht klatschen oder etwas gut finden zu müssen, gefällt mir. Und dann entdecke ich ihn. Inmitten der Menge. Keiner quantitativen Menge, eher einer Schnittmenge aus Musikerpolizei und Feuerwehr. Tatütata, Lalülala, verdammte Kacke – da ist Blüte!

„Heiliges Kanonenrohr, Marc! Altes Haus. Was machst du denn hier?"

Als wäre ich Blütes bester Freund – und ich nehme an, ich *bin* in seiner Wahrnehmung sein bester und einziger Freund. Blüte verbringt Silvester in einer Maichinger Turn- und Gemeindehalle.

Wie armselig – denke ich mir, als er auch schon verbal über mich hereinbricht: „Na, auch nix Besseres vor heute?"

Und bevor ich antworten oder mich wegwünschen kann, legt er los: „Ich hatte ja schon die ein oder andere Einladung zu der ein oder anderen heißen Fete, aber ich dachte mir: Hey, Blüte, du bist doch nur einmal jung und ins neue Jahr zu rocken, ist sicher die bessere Alternative."

Er nennt sich selber also auch Blüte, wenn er von sich in der zweiten Person spricht? Aber mir bleibt kaum Zeit, darüber nachzudenken, denn ich werde von einem riesigen Redeschwall erfasst: „Mann, ihr kriegt ja noch Spritgeld von der Fahrt nach Frankfurt von mir. Weißt du, was mir Verrücktes passiert ist? Ich kleines Dummerle, ich. Ich hab mich verrechnet. Beim Tanken. Wir haben doch das Spritgeld umgelegt. Und ich hab aber mein Duplo mitbezahlt. Also, eigentlich habt ihr es mitbezahlt. Das ist natürlich zu viel. Ich hab's erst später gemerkt, aber hey, ich hab's zum Glück noch gemerkt, weil ich alle Tankquittungen zu Hause einklebe."

Als Blüte zwischen zwei Satzzeichen kurz nach Luft schnappt, nutzt der sichtbar verstörte Floyd die Gelegenheit für eine 2-Wort-Frage:

„Dein Freund?"

„Mein Fahrer!", antworte ich, „ein einziges Mal!"

„Wie auch immer, Leute, ihr kriegt jedenfalls noch 30 Pfennig. Geteilt durch drei, Du – Jones und Fred, macht ein Zehnerle für jeden. Ist jetzt nicht die Welt, aber hey, Blüte, sag ich immer zu mir: Kleingeld macht auch Mist. Kann ich dir gleich auszahlen und für die anderen beiden mitgeben, wenn du willst. Kannst du zufällig wechseln? Ich bin übrigens Blüte ..." Zwischendurch schüttelt er Floyds Hand, der sich das wahrscheinlich schon fast gedacht hat ... „Hey, wie fandet ihr Törmentör? Superklasse, oder?"

Floyd drückt sich vor einer aufrichtigen Antwort und stiehlt sich davon. Er hat schließlich ein Alibi.

Denn zum Glück geht kurze Zeit später das Hallenlicht wieder aus. Alle im Saal machen einen Schritt nach vorne. Nur ich bleibe taktisch stehen und lasse Blüte ins Leere laufen. Aus den Lautsprechern schallt ein bombastisches klassisches Stück. Ich meine, es aus einer Cognac Werbung zu kennen.

Velut Luna.
Statu Variabilis.
Semper crecicis.
Aut Decrescis.

Carmina Burana. Das kleine Latinum. Bekannt aus Funk, Fernsehen und aus unserem gruseligen Musikunterricht in der Schule. Trockeneisnebel, der juristisch offensichtlich nicht unter die Pyrotechnik fällt, hüllt die Mundartbühne und zwei hustende Fans, die sich direkt davor eingefunden haben, wabernd ein. Einer davon ist Blüte.

Sora immanis et inasis.
Colonis occupavere.
Are you ready?

Als Carmina zu Ende ist, legt Dieter los. Auf seine Publikumsfrage keine Reaktion bekommend.

„Ladies and Gentleman, would you please welcome: all the way from …"

Jetzt bin ich gespannt, wie er aus der Nummer wieder rauskommt. Möhringen?

Aber einer der Musikerpolizisten erlöst Dieter und ruft: „Mach mal Metal, du Wichser, und schwätz net rum!"

Dann hat auch Namevergessen an den Drums ein Erbarmen und fängt endlich an. Gefolgt von Floyds Bass und schließlich Perrys sägender Gitarre. Ich muss zugeben, dass die Jungs sich wirklich Mühe geben. Sie tun zumindest so, als wären sie gut. Als würden sie in einer großen, vollen Halle spielen. Und als würde das Publikum sie tatsächlich mögen. Perry schnippt permanent seine Gitarrenplectrons in das leere vordere Hallendrittel und Ichkommundkommnichtaufseinen Namen am Schlagzeug lässt seine Drumsticks geschickt durch die Finger kreisen. Wenn auch nicht musikalisch, aber motorisch ist das allererste Sahne. In einer Liga mit denjenigen an unserer Schule, die den Rubik's-Cube-Zauberwürfel ohne hinzusehen lösen können. Auch Floyd sieht hinter seinem hellebardenförmigen B.C. Rich Bass ganz ansprechend aus. Wenn man das Mittelalter mag.

Sacred Far haben keinen Bomber wie Motörhead und keine 4-Tonnen-Glocke aus Bronze-Imitat wie AC/DC – aber sie haben Dieter. Und sie haben ein Spannbettlaken, auf das sie mit Fingerfarben ihren Schriftzug gemalt haben. Wenn man genau hinsieht, erkennt man, dass irgendjemand irgendwann einmal versucht hat, an den Namen das ungeliebte T zu zeichnen. Dieter, jetzt ganz Dave, holt beim Song Nummer 5 eine Black & Decker-Flex auf die Bühne und dazu ein Stück Metall – ich tippe auf Original US-Kanonenrohr. Mit diesen Hilfsmitteln gelingt es ihm, einen Funkenflug auf der Bühne zu erzeugen, der merkwürdigerweise nicht von der anwesenden Feuerwehr beanstandet wird. Er erntet dafür Szenenapplaus vom Publikum und wohlwollenden Respekt von der Musikerpolizei.

Blüte muss dort vorne in Deckung gehen, damit er nicht anfängt zu brennen. Ich hier hinten ebenso, damit Blüte mich nicht sieht und wieder anfängt zu reden.

Die Band wirkt wie großer Rock klein geschrumpft. Ein bisschen wie Legoland. Wo man Europas Städte aus Legosteinen nachgebaut hat, so dass man mit einem sportlichen Ausfallschritt von Brüssel nach Paris kommt. Ich verstehe ja, dass Bands klein anfangen müssen. Ich verstehe nur nicht, warum ich live dabei sein muss.

An diesem Abend spielen Sacred Far sowohl eigene Songs, als auch Coverversionen. Sie versuchen sich an Ozzy Osbourne, Van Halen, Blue Öyster Cult oder Bad Company. Tragisch ist nur, dass man den Unterschied nicht hört. Weil man ihre eigenen Songs nicht kennt – und die von anderen Bands nicht erkennt. Als sie dann noch mein ganz persönliches Lieblings-Hass-Lied »I was made for loving you« spielen und Dieter/Dave sich bei seinem Gene-Simmons-Blutspuck-Stunt röchelnd an Kunstblut verschluckt, habe ich genug.

Das fulminante Finale – ich glaube, es soll »T.N.T.« von AC/DC sein, wenn man den Hoi!-Rufen glaubt – verbringe ich vor der Hallentür. Ich war selten so froh, dass mir ein Erwachsener das Rauchen verbietet. In diesem Fall ein Erwachsener in Uniform, der mich beim Versuch, mir eine Stuyvesant anzuzünden, aus der Gemeindehalle schickt. Nach diesem Abend bin ich mir nicht mehr so sicher, ob ich wirklich ein Instrument lernen soll. Oder ob ich nicht doch vielleicht lieber wieder Feuerwehrmann werden will.

Ich weiß ja nicht, ob Floyd weiß, dass ich weiß, dass das ein Kack-Konzert war, oder ob er wirklich so obercool ist, jedenfalls will er – wie schon nach der Probe – auch diesmal nicht von mir wissen, wie ich es fand. Stattdessen stellt er mir eine Fangfrage: Ozzy Osbourne, Judas Priest, Quiet Riot und leider auch die Scorpions spielen in ein paar Wochen auf einem Festival in Dortmund. Und ob ich nicht Bock hätte.

Und ob ich Bock hätte. Mit! Mit! Mit! Mit! Mit!

Mehr als Auto versenken und dann von Mister Ross gerettet werden, wird schon nicht passieren. Und ob ich nicht noch jemanden mitnehmen wolle, fragt er weiter, dann wäre der Sprit für alle billiger. Den Typen von vorhin zum Beispiel.

Blüte? Nur über meine Leiche. Aber ich verspreche, mir Gedanken zu machen und in den nächsten Tagen einen jungen Mann zum Mitreisen zu finden.

Mit Floyd auf ein Festival zu fahren, auf dem richtige Bands in einer richtigen Halle spielen, klingt gut. Ich gehe davon aus, Dortmund wird das Gegenteil von Maichingen. Und hake damit den bisherigen Silvestertag und -abend unter Urlaub auf dem Bauernhof ab. Immerhin gab es den ganzen Tag über viel frische Landluft. Und ich hoffe, Floyd jetzt noch überreden zu können, mit mir in die Rockfabrik zu fahren. Es ist 23 Uhr, in einer Stunde beginnt ein neues Jahr, und es wird endlich Zeit für Musik.

Aber Floyd verweigert. Die ganze Anlage und die ganze Band müssen erst noch abgebaut und nach Hause verschifft werden. Ich verstehe nicht, warum das nicht jemand anders machen kann. Roadies zum Beispiel. Aber außer der Band und mir ist keiner mehr hier. Nicht mal mehr die drei Möchtegörn-Motörhead-Köpien. Nicht mal mehr der Parkajunge. Nur noch Blüte, der sich angeregt (er: angeregt, die anderen beiden: genervt) mit Perry und dem Drummer, dessen Namen mir auf der Zunge liegt, unterhält. Als wäre all das nicht schrecklich genug, hat sich Dieter/Dave bei seinem Auftritt auch noch die Kontaktlinsen heraus geheadbangt und kann sie beim besten Willen nicht mehr finden. Dieter/Dave ohne Kontaktlinsen ist wie andere Menschen mit geschlossenen Lidern. Er hat irgendwas an den Augen, das er Dioptrien nennt. Keine Ahnung, was es ist, aber es klingt schlimm.

Genauso schlimm wie das Dilemma, in dem ich jetzt stecke: Entweder einer mäßig talentierten Band beim Abbauen und Anlage heimfahren zu helfen und um Mitternacht, wenn überall die Korken knallen im Proberaum des Möhringer Jugendhauses zu stehen, Gitarrenverstärker schleppend und mit Dieter/Dave auf „die wahrscheinlich beste Band auf diesem Planeten“ anzustoßen. Oder irgendwie zu versuchen, in die Rockfabrik zu kommen.

„Auch noch in die Rofa? Da ist heute Silvesterrock. Wenn wir Gas geben, schaffen wir das bis Zwölf“, blütet es mich plötzlich von links außen an. Nein. Nein. Und nochmals niemals! Nie wieder steige ich den VW Derby habe ich mir geschworen.

„Dann können wir auch gleich das Duplogeld mit dem Sprit verrechnen."

Im Bermuda-Dreieck zwischen Bandproberaum von Sacred Far, in Maichingen bleiben und um 0.00 Uhr tödlich von einem Böller getroffen werden und der Mitfahrzentrale Blüte Schwinger wähle ich die schlechteste aller Optionen und finde mich, mich vor mir selber ekelnd, auf dem Rücksitz des VW Derby wieder – der sich mit einer Mischung aus Schritt- und vollkommen überhöhter Geschwindigkeit einen Weg von Maichingen nach Ludwigsburg bahnt.

Ich mach mir komischerweise weniger Sorgen darüber, ob Blüte mich heil in die Rofa bringen wird, als vielmehr darüber, ob Basti und Fred und Jones da sein werden. Wie das wohl ist, wenn wir uns begegnen. Für wen das ein Heim- und für wen ein Auswärtsspiel ist.

Ich befürchte, wir könnten uns in zwei, drei oder mehr Lager gespalten haben. Dabei ist eigentlich gar nichts vorgefallen. Aber genau dieses Nichts scheint unsere Freundschaft mehr zu bedrohen als ein handfester Streit. Wie ein Riss direkt an der Sollbruchstelle. Ich könnte ja zugeben, dass sie mir fehlen. Oder simulieren, dass sie es nicht tun. Und beides wäre die Wahrheit. So muss sich Ian Gillan fühlen. In der Zwickmühle, ob er nun der Deep-Purple-Sänger oder ein Solokünstler ist. Hin- und hergerissen zwischen der EMI Electrola und dem Plattenlabel Virgin.

Ich kann nur hoffen, dass es mir meine Freunde nicht übel nehmen, dass ich alleine auf einem Rockkonzert war. Aber wenn sie wüssten, auf welchem, dann wüssten sie auch, dass hingehen und sie nicht mitnehmen der wahre Freundschaftsdienst war.

Als wir um Viertel vor zwölf in der Rockfabrik ankommen, schüttel ich als erstes Blüte mit einer schnellen Links-rechts-Kombination durch Spielhalle, Tanzfläche und Bistro ab und finde dabei praktischerweise auch neben einem sehr betrunkenen Helmchen, der den Jahreswechsel nicht mehr live erleben wird und der wieder mal in seinem Helm schläft, meine wahren Freunde. Die da nebeneinander im Bistro sitzen und aussehen wie diese drei Affen: einer sieht nix, einer hört nix, einer sagt nix und einer hat hier nix verloren! Was macht denn Bea da? Das vierte Huhn auf der Stange. Die vier kuscheln sich aneinander wie im kalten Stall. Sie nicken synchron zur Musik und strahlen mich an. Sogar Bea.

Erst denke ich, sie lachen mich vielleicht aus. Nur weil ich bei Sacred Far war. Aber sie wollen überhaupt nicht wissen, wo ich war. Allerdings würde ich gerne wissen, wo die vier waren. Das Grinsen geht einmal quer über alle Gesichter, ihre Pupillen sind stecknadelkopfgroß, und als der Rockfabrik DJ »Emergency« von Girlschool anspielt, drehen sie beinahe durch. Alle vier. Nicht, weil Girlschool eine reine Mädchenband sind, sondern weil der Song mit einer Notarztsirene beginnt.

Kollektive Razzia-Paranoia auf der einen Seite, ich mit einer Wildcard auf der anderen: einen dieser drei völlig bekifften Jungs darf/soll ich in Floyds Bus mitnehmen nach Dortmund. Zum wichtigsten Rock-Festival der letzten Jahre. Ene mene mu und raus bist du. Raus bist du noch lange nicht, sag mir erst wie stoned du bist. Basti ist an Bea gelötet, an die wiederum Jones gelötet ist. Der nämlich ist vollkommen neben der Spur und sitzt dort nur noch aufrecht, weil er sich an Bea lehnt. Und ich habe das Gefühl, dass er mich nicht mal erkennt. Er schaut auf, grinst und fällt vornüber. Ich kann ihn gerade noch abfangen, denn die Reaktionszeit der drei anderen lässt sie erst Minuten später über den Umstand erschrecken, dass Jones hier vor uns auf dem Boden liegt.

„Was zum Teufel hast du denn alles getrunken, Mann?“ Ich spüre wie Wut und Verzweiflung in mir hochsteigen und sich streiten, wer die Oberhand hat.

Wut gewinnt. „Rede mit mir, verdammt noch mal! Hast du gekifft oder nur zu viel getrunken?“

„Marc, Jones hat zwei, drei Tüten geraucht. Die letzte ganz alleine. Und er kam schon total besoffen an. Der ist am Arsch.“ Fred ist selber nicht mehr nüchtern. Aber er versucht wenigstens, Jones gemeinsam mit mir aufzurichten. Leider kommt der Versuch zu spät, denn den starken Jungs von der AOS ist auf ihrem Patrouilliergang auch aufgefallen, dass der Junge dort nicht mehr stehen kann, folglich auch nicht mehr zahlen, also braucht man ihn auch nicht mehr unter den Gästen. Obwohl Fred und ich unter den Augen der passiven Zuschauer Basti und Bea versuchen, die Kraft aufzubringen, die Jones nicht mehr hat, haben wir keine Chance. Die AOS trägt und setzt Jones vor die Tür. Fred und ich hinterher. Es ist 0.00 Uhr und in den Himmel über dem Ludwigsburger Industriegebiet steigen ein paar verirrte Raketen. Frohes neues Jahr.

„Das ist doch alles scheiße hier", stellt Fred ernüchtert fest.

Und ich weiß nicht, ob er Jones oder Ludwigsburg oder beides meint.

„Du warst noch nie in Maichingen."

„Wie bist du eigentlich hierher gekommen? Mit der 80er?", will Fred wissen.

Ich verschweige den Ritt mit Blüte und schüttele nur den Kopf. Die halbe Wahrheit ist immer noch die Wahrheit.

„Und wie kommst du dann nach Hause?"

„Kann ich vielleicht mit dir fahren, Fred?"

„Auf dem Mokick? Zu zweit? Hast du denn einen Helm?"

Hab ich nicht. Aber ich kenne einen, der einen hat und ihn heute nicht mehr braucht. Wo schläft noch mal gleich Helmchen?

Siebenundzwanzig. **DEN BLUES BEKOMMT MAN NICHT EINFACH. DEN BLUES MUSS MAN SICH VERDIENEN**

Ich bin kein übermäßig abergläubischer Mensch. Ich halte es da mit der Philosophie »ob es ein Unglück bedeutet, wenn dir eine schwarze Katze von links über den Weg läuft, hängt stark davon ab, ob du eine Maus bist oder ein Mann«. Aber in einem Punkt bin ich verdammt abergläubisch. Ich aberglaube, dass der erste Song, der an Silvester nach 0.00 Uhr dort gespielt wird, wo ich mich befinde, richtungsweisend für das kommende Jahr ist. Wie der Song so die nächsten 365 Tage. Hörst du Rock, wird das nächste Jahr rocken, hörst du Blues ... dann nicht. Hörst du nix, wird das nächste Jahr nix. Letzte Nacht lief um 0.01 Uhr »The rhythm is gonna get you« von Gloria Estefan. Aus einem Auto mit Heilbronner HN-Kennzeichen auf dem Parkplatz vor der Rockfabrik. Rock war das nicht.

Ich weiß nicht, wie viele Interpretationsmöglichkeiten dieser Song lässt. Ich weiß aber mit Sicherheit, dass mich an diesem Neujahrstag nicht der Rhythmus einholt, sondern die Realität.

Ein paar Leute verschießen ihr letztes Pulver. Auch weit nach Mittag knallt es immer wieder und die Luft ist noch ganz schwarzpulverschwanger von der Nacht zuvor. Draußen stolpert man jetzt über die Balsaholz-Stabreste von abgestürzten Raketen oder über die Mageninhaltsreste von abgestürzten Teenagern. Für einen Möhringer ist Feuerwerk nichts Besonderes: Wer direkt neben der Pyrofabrik Lünig aufwächst, der hat jeden Abend des Jahres sein ganz persönliches Testfeuerwerk. Der Trend geht zum Silberregen – das wussten wir schon im Sommer.

Ich sitze da und starre aus dem Fenster ohne etwas davon zu sehen, was sich davor abspielt. Mein leerer Blick fällt in einen leeren Tag. Nach gegenüber. Rüber zu Jones, bei dem nichts einen Hinweis darauf gibt, ob er überhaupt zu Hause ist. Ich betrachte meine Spiegelung im Fenster und mag nicht, was ich da sehe: mich – in einem großen Sitzsack Selbstmitleid.

Das gleiche Gefühl war neulich schon mal hier bei mir. In einem anderen Bühnenoutfit. Als Zwischen-den-Jahren-Blues. Verschwinde, habe ich gesagt, geh zum Teufel, fahr zur Hölle, ich lebe doch ohnehin in einem Dauerzustand zwischen den Jahren. Und zwar zwischen den Jahren 1979 (»Highway to hell«) und 1982 (»Back in Black«).

Den aktuellen Aggregatzustand meiner Seele würden Mediziner wohl besorgniserregend nennen. Ich nenne es *„ein bisschen schlecht drauf sein."* Aber das ist verniedlichend untertrieben. Als würde man behaupten, der Daumen jucke ein bisschen – und dabei ist der ganze Arm ab. Mir ist schlecht. Mir geht's schlecht. Und ich bin schlecht. Ein schlechter Mensch in einer noch viel schlechteren Welt.

Wie ein aufblasbares Nackenkissen für Langstreckenflüge schmiegt sich das, was sich über meinem Kopf zusammengebraut hat, an meinen Hals, legt sich über meine Schultern und macht es sich bequem. Ich habe seit Langem weder gekotzt noch geweint, aber nach beidem ist mir jetzt zumute. Also stecke ich mir den Finger in den Hals, wovon ich weder weinen noch kotzen, sondern nur würgen muss. Ich lege Whitesnake auf »Ain't no love in the heart of the city«. Auch in den Vororten der Stadt gibt es keine Liebe heute.

Schade, dass ich keine Gitarre habe wie Jones und diese Stimmung in einem Song festhalten kann. Aber wahrscheinlich kommt der Blues ohnehin nicht, wenn man ihn hat. Sondern immer dann, wenn man ihn am wenigstens erwartet.

Um wen ich mir in diesem Moment mehr Sorgen mache, kann ich gar nicht sagen: um mich oder um Jones – aber ich muss mal kurz rüber zu ihm. Jemanden anderen sehen, jemanden anderen sprechen und mir eine andere Decke auf den Kopf fallen lassen.

Jones' Mutter öffnet die Tür und sieht müde aus. Nicht neujahrsmüde sondern lebensmüde.

„Frohes Neues, Frau Bach. Ist Jones da?"

Sie schweigt mich mit glanzlosen Augen an. Dann sagt sie: „Er ist im Marienhospital!", ganz ohne Vorwurf und ganz ohne Jammerton.

„WARUM??? Was ist denn los?“

„Er hat eine leichte Alkoholvergiftung. Und noch einen THC-Schock dazu.“

Jones und ich leben immer noch in der gleichen Straße, aber inzwischen in anderen Welten.

„Was ist passiert Marc? Was passiert da gerade mit meinem Sohn?“

„Ich weiß es nicht. Ich war nicht dabei. Aber ich werd mit ihm reden.“

„Nein! Du wirst jetzt erstmal gar nichts tun. Lass ihn in Ruhe. Er braucht jetzt seine Ruhe.“

Ich muss weg hier, den Kopf frei machen, die Füße vertreten. Oder besser den Kopf vertreten und das Gewissen frei machen. Ich weiß, dass ich nichts verbrochen habe und trotzdem fühlt es sich genau danach an.

Ich setze mich auf die DT 80 und will sie gerade starten, als Dad kommt.

„Komm lass uns ein paar Schritte gehen.“

„Ich wollte gerade losfahren.“

„Bitte!“

„Bitte nicht.“

„Doch. Bitte.“

Das Gute am traditionellen Neujahrsspaziergang mit Dad ist, dass man sich auf das Gehen konzentrieren kann und man nicht reden muss, wenn man nicht will. Und ich will nicht. Will über all das nicht sprechen. Nicht mit ihm und auch sonst mit keinem Erwachsenen. Wir gehen schweigend. Mir fällt auf, wie beschaulich es hier in Möhringen ist. Gartenzaun an Gartenzaun, höchstens mal unterbrochen von einer Hecke. Aber das sind keine Menschen-Abwehr-Hecken. Das sind kleine Signale, die sagen: bis hierher gehört das Gelände mir.

Ein Hund kläfft uns an. Und ich kläffe zurück. Hau ab, Du Arschloch. Hinter jedem Zäunchen ein Häuschen, und in jedem Häuschen ein Menschchen, das es sich dort schön macht. Selbst heute am 1. Januar. Ich bin ein Besucher in einem Safaripark der Spießigkeit.

Hier eine Schaukel im Garten, da eine Schaukel, dort eine Rutsche. Wie schnell das ging, das wir über diese Spielzeuge hinausgewachsen sind und jetzt keine mehr haben. Zumindest keine mehr, die im Garten stehen und ungeschützt überwintern. Unsere stehen jetzt davor, haben zwischen zwei und neun PS und man kann sich mit ihnen mindestens genauso gut eine blutige Nase holen, wie beim umgebremsten Rutschen auf dem Bauch. Dad und ich gehen weiter nebeneinander her durch Möhringen, ohne ein Wort zu sagen. Einen Ort, der weit genug weg ist von der Stadt, um idyllisch zu sein. Und nah genug dran, um noch nicht Land zu sein. Wer es böse meint, der sagt Dorf. Wer es gut meint, der zieht mit seinen Kindern her. So wie Mom und Dad. Weil es genügend Straßen gibt, auf denen man spielen kann, ohne überfahren zu werden. Es gibt genügend Wiesen, über die man laufen kann, ohne in die Hinterlassenschaft eines Hundes oder eines Junkies zu treten. Es gibt genügend Bolzplätze, auf denen man kicken kann, ohne einem Verein beizutreten. Ich sehe Dad an. Ob wir nur meinetwegen hier leben, frage ich mich. Ihn frage ich das nicht. Wahrscheinlich will ich die Antwort nicht hören.

Vorhin, als Jones' Mutter sagte, ich solle ihn in Ruhe lassen – da habe ich mich etwas schuldig gefühlt. Doch jetzt tue ich es richtig. Schuldig dafür, dass Jones keinen Vater hat, mit dem er Nicht-Gespräche führen kann. Und schuldig dafür, dass ich sie nicht schätze.

Und dann als wir wieder in unsere Straße einbiegen, spricht Dad doch. Und er sagt, dass ihn dieser Spaziergang beseelt hat. Wir sind uns einig, dass es ein guter Spaziergang war. Wir sind uns nicht einig darüber, für wen. Wir haben minutenlang kein Wort gesagt. Ich hätte in dieser Zeit eine Menge Dinge mit ihm besprechen können. Ich weiß nicht, ob es eine gute Idee war. Oder nur eine einseitig gute Idee. Wenn es für den einen sehr gut war und für den anderen nichts, war es im Schnitt immer noch eine gute Idee?

Die Minuten klingen nach, wie ein Erwachsenenfilm, den ich gesehen aber nicht verstanden habe. Ahnend, dass es Erwachsene gibt, die genau diesen Film kapieren, für die er gemacht ist, und die nicht einfach denken, dass es ein blöder Film ist. Ich bin sicher, dass Dad mit dem Gesagten etwas gemeint hat. Ich weiß nur nicht, was. Und ich weiß nicht, ob er mich gemeint hat. Oder jemanden, der so alt ist wie er. Der seine Sprache spricht. Der seine Erfahrungen gemacht hat. Der so ist wie er. Ich wünschte, ich hätte alles auf Cassette aufgenommen und könnte sie noch mal ablaufen lassen. Und wie eine Lektion im Sprachlabor etwas daraus lernen. Aus dem, was Dad da gerade gesagt hat – aber auch daraus, was wir nicht gesagt haben. Er schaut mich an und sein Blick sagt: Komm, wir sind Freunde, okay? Und wieder antworte ich nichts.

„Alles okay, Marc?"

„Alles okay. Ich bin nur zu alt für Vater-Sohn-Spaziergänge", sage ich leise.

„Oder nicht alt genug."

Und als wäre ich wirklich noch ein Kind, lässt Dad mich springen. Auf meine DT 80 …

Ich fahre ein paar einsame Kilometer. Einfach nur weg. Aber ziellos rumfahren funktioniert nur dann, wenn es wirklich kein Ziel gibt. Wenn das Ziel aber ist, sich abzulenken und vor etwas davonzufahren, führt das im wahrsten Sinne des Wortes nirgendwo hin. Dabei ist ja genau das mein Ziel: nirgendwo. Nur, das verfehle ich. Denn im Gegensatz zu einer Orientierungsfahrt, bei der man versucht, etwas zu finden, versucht man bei der Zerstreuungsfahrt, etwas zu verlieren. Einen Gedanken oder ein beschissenes, beklemmendes Gefühl. Der Irrglaube, dass dieses Gefühl zusammen mit den Mopedabgasen durch den Enduro-Auspuff entschwindet, und sich mit irgendetwas Größerem vermischt, wie Luft, lässt mich nur noch mehr Gas geben, in noch höheren Drehzahlen fahren. Und in diesem Moment noch mehr an meine Grenzen kommen. Bei 92 km/h ist Schluss, und das Gefühl ist noch da. Zwischen Möhringen und Plieningen beuge ich mich tief über den Lenker. Vorsicht Blitzanlage. Ach nein – Vorsicht *keine* Blitzanlage. Deniz Arsylan sei Dank. Die Tanknadel boxt auffordernd gegen die linke Plastikbegrenzung. Los, betanke mich.

Der Versuch, mir selber oder zumindest dem Ort hier zu entkommen, endet an der Texaco. Egal, wie sehr man versucht, vor etwas wegzulaufen oder wegzufahren, irgendwann müssen wir alle mal halten. Irgendwann müssen wir alle mal tanken. Auch Fred, der dort mit seiner RD 50 am Gemisch-Zylinder steht. Ich freue mich, ihn zu sehen. Nicht, weil er mich letzte Nacht zu Hause abgesetzt hat. Sondern weil mir wieder mal bewusst wird, dass Fred mit seinem Mokick zwar Fifty-Fifty tankt – er selber aber 100 % loyal ist. Ein echter Freund, ein echter Gefährte und der einzige Reisebegleiter, den ich mir wirklich vorstellen kann.

„Jones ist im Krankenhaus."

„Ach du Scheiße."

„Er hat's gestern total übertrieben. Das ist langsam nicht mehr witzig. Er hat wohl einen HTC-Schock, sagt seine Mutter."

„THC", korrigiert mich Fred.

„Was ist'n das?"

„HTC ist der Hockey- und Tennisclub Stuttgart. THC ist eine Art Überdosis. Wenn man zu viel kifft."

„Verdammte Scheiße. Das darf doch alles nicht wahr sein."

„Mach dir keine Vorwürfe. Am allerwenigsten ist das alles deine Schuld."

Ich muss an Dad denken. Und an unseren Spaziergang. Und mir wird klar, dass selbst wenn das Gespräch mit ihm ein großes Schweigen war; selbst wenn diese Begegnung eine leise war; selbst wenn dieser Spaziergang stumm war, eines hat er ausgelöst: Er hat mich wahrscheinlich davon abgehalten, wie im Rausch auf ein 9-PS-Spielzeug zu steigen und mir beim Runterrutschen eine blutige Nase zu holen.

„Warst du schon mal in Dortmund?"

„Es gab bisher noch keinen triftigen Grund dafür."

„Wäre denn ein Festival mit Ozzy, Def Leppard und Judas Priest triftig?"

Die Scorpions verschweige ich besser mal bei meinem Versuch, Fred anzuheuern.

„Floyd fährt mit dem Bus, und ich denke, wenn du versprichst, deine Finger-, Wachsmal- und sonstigen Farben zu Hause zu lassen und ausnahmsweise mal kein T an den Bandnamen zu malen – dann nimmt er dich vielleicht auch mit."

„AC/DC spielen aber nicht?“
„Nö.“
„Und Kiss?“
„Auch nicht.“
„Schade. Bin trotzdem dabei.“
Pferdestehler Fred auf großer Fahrt. *Here we come*, NRW!

Achtundzwanzig. **UNGEDUSCHT, DURCHGEROCKT UND NEIN, DU KANNST NICHT ZUSEHEN**

Nach dem AC/DC-Debakel und meiner ganz persönlichen Nürnberger After-Show-Party, die ich tagelang alleine in meinem Zimmer feiern musste, frage ich Mom und Dad diesmal lieber erst gar nicht nach einer Ausreisegenehmigung nach Dortmund. Dafür steht zu viel auf dem Spiel. Meine Eltern würden nur mit Floyds Eltern sprechen wollen. Weder Mom noch Dad sprechen gut genug Englisch, rede ich mir ein – und mich vor mir raus. Und Floyds Eltern sind möglicherweise gar nicht real. Denn wenn ich es mir recht überlege, habe ich von Mister und Misses Ross zwar schon einiges gehört, aber sie noch nie live gesehen. Und wenn ich es mir noch rechter überlege, habe ich auch Judas Priest noch nie live gesehen. Ich setze also Prioritäten und mich in diesen VW-Bus.

Nach einer kurzen, aber unmissverständlichen Einweisung über das Verhalten an Bord im Falle eines plötzlichen Druckverlusts, aber auch im Falle eines unbändigen Dranges, das Auto zu bemalen, darf auch Fred einsteigen. Sein Vorschlag, dem ohnehin schon verhunzten Airbrush-Namen Sacred Far(t) einen weiteren Buchstaben hinzuzufügen, und das Auto und die Band zumindest für diese Reise in Sacred Fahrt umzubenennen, wird von Floyd abgeschmettert und mit einer Vorauszahlung des Spritgeldes quittiert. Dann geht's aber auch schon los.

Die kanadische Band Bachmann Turner Overdrive stiftet den Abfahrtssong und fasst damit das Vorhaben in Floyds Bat- und Bandmobil ganz gut zusammen. Fred muss lachen, ich muss lachen und Floyd muss lachen – und er bedient den Regler zum Aufdrehen seiner Alpine Anlage aus dem PX. Wir hören BTO laut, lauter, noch lauter.

»You ain't seen nothin' yet … B-B-B-Baby … you ain't seen nothin' yet.«

Weder Bachmann noch Turner noch Overdrive ahnen, wie Recht sie doch behalten sollen.

Der Weg ist lang und Dortmund ist weit – 406 Kilometer weit. Also muss Floyd natürlich erstmal was essen. Wendy's-Drive-in, Kentucky-Fried-Chicken-Drive-in, Burger-King-Drive-in, Jack-in-the-Box-Drive-in, Taco-Bell-Drive-in. Dort, wo er herkommt – und ich schätze, Floyd meint damit USA, und nicht Probstsee – sei das etwas ganz Normales. Ich dagegen habe bisher noch keine Notwendigkeit gesehen, mit einem Auto direkt neben meinen Teller zu fahren. Aber Floyd verspricht uns neben original amerikanischer Kultur auch Zeitersparnis.

Ich war wie Fred auch noch nie in Dortmund. Ich war noch nie auf einem Konzert mit mehreren Bands, im Sinne von „mehrere Bands, die mich interessieren." Und ich war noch nie in einem McDonald's-Drive-in. Unsere erste Ausfahrt ist Tammerfeld.

In Schrittgeschwindigkeit rollt der VW-Bus auf dem riesigen Parkplatz des Einkaufszentrums Breuningerland auf eine schmale Einfahrt vor einem Häuschen mit dem goldenen M zu. Aber Schrittgeschwindigkeit ist zu viel Geschwindigkeit. Floyd nimmt die Kurve zu schnell und das Drive-in zu wörtlich – »fahr rein!« Ob unser Bus zu breit oder deren Einfahrt zu schmal ist, wird nachher auf dem Unfallbogen Auslegungssache sein. Dass die Sprechanlage allerdings bei der geringsten Bus-Berührung umknickt, ist eindeutig ein Materialfehler. Hier: Wolfsburger Wertarbeit, dort: ein amerikanisches Schnellverköstigungssystem – zum Glück werden bei diesem Aufeinanderprallen der Kulturen keine Menschen verletzt. Es ist nur Blech. McDonald's Blech! Denn der Bus scheint unversehrt.

Wir klettern alle drei aus der Kabine. Ich, erschrocken, um mir den Schaden anzusehen. Fred, erleichtert, dass ausnahmsweise er nicht schuld am Karosserie-Zustand des Busses ist. Und Floyd, hungrig, um eine Bestellung aufzugeben. Breitbeinig beugt sich Floyd über die jetzt am Boden liegende Sprechanlage.

„McDonald's, guten Tag. Ihre Bestellung bitte."

Wenn die Dame am anderen Ende wüsste, dass sie horizontal auf dem Boden liegt, würde sie nicht so freundlich klingen.

„Drei Viertelpfünder mit Käse, drei große Pommes und zwei Cheeseburger – aber ohne Gurken."

„Bei mir mit Gurken“, wendet Fred ein. Er möchte es sich nicht nehmen lassen, sie an die Decke zu werfen. Sie bleiben dort herrlich kleben und fallen dann, wenn ein Unschuldiger gerade seinen FishMac aus der Styroporverpackung nimmt, nach monatelanger Trocknungszeit unvermittelt herunter, erklärt er uns. Gurken-Attacke from hell. Laut Fred kann man anhand der Deckenflecke in verschiedenen McDonald's Restaurants feststellen, dass sich das Gurken-werfen-Ritual schon wie ein Kettenbrief verbreitet hat.

Doch angesichts unseres fahrbaren Esszimmers verzichtet er ausnahmsweise darauf, Gurken auch hier im VW-Bus an die Decke zu werfen. Floyd sieht von einer Anzeige gegen McDonald's ab – und hofft dass dies umgekehrt auch gilt. Wir nehmen noch drei McSundae Karamell und fahren endlich weiter. Zu Hause käme jetzt die Stelle, an der ich fragen würde, ob ich nach dem Abendbrot aufstehen dürfe. Ich verkneife mir die Frage. Denn es ist spät geworden in Tammerfeld. Schade, dass wir die Zeit, die wir verloren haben, nicht einfach durch Schlafen wieder reinholen können.

Irgendwo zwischen Niemands- und Sauerland fährt Floyd schließlich runter von der Autobahn und rein in die Pampa. Auf der Suche nach einem stillen Plätzchen, wo wir den Bandbus hinstellen können. Ausnahmsweise transportiert Floyd mal keine Bassverstärker, sondern eine alte Matratze. Das ist zusammen mit dem 2-Beifahrer-Sitz genug Bett für zwei Nächte und drei kleine Schweinchen. Ich will nur nicht morgens aufwachen und in eine Bauernschrotflinte blicken, wenn's geht. Aber die Suche nach einem Wildcampingplatz gestaltet sich nicht gerade einfach. Es ist zappenduster hier draußen im Nichts. Dann hat Floyd eine Idee. Aber Idee und Floyd ist eine gefahrenvolle Koexistenz. Er dreht das Licht am Bus aus – und Fred fast durch. Denn wir sehen plötzlich nichts, nada, niente, schwarz. Doch Floyd weiß, was er tut: Er hat sich das Nachtsichtgerät aus dem Flughundkeller aufgesetzt und fährt mit übertrieben hoher Geschwindigkeit über die kurvige Landstraße.

Dann bremst unser Infrarot-Späher plötzlich und ruft: „Da! Guter Platz. Da können wir übernachten, ohne dass uns jemand stört.“

Und mitten im nachtschwarzen Nichts steht ein VW-Bus, aus dem ein Einschlaflied von Black Sabbath zu hören ist. »The mob rules.« An Bord drei junge Männer, von denen einer heute schon die Bestellsäule eines Schnellrestaurants gefällt hat. Der zweite schläft selig und schnarcht laut. Wie durch ein Wunder allerdings im Takt. Der dritte liegt noch lange wach und schaut seinen Gedanken an der VW-Bus-Decke zu.

Wie gut es tut, in dieser Konstellation unterwegs zu sein. Wie viel leichter alles ist, wenn man nicht ständig befürchten muss, dass einer abstürzt und der Zweite sich an seine Freundin kettet oder klettet. Wie richtig die Entscheidung war, Fred zu fragen, ob er mitfährt. Und wie gut, dass er nicht gezögert hat, Ja zu sagen. So fühlt sich der Ausflug ein bisschen an wie eine Cliquen-Städtereise – und nicht ganz so sehr wie Fremdgehen mit Floyd. Ein Wochenende lang möchte ich gar nicht darüber nachdenken müssen, was mich zu Hause erwartet. Alltag. Probleme. Und die Unsicherheit, wer denn nun noch mein Freund ist und wer nicht mehr.

Die Westfalenhalle ist mit 8000 Zuschauern restlos ausverkauft. Und das Konzert ist eigentlich ein Festival. Ein Wochenende lang ist Dortmund Hard-Rock-Hauptstadt. Zwei Tage, die nur von einer weiteren kurzen Nacht im VW-Bus unterbrochen werden, und in der so ziemlich alles spielt, was Rang und Namen hat. Gut, manche haben auch nur Namen. Aber die Ausfälle lassen die Höhepunkte des Line-ups umso heller strahlen.

Ozzy Osbourne. Vor, während und nach der Show wird im Publikum vor allem darüber getuschelt, ob der Mann nun einer Fledermaus den Kopf abgebissen hat oder nicht. Geschadet hat's ihm in jedem Fall nicht. Wie ein ausgebrochener Irrer rennt und strauchelt Ozzy über die Gesamtfläche der Bühne, brüllt *„let's go fucking crazy"* und geht mit gutem Beispiel voran. Wenn hier einer verrückt ist, dann Ozzy. Die Halle kocht.

Und sie erreicht schnell wieder Normaltemperatur als Quiet Riot die Bühne betreten. Die Band wirkt lust- und orientierungslos als wären sie kurzfristig für eine andere Gruppe eingesprungen und wüssten gar nicht so recht, was sie dort oben eigentlich sollen. Rock-and-Roll-Lückenbüßer.

Quiet Riot haben eigentlich nur dadurch ein bisschen Sternenstaub, weil ein gewisser Randy Rhoads vor Urzeiten mal bei ihnen spielte, der dann bei einem gewissen Ozzy Osbourne spielte. Als Ozzy plus Band auf einer Tour von einem Konzert zum nächsten im Tourbus unterwegs war, wollten sich einige Tourmitglieder mal die Beine vertreten. Mit einem Propellerflugzeug! Auf dem Rundflug streifte die Maschine das Dach des Tourbusses, stürzte in eine Garage und explodierte. Tragisch für Randy Rhoads. Und fast noch tragischer für Quiet Riot, deren größte Leistung der Tod ihres Ex-Gitarristen ist. *»Bang your head! Metal Health will drive you mad«* ist eben nicht das selbe wie *»I'm going off the rails on a crazy train«* – auch wenn Quiet Riot gerne gut wären.

Der Sänger in seiner Stretch-Streifenhose – eine Mischung aus einem traurigen Zirkusclown namens Beppo und unserem Kunstlehrer Weitz, den ich bis aufs Blut hasse. Floyd weist uns außerdem dezent darauf hin, dass sein Bass-Kollege dort oben ständig sein Instrument ableckt. Das ist nicht nur total unhygienisch, sondern auch total albern. Floyd klärt uns weiter auf, dass ein derartiges Zurschaustellen in der Szene Posen heißt und der Zurschausteller Poser. Statt posen lieber pinkeln, denke ich, und suche zusammen mit Fred die Waschräume der Westfalenhalle.

Dafür, dass sie als Band ernst genommen werden wollen, haben Krokus einen selten blöden Namen und auch eine selten blöde Herkunft. Keine Ahnung, ob sie aus Urs oder aus dem Engadin kommen, aus Graubünden oder Flims-Laax-Fallera – sie kommen halt aus der Schweiz. Und nun können Schweizer zwar einiges recht gut: Berge, Schoki, pünktlich sein und undeutlich sprechen. Was sie aber eigentlich nicht können, ist rocken. Und da ich mich mit Deutschrock ja schon schwer tue, erwarte ich von Schweizrock nicht besonders viel.

Doch Krokus, die als nächste dran sind, schaffen es tatsächlich, diese Zweifel wegzurocken. Von allen Bands bei diesem Festival sind sie diejenigen, die AC/DC musikalisch am nahesten und Fred und mir damit am gelegensten kommen. Wäre man böswillig, könnte man ihnen auch unterstellen, bei AC/DC abzukupfern. Aber wer ist bei einem Hard-Rock-Festival schon böswillig? Ich mag es, wenn man sich nicht in der Komposition verkünstelt. Wenn das Schlagzeug am Ende des Stückes noch das gleiche Lied spielt wie am Anfang und sich nicht in Tempiwechseln verirrt hat. Wenn der Bass maximal vier Töne spielt, wovon einer unbedingt A zu sein hat. Wenn die Gitarre schon beim Intro ein Riff spielt, an dem sich erahnen lässt, wie der Refrain klingen wird: Nägg-ä-nägg-ä-nägg … und alle: »*Tonight … long stick … goes boom*«. Gut, auch nach dem 40-minütigen Auftritt bin ich jetzt kein Krokus-Fan, aber zumindest doch ein -Sympathisant.

Dann kommen die Scorpions. Und die Scorpions kommen aus Deutschland. Wo Fred und ich ja quasi auch herkommen. Landsmänner sozusagen. Dem Halbamerikaner neben uns gefällt dieser Umstand deutlich besser als Fred und mir. Aber Amerikaner mögen ja auch Kuckucksuhren. Vielleicht sind die Scorpions für sie der Mercedes unter den Rockbands? Das Rock-and-Roll-Sauerkraut? Der Hannoveraner Grauimport.

Zugegeben, die Band ist nicht schlecht, sie haben eine Menge Energie, man kennt viele ihrer Songs und wenn DJ Eddie die Scorpions in der Rockfabrik spielt, dann ist die Tanzfläche voll. Ich kann mir nur einfach das schlechte Englisch nicht schönreden. Wenn ich an die Band denke, denke ich automatisch an Ze Scorpions. An Songs wie »Ze Zoo«, »Ze smoke is going down« oder »I can't live wizout you«.

Ich denke an die schlechte Schulnote, die ich bekommen würde, wenn das *meine* Aussprache wäre. Und dann denke ich ganz automatisch an einen Satz von Dad: „Nicht für die Schule lernen wir, sondern für das Leben.“ Und ich finde, die Scorpions, die sich in ihrem Leben jeden Abend vor Tausende zahlende Zuschauer stellen, hätten in der Schule ruhig besser aufpassen dürfen.

Den Dortmundern scheint das alles egal zu sein. Sie feiern die Band und freuen sich über die gelungene Akrobatik: Gegen Ende zeigen die Scorpions erst ein Knäuel aus Musikern und dann die menschliche Pyramide. Fehlt eigentlich nur noch eine Trapeznummer oder

Seehunde. Aber da wird es auch schon wieder hell in der Halle. Blackout. *I really had ze blackout.*

Dann Def Leppard. Herrgottsacknochmal würde Opa Willi da sagen. Sind die gut. Und ich meine nicht nur das akzentfreie Sheffield-Englisch in ihren Liedern. Die Band ist spielfreudig als hätte man sie wochenlang ohne Instrumente in einem Käfig ausgehungert.

Und bei jedem ihrer Songs stupst mich Fred an „Ach, der ist auch von denen!“, weil wir ihn entweder aus dem Radio oder aus der Rockfabrik kennen. Der Sänger Joe Elliot trifft die Töne und braucht weder arschfreie Chaps noch Streifenhörnchenhosen, damit ihn die Mädchen in der Halle sexy finden. Auffallend viele weibliche Fans, die sich sonst gerne weiter hinten aufhalten, sind zum Auftritt von Def Leppard nach vorne gekommen. Dorthin, wo wir drei stehen und befürchten müssen, von einem Damenhöschen getroffen zu werden.

Als nächstes Iron Maiden. Basti mag Iron Maiden. Aber Basti mag ja auch Bea. Insofern ist das kein echtes Kriterium für Qualität. Fred mag Maiden auch. Und wenn man das Geisterbahn-Brimborium mal weglässt, ist das gar keine schlechte Band. Aber sie lassen es nicht weg, sondern bringen ihre überdimensionale Actionfigur namens Monster-Eddie mit: Ein vier Meter großer Roadie in einem Frankenstein-Kostüm versperrt mir leider ein bisschen die Sicht auf die wirklich guten Musiker.

Weil sich alle Iron-Maiden-Songs etwas in die Länge ziehen, tut es auch das Konzert. Ich bin müde und mir tun die Füße weh. Der Hals kratzt vom vielen „Zugabe“ oder „Aufhören“ rufen, der Kopf brummt von so viel Rockmusik und jetzt wäre mal ein guter Zeitpunkt für eine Pause.

Aber es geht unaufhörlich weiter. Ein Festival kennt keine Gnade. Judas Priest stehen auf der Bühne und meinen das verdammt ernst. Statt Kinderfasching mit Monsterpuppe beinharter Heavy Metal und mit Rob Halford ein Sänger der, wenn er mal nicht mehr singen mag, auch als Rauchmelder Arbeit findet.

Aber auch Judas Priest kommen nicht ganz ohne Bühnenaccessoires aus. In der geballten Form dieses Festivals erinnert das doch stark an die Tage im Kindergarten als jeder sein Lieblingsspielzeug von zu Hause mitbringen durfte. Und Rob Halford spielt am liebsten mit einer Harley Davidson, die er zur Zugabe »Hell bent for leather« auf die Bühne fährt. Kein Kinderkarusell-Motorrad, sondern eine echte, große Harley im Maßstab 1:1 – mit echtem Motor und einer echt armen Roadie-Sau, die diese Maschine für den Auftritt wahrscheinlich an einer Dortmunder Tankstelle befüllen musste. Fred ist glücklich. Floyd ist glücklich. Ich bin glücklich. Wir sind alle drei hundemüde und müssen nach Hause. Morgen ist Montag. Um 7.55 Uhr hab ich Reli.

Eine durchfahrene Nacht später sitzen wir wieder im Café Soho in Stuttgart. Und ich höre Floyd zu, wie er die Frage, was er eigentlich so mache, putzmunter beantwortet. Ganz so, als sei er gerade keine fünf Stunden Auto gefahren.

„Ach, ich … ich war bei der IBM. Bisschen gejobbt. Nichts Ernstes, aber gut und leicht verdientes Geld. Nur ist das nicht so einfach für mich, jeden Tag ins gleiche Büro zu den gleichen Fratzen zu gehen. Ich bin halt sehr freiheitsliebend. In diesem Punkt bin ich durch und durch ein Yankee. Man könnte mich irgendwo in den Wald stellen, und ich würde stundenlang Bäume fällen, aber mich in ein Büro einsperren – das ist hart."

Ich ahne, wovon Floyd spricht. Mich erwartet später noch eine Doppelstunde Physik.

„Wenn du zum Beispiel heute von einem Bus überfahren wirst, was willst du dann gestern noch getan haben?"

Floyds Fragestellung überfordert mich. Allein schon grammatikalisch. Ist das Plusquamperfekt? Oder doch Gerundium Präteritum Präsens II? Ich werde wohl nachher gleich mal in der Schule nachfragen müssen.

Aber Floyd erwartet gar keine Antwort von mir. Er hat sich die Frage selber vorgelegt: „Ich hab mir das oft überlegt, Marc. Ich möchte vor dem Vom-Bus-überfahren-Werden einmal in Los Angeles in einem

Club aufgetreten sein. Im Gazzaris, im Whiskey a Go-Go, im Roxy, im Key Club. Scheißegal. Hauptsache LA. Ich bin für diese deutsche Spießigkeit nicht geschaffen. Meine Mutter wollte mich deswegen früher auch am liebsten in ein Internat stecken. Ich konnte das nur abbiegen, weil ich zweisprachig aufgewachsen bin. Und noch jede schlechte Note mit Englisch-Eins ausgleichen konnte. Aber was will man machen: Ich bin einfach nicht der Typ Vernunft."

Diese große Stück Selbsterkenntnis spült Floyd locker mit einer Diät Cola runter und fährt fort zu erzählen: „Jedenfalls hab ich bei der IBM Mist gebaut. Aber hey, mir war langweilig, und es hat ja niemandem wirklich geschadet. Also … da gibt es diesen langen Gang im Büro, in dem steht der Kopierer. Du weißt schon, so ein Ding, wo oben der Kopierschlitten langfährt."

„Und?", will ich wissen.

„Ich hab mich drauf gesetzt."

„Ach du Scheiße!"

„Nackt!"

„Ach du große große Scheiße."

„Ich wollte eigentlich nur 'ne Kopie von meinem Arsch machen und die an Dieter faxen. Fand ich 'ne witzige Idee. Aber gerade als ich da oben sitze, gemächlich von links nach rechts fahre und mir das Kopierlicht schön die Eier wärmt … naja, da geht am Ende des Gangs die Stahltür auf und der Abteilungsleiter kommt aus seiner Mittagspause. Es ist zu spät zum Abspringen. Und die Situation zu eindeutig, um mich irgendwie rauszureden."

Meinen Lachanfall versuche ich mit einer Peter Stuyvesant zu medikamentieren. Zum Missfallen des Mädchens am Nebentisch, das mit dem Rücken zu uns sitzt und sich meinen Rauch aus ihrem Frühstück wedelt – oder unseren Dortmunder Schweiß, man weiß es nicht.

„Gib mir mal die Butter!", sagt sie zu dem glatzköpfigen Soho-Chef. Ein Typ, der dem Rose-Tattoo-Sänger Angry Anderson wie aus seinem unsympathischen Gesicht geschnitten ist.

„Wie heißt das Zauberwort, Schätzchen?", flirtet der sie an.

„Abrakadabra, du Arschloch!"

Über soviel Wumm muss ich gleich weiterlachen. Sie dreht sich um, und jetzt erst erkenne ich sie: Nini. Sie ist auffallend hübsch für diese Tageszeit.

„Marc???"

Sie sagt meinen Namen. Na gut, sie fragt ihn, aber immerhin spricht sie ihn aus. Und das korrekt.

„Genau."

„Ihr wart neulich bei meiner Schwester und mir auf der Fete."

Genau. Waren wir. Die Deutschrockfete mit abschließender Bierentführung. Wenn eines dieser beiden Themen jetzt und hier zur Sprache kommt, ist das Gespräch leider schnell vorbei.

Der Einfachheit halber nimmt sie die Butter von unserem Tisch. Ich reiche Nini auch noch unsere Orangenmarmelade – und dann meine Hand.

„Freut mich, dich wiederzusehen."

Doch Nini gibt sich nicht mit einer Hand zufrieden. Sie beugt sich rüber zu uns, küsst erst meine linke, dann meine rechte Wange. »La Boum«. Und ich bin mittendrin.

„Nini ist die Cousine von Robin", schaltet sich Floyd ein, der von Nini nicht ganz so zärtlich, aber immer noch herzlich begrüßt wird.

Ich nicke. Wer war noch mal Robin?

„Unser Drummer, du weißt schon!"

Ach Robin heißt der. Das muss ich mir merken.

„Genau. Mein trommelnder Rockstarcousin."

Rock- schon, bei Star bin ich mir nicht so sicher. Ich war in Maichingen, Mädchen. Ich weiß ja nicht, was er beim Familientreffen erzählt, aber berühmt war das nicht. Allerdings ist Nini wirklich süß.

„*The rhythm behind the madness*", schwärmt Floyd, „ein richtig guter Musiker. Immer vier vor und Abfahrt. Keine russische Eieruhr, sondern präzise wie eine Maschine."

Bevor Floyd sich in einen Rausch schwärmt und ich womöglich gleich von zwei Menschen gefragt werde, wie ich persönlich das Rhythmusgefühl des Schlagzeugers im Allgemeinen und das Potenzial von Sacred Far im Besonderen einschätze, muss ich ein Ablenkungsmanöver starten.

Ich versuche die Situation zu retten, indem ich das Thema Sacred Far wechsle und ein anderes anschneide: „Du hast deine Geschichte noch gar nicht zu Ende erzählt, Floyd. Wie ging's denn weiter mit dem IBM-Job?“

„Gar nicht. Sie haben mich natürlich rausgeschmissen.“

„Und jetzt?“, will ich wissen.

„Fange ich einen neuen an. Bei der Signal Iduna.“

„Wann?“

Floyd schaut auf die Marlboro-Uhr über der Soho-Theke.

„Scheiße. In ’ner Viertelstunde.“ Floyd springt auf, legt ein Zweimarkstück auf den Tisch und geht. Zu seinem ersten Arbeitstag. Ungeduscht und durchgerockt. Aber besser als andersrum.

Als er weg ist, fällt mir ein, dass Floyd noch zwei Kleinigkeiten vergessen hat:

1. Zwischen den Knöcheln seiner rechten Hand stehen mit Kajalstift die Buchstaben O Z Z Y.
2. In seinem Bus pennt ein Typ namens Fred.

„Wie lange sind Floyd und du schon Freunde?“, fragt mich Nini.

„Seit 812 Kilometern.“

Neunundzwanzig. **IRGENDWO ZWISCHEN IMMER UND NIEMALS**

Liebes Tagebuch. Du sollst es zuerst erfahren. Ich habe ein Mädchen kennengelernt. Dieses Mädchen ist ganz ganz toll. Und ich fühle mich jetzt irgendwie komisch.

Das auffälligste an Nini ist zunächst ihre Hose. Sie ist nicht weiß-schwarz gestreift, wie gerade beim Iron Maiden Bassisten Steve Harris oder schon ganz oft in der Rofa gesehen. Nini trägt die Steigerung davon: eine weiß-schwarz getigerte Hose. Oder ist es Leopard? Es ist in jedem Fall verdammt sexy. Und verdammt Rock and Roll. Und ich bin froh, dass Nini die Cousine von ... du liebe Zeit, ich hab den Namen meines zukünftigen Schwiegercousins schon wieder vergessen! Jedenfalls bin ich froh, dass Nini nicht mit Dieter/Dave verwandt ist. Denn dann hieße sie wahrscheinlich nicht Nini, sondern Gabi/Gwen. Und ich bin außerdem froh, dass Nini ihrer Zwillingsschwester Mischi nicht so wahnsinnig ähnlich sieht.

„Bist du eigentlich von euch beiden die große oder die kleine Schwester?", will ich von ihr wissen.

„Ffft kleine Schwester. Geh mir fort!"

„Das kenne ich gut."

„Wieso? Bist du auch 'ne kleine Schwester?" Ganz schön schlagfertig und nicht auf den Mund ... mein Gott, was ist das denn für ein unglaublich schöner Mund? Einen besseren habe ich, glaube ich, noch nie gesehen, wenn man mal von Aerosmith-Sänger Steven Tyler absieht. Aber der zählt nicht.

Zwischenfazit: Aus meiner Sicht, und wenn der erste Eindruck nicht täuscht, dann bringt Nini alles mit, was man so braucht. Sie hat diesen bezaubernden, labellokirschgeschminkten Mund. Sie hat in ihrer engen Raubtierhose einen guten Arsch. Von außen sieht es so aus, als habe sie auch schon Busen. Sie scheint nicht uninteressiert zu sein.

Sie wohnt in Echterdingen. Sieben Kilometer Luftlinie. Gut erreichbar mit der DT 80, mit der Linie 6, mit dem Fahrrad und zur Not auch zu Fuß. Was will man mehr?

Hoffentlich weiß Nini nicht, dass ich es war, der ihr mit Floyd zusammen das Bier aus dem Keller gemopst hat. Ich schulde ihr wohl was und lade sie deshalb mit einer großen Geste und einem schlechten Gewissen zum nächsten Kaffee ein.

Sie nimmt einen großen Schluck während sie neugierig die Buttons an meiner Jeansjacke mustert.

„Was ist denn Gillan?"

Ich verstehe die Frage nicht ganz. Was soll denn Gillan schon sein?

„Das ist 'ne Band."

„Und was machen die so?"

„Hardrock! Aber nicht deutsch."

Jetzt kommt's drauf an. Wie wird sie reagieren? Allergisch? Euphorisch? Ignorant? – Falsch!

Nini reagiert nachfragend: „Melodisch?"

Ich schätze, der Deutschrockeinfluss kommt zu 100 % von unserer kleinen Käseigel-Naschkatze Mischi. Denn ihre Schwester Nini hat offensichtlich Geschmack.

„Ja. Auch melodisch."

„Cool", kommt aus dem schönsten Mund der Welt.

Hat sie wirklich „cool" gesagt? Oder vielleicht doch „schwul"? Wie war das mit „kleine Schwester" gemeint? Verdammt noch mal, da kann sich doch kein Mensch konzentrieren. Ich bin verwirrt. Und weiß nicht, ob es an der Leopardenhose oder an der Frage nach dem Melodiegehalt bestimmter Bands liegt. Oder überhaupt an der Begegnung mit einem Mädchen.

Um wieder Klarheit zu gewinnen, stelle ich die alles entscheidende Frage, den Elfmeter in der 90. Minute unter den Fragen, das Damoklesschwert des Kreuzverhörs.

„Was hörst du denn so?"

STOPP! Kleiner Exkurs: Wie auch auf andere Fragestellungen, zum Beispiel „Was kommt bei einer Polynomdivision mit 46 heraus?", so gibt es auch auf die Frage „Was hörst du denn so?“ eine Menge falsche Antworten. Neun von zehn Befragten geben an „alles, was so im Radio läuft“ und fallen mit Pauken und Trompeten, aber ohne verzerrte Gitarren durch den Test.

„Hm, weiß nicht“, überlegt Nini schüchtern.

Süß! Das kann man durchgehen lassen. Wollen wir mal nicht so sein.

Dann schaut sie auf meinen zweiten Button, stippt ihren niedlichen Finger drauf und sagt: „Sowas.“

Ich muss selber auf den Anstecker an meiner Brusttasche hinunterschauen und lese auf dem Kopf stehend: CD/CA. Liebes Tagebuch, liebe Nini: Heiratet mich, alle beide!

Für Mädchen wie Nini wurden eine Million Rocksongs geschrieben, denke ich mir. Dummerweise denke ich das nicht nur, ich sage es auch.

„Welche?“, will sie wissen

„I've been waiting for a girl like you“, antworte ich.

„Foreigner! Nicht wirklich ein Rocksong. Aber ganz okay.“

Die anderen 999 999 fallen mir gerade nicht ein.

„Du kannst mich ja anrufen, wenn du es wieder weißt“, flötet sie wie Jethro Tulls Ian Anderson, kramt einen Stift aus ihrer Jackentasche und nimmt meine Hand in ihre. Eine von beiden zittert dabei ganz leicht, und ich befürchte, es ist meine.

Sie lächelt mich an und schreibt ihre Telefonnummer zwischen die Knöchel meiner Finger. An dieselbe Stelle, an der Floyd seine vorübergehende O Z Z Y-Tätowierung trägt. Dann bekomme ich wieder zwei La-Boum-Küsse, einen stark verlangsamten Augenaufschlag, ein freundliches „Ich würd mich freuen“ und weg ist sie.

In meinen Kopf regnet es Tausende von Watteballchen: Um mich herum wird alles ganz still, als wäre gerade frischer Schnee gefallen. Nur das Echo von Ninis Worten fliegt in rhythmischen Abständen durch Raum und Kopf: Du kannst mich ja anrufen – rufen – ufen – fen fen fen.

Sie anrufen? Was soll ich denn da bitteschön sagen? Ich kenne im Grunde genommen nur zwei Arten von Telefonaten:

Anschauungstafel 1.1
„Hi"
„Und?"
„Was?"
„Was machst?"
„Nix. Und du?"
„Hör AC/DC."
„Und dann?"
„Jugendhaus."
„Rofa?"
„Später vielleicht. Du?"
„Glaub schon."

Anschauungstafel 1.2
„Hallo? Ich bin's. Dein Enkel."
„Mmimimimiimmimim."
„Gut geht's mir, danke Opa Willi und dir?"
„Mimmmmimmimmmimmi." Ich habe noch nie auch nur ein Wort verstanden.
„Ich wollte mich nur ganz herzlich bedanken. Für die Socken und die zwanzig Mark. Die kommen aufs Sparbuch." Wobei mein Blick auf den Preisaufkleber von Govi fällt. Ganze 15.90 Mark kostet so eine Doppel-LP.
„Danke Opa, du bist der Beste", sage ich und lege auf und die Untertitel blenden ein:
„Danke Opa Willi für das Doppelalbum »UFO – Strangers in the night«. Das würde dir bestimmt auch gefallen. Besonders »Doctor, Doctor«."

Ich kann aber wohl kaum Nini anrufen und sie bocklos fragen, was sie macht, noch kann ich mich für das Geldgeschenk bedanken. Ich werde wohl einen Vorwand und ein Gesprächsthema brauchen.

Jones ist nicht da, als ich später am Tag meinen Plan in die Tat umsetzen will: Operation Mixtape. Mama Bach lässt mich ohne Gegenwehr rein. Die Quarantäne scheint bis auf Weiteres aufgehoben. Doch auch Karl ist nicht in seinem Zimmer. Nur ein verlassener Sansui-Kopfhörer liegt auf dem Bett. Ich halte ihn mir ans Ohr und kann kaum glauben, was ich höre: Al Bano und Romina Power. Erst »Felicita«. Dann die Klospülung.

„Wo ist'n Jones?", frage ich Karl, als der wieder sein eigenes Zimmer betritt.

„Hier jedenfalls nicht. Oder siehst du ihn? Der ist bei irgend so 'ner Tussi."

„Quatsch. Bei welcher Tussi denn?"

Ich weiß, dass Jones Mädchen nicht besonders mag. Andererseits dachte ich das von mir bis vor wenigen Stunden auch.

„Hat er mir nicht gesagt. Wir sind verbrüdert, nicht verheiratet", murrt er mich an und bleibt gleich in diesem Modus. „Sag mal, nach was riecht's denn hier?"

„Nach Festival vielleicht? Ich komme mehr oder weniger direkt aus Dortmund …"

„Nee, nee. Nach Mädchenparfüm. Ist das Oilily?"

„Weiß nicht." Ich lenke ab: „Wie geht's Jones denn so? Ist er okay?"

„Schwer zu sagen. Er redet nicht viel. Was willst du denn von ihm?"

„Ich wollte mir ein paar Songs überspielen."

Karl wird hellhörig. „Was für Songs denn?"

„Nicht so schnelle Sachen."

„Midtempo-Rocker also?"

„Nee, eher bisschen langsamer. Was Ruhiges."

„Für wen?" Karls Stimme wird lauter, sein Ton strenger. Jetzt ist er ganz der Große.

„Na für mich."

„Ach komm! Am Arsch hängt der Hammer."

„Wie darf ich denn bitte das verstehen?"

„Für wen ist das Mixtape mit ruhigen, langsamen Stücken?", fragt Karl der Große, der Inquisitor.

„Für mich … und für Nini … also für uns beide."

„Eine Schmusecassette. Sag's doch gleich. Was ist denn plötzlich in euch Jungs gefahren? Habt ihr zeitgleich alle ein Haar am Sack bekommen? Brauchst du etwa Musik zum Fummeln?“

„Nein! Das ist nicht so 'n Sex-Ding“, spiele ich unsere zart aufkeimende Beziehung runter. „Ich finde Nini toll und würde ihr gerne was schenken und Blumen sind … blöd. Und teuer. Und ich weiß nicht mal, ob sie gelb gut findet oder rot. Ich weiß aber, dass sie zum Beispiel Foreigner ganz okay findet. Und jetzt brauche ich halt ein paar Songs.“

„Was du brauchst, sind Balladen. Schön aufeinander abgestimmt. Man könnte sogar eine kleine Dramaturgie reinbringen: Die A-Seite mit einem leicht verzweifelten Subtext, nicht zu sehr verzweifelt, sondern positiv-sehnsüchtig. Das muss sich ganz langsam steigern. Und auf der B-Seite etablieren wir dann ganz langsam ein leichtes Knistern. Von subtil-verführerisch hin zu aphrodisierend. Hast du 'ne Cassette dabei?“

Hab ich nicht. Karl der Große rückt mürrisch eine C60 raus. Ich kriege ihn beim besten Willen nicht auf C90.

„Für Mädchen braucht es keine Denon und keine Ferrochrom. Stinknormale BASF reichen auch. Die hören den Unterschied eh nicht. Dolby C ist genug Rauschunterdrückung. B wäre reine Verschwendung.“

Was wir brauchen, sind Balladen.

»I've been waiting for a girl like you« ist verbrannte Erde. Den kennt Nini schon. Hat sie vielleicht sogar schon. Und ich will auf keinen Fall der zweite sein, der ihr das aufnimmt. Aber Foreigner hat ja noch andere Balladen: »I wanna know what love is«. Ein guter Opener, da sind Karl der Große und ich uns einig. Ein Song, der auch textlich nicht gleich mit der Tür ins Haus fällt: *»Gonna take a little time. A little time to think things over.«*

Ich blättere mich durch Karls über 1400 Platten. Wenn auf jeder LP im Schnitt 0,7 Balladen sind, dann macht das … um und bei … behalte 3 im Sinn … geteilt durch … das macht eine Menge Stehblues.

Auf unser Mixtape sollen es nur die besten Balladen schaffen. Doch von AC/DC gibt es keine. »Ride on« – na schön, ein ruhigerer Song.

Aber eher ein verzweifelter Blues, der klingt, als habe jemand Bon Scott vom Pferd geschossen. Überspringen wir mal und merken ihn uns, falls wir noch Platz haben.

Motörhead? Ha ha ha. Dass ich nicht lache. Niemals! Eine Motörhead-Ballade? Das ist so wahrscheinlich wie ein Cat-Stevens-Partysong. Vielleicht was von den Bands aus Dortmund, die ich vor ein paar Stunden noch live gesehen habe? Aber ich lass das Thema Dortmund und die Interpreten Def Leppard, Krokus, Ozzy Osbourne, Judas Priest, Iron Maiden und Quiet Riot mal besser außen vor. Karl würde das zwar nicht stören. Denn er ist mehr Sammler als Jäger. Er hört lieber Bands auf Platte, als dass er sie live anschaut. Unsere Einführung in Queen war da zum Glück die Ausnahme. Aber Karl wird es Jones sagen. Und wie Jones es aufnimmt, dass Fred und ich und Floyd on tour waren, kann ich momentan schwer einschätzen.

Also heißt es weiterdenken: Von Kiss gibt es eine Ballade. »Beth«. Gesungen von Peter Criss. Der darf sonst nie singen, sondern immer nur Katze und Schlagzeug spielen. Aber auf »Beth«, da gibt er das große Maunzerle. Miauuuuu. Karl weigert sich, mir Beth auf Cassette zu überspielen.

„Seit »Love Gun« sind Kiss scheiße."

Das ist nicht das erste Mal, dass diese Band in meinem Umfeld auf Widerstand stößt. Ich merke schon, ich muss sie mir wohl abschminken. Was im Falle von Kiss nicht einer gewissen Ironie entbehrt.

»Heaven« von Bryan Adams? Warum eigentlich nicht. Seine Reibeisenstimme ist Radio- und Rofatauglich. Der Mann kommt aus Kanada. Im Refrain sind die Gitarren leicht angezerrt. Ich würde es mir nicht kaufen, aber ich denke, ich würde es Nini aufnehmen.

Whitesnake: »Is this love?«. Sehr schön. Thematisch wie musikalisch. Mit einem ziemlich ausgedehnten Gitarrensolo. Ich frage Karl den Großen, ob wir vielleicht ausblenden können. Können wir nicht. Aber er lässt sich immerhin auf einen Kompromiss ein. Nach Whitesnake darf John Waite »Missing you« für Nini singen.

Wir haben einen Lauf. Jetzt nur nicht unterbrechen. Schön im Fluss bleiben. Wir brauchen etwas Melodisches, das nicht zu traurig klingt.

Ganz tief aus dem Giftschrank holt Karl einen Geheimtipp: REO Speedwaggon – noch nie von denen gehört – »Keep on loving you«. Ich frage mich, ob das langsam nicht ein bisschen viel Love ist. Aber selbst im Riesen-Repertoire von Karl finden wir keinen langsamen Titel zu anderen Brennpunktthemen wie Friede, Freude oder wenigstens Eierkuchen. Liebe ist das vorherrschende Thema in der Kategorie Schmusesongs.

Nur »Boat on the river« von Styx kann Karl anbieten. Niemals! Und wenn es die einzige Ballade ist, die wir beide finden, die sich nicht dem Thema Liebe widmet. Aber das Thema Bootsbau hat auf meiner Cassette nichts verloren. Ebensowenig wie Chris de Burgh. »Lady in Red« – beides nur über meine Leiche.

Boston – »Amanda«. Schönes Lied, gute Gitarre, fast schon Rock.

Mein Mann am Mischpult ist sich nur nicht sicher, wie das ankommt, wenn man einer Frau ein Lied mit dem Namen einer anderen Frau widmet. „Wie fändest du es denn, wenn man dir einen Song namens »Erwin« aufnimmt?"

Wo Karl Recht hat, hat Karl Recht. Boston schaffen es nicht auf unsere BASF-Cassette.

Though it's hard to tell, though you're fooling yourself …

„Was heißt noch mal *though*?"

„Obwohl, trotz, obschon."

„Gut. Das passt ja."

Nazareth besingen mit »Dream on« große Gefühle. Rücken an Rücken mit Bryan Adams machen wir einen Reibeisenstimmen-Block. Das wird richtig gut.

„Was ist hiermit? Kansas?"

„Guter Geschmack, Marc. Respekt. Hätte ich dir gar nicht zugetraut. Weiß aber nicht, ob das deine Freundin versteht, das ist Progressive Rock mit IQ. Da brauchen andere Abitur für."

„Sie ist nicht meine Freundin!"

Aber Kansas sind meine Band, denn in ihrem Song »Dust in the wind« kommt nicht ein einziges Mal das Wörtchen Liebe vor. Dabei wäre es wirklich einfach gewesen, das Stück »Love in the wind« zu nennen. Hut ab vor der Band-Entscheidung, es nicht zu tun. Ich ahne, was Karl meint, wenn er sagt *mit IQ:*

Dust in the wind, all we are is dust in the wind.

Wir haben noch Platz. Und Karl hat noch Frank Duval. »Angel of mine«. Das kenne ich aus »Derrick«. Oder aus »Der Kommissar«. Von Erik Ode oder Horst Tappert – ich weiß es nicht mehr. Aber ich fand das schon im ZDF ganz gut und wollte es nur nicht zugeben. Weder vor meinen Eltern noch vor meiner Clique. Hier, auf dem Mixtape, da würde ich mich trauen. Weiß ja keiner, ob das nicht vielleicht doch Karls Idee war. Ist immerhin Karls LP.

„Magst du auch was aus Deutschland?", fragt er mich.

„Scorpions? Ztill loving you? Nee, bitte nicht."

„Ich dachte eher an was Deutschsprachiges?"

Mischi mag Deutschrock. Aber für die ist die Musikcassette ja nicht bestimmt. Ich schaue Karl fragend an.

„Purple Schulz. »Sehnsucht«. Kein schlechter Song, hör mal."

Ich höre. Und ich höre, dass dort jemand Deutsch singt. Das heißt, dass man den Text versteht. Jedes Wort. Ganz deutlich! Und zwar auch deshalb, weil in dem ganzen Lied keine Gitarre vorkommt. So dass man das Deutsch noch deutlicher hören kann. Das klingt, als hätte man Deutsch- und Musikunterricht zusammengelegt. Das kann nicht Karls Ernst sein.

„Oder wie wär's mit Felicita?", erschrecke ich ihn.

Jetzt weiß Karl der Große, dass ich weiß, was er da heimlich unter der Bettdecke tut. Buh!

„Die Cassette schenke ich dir. Du musst die zwei Plastikzungen oben rausbrechen. Dann kann sie sie nicht wieder überspielen."

Jetzt habe ich also etwas in der Hand. Etwas gegen Karl. Und etwas für Nini. Ihr Mixtape. Und damit eigentlich einen guten Grund, sie anzurufen. Ich stehe im Bach'schen Hausflur und will gerade gehen, als ich ein Mopedknattern vor der Tür höre. Aber in unserer Straße fährt keiner Moped. Außer mir. Das Knattern gehört mit 90-prozentiger Sicherheit einer TT50, und die einzige TT50 weit und breit gehört Basti. Aber dann würgt jemand Bastis Zündapp TT50 Watercooled ab und das ist sicher *nicht* Basti.

Und dann steht plötzlich Jones vor mir, einen Schlüssel in der Hand, einen Helm unterm Arm und einen unangenehmen Biergeruch hinter sich herziehend. So als sei er gerade erst durch Heslach, dann durch die Tübinger Straße gefahren und dann gleich noch durch Vaihingen, die Hochburgen des Stuttgarter Bierbrauens, Hofbräu, Dinkelacker, Schwaben Bräu – und Jones einmal mittendurch. Wir stehen uns gerade so lange im Türrahmen gegenüber, dass es unangenehm wird.

„Wo warst'n du?"

„Weg. Und du?

„Hier."

Wie zwei Ladendiebe mit einer geklauten Prinzenrolle, die sich deutlich unter den T-Shirts abzeichnet, stehen wir da. Wir wissen, dass das, was der andere sagt, nicht stimmt.

Weg heißt, Jones hatte ein Ent- oder Erziehungsgespräch: Drogenberatungsstelle oder Sozialarbeiterbernd – tippe ich, hoffe ich, wünsche ich ihm, wünsche ich mir.

„Ist das Bastis Fünfziger da draußen?"

„Jetzt nicht mehr. Jetzt ist es meine."

„Du hast Bastis Moped gekauft? Ich dachte, du hast keine Kohle."

„Er hat mir 'nen guten Preis gemacht."

„Und er? Geht jetzt zu Fuß oder was?"

„Seine Eltern haben im Lotto gewonnen. Und ihm ihr altes Auto geschenkt."

Bullshit. Bullshit. Bullshit. Wer einmal lügt, dem glaubt man nicht, auch wenn er dann die Wahrheit spricht, sagt Opa Willi und denkt mein Kopf. Und dabei würde ich Jones so gerne glauben.

„Hast du etwa getrunken und bist dann gefahren?"

„Bist du jetzt mein Vater oder was?"

„Hast du?"

„Hab ich nicht."

Schlimmer als belogen zu werden, ist, um die Wahrheit betrogen zu werden. Das Leugnen einer Tatsache, die beiden bewusst ist, aber nur einer will sie wahrhaben.

„Du bist viel mit deinem Ami-Freund zusammen“, sagt Jones und versucht, so beiläufig wie möglich zu klingen.

Ich weiß nicht, was mehr Schmerzen verursacht: Eifersucht oder Misstrauen. Aber am schlimmsten schmerzt die chemische Reaktion, wenn beide aufeinandertreffen. Es füllt den gesamten Flur der Familie Bach, in dem wir uns rumdrücken und versuchen, dem Gegenüber nicht in die Augen zu sehen.

„Karl hat mir die neue Rainbow überspielt.“ Ich versuche, wenigstens mein Hiersein zu rechtfertigen. Wenn ich schon keine Worte für mein Wegbleiben in den letzten Wochen habe.

„Du meinst die »Bent out of shape«“, fragt Jones und sein Unterton klingt wie die Falsche-Antwort-Hupe aus einer Quizshow.

Er weiß, dass ich weiß, dass wir beide von Wahrheit und Wirklichkeit kilometerweit entfernt sind. Und dann lässt er meine Lüge, die nicht mal einer Not entsprungen ist und deshalb diese Vorsilbe auch nicht verdient, wie in einer Hochgeschwindigkeitsaufnahme platzen. In dem er ganz langsam besagte »Bent out of shape« aus seiner Tüte zieht. Ich habe mir das falsche Alibi ausgesucht – ausgerechnet die Platte, die heute nicht in Karls Sammlung war, sondern in Jones' Swatch-Tüte.

„Ich hab sie heute beim Govi umgetauscht, nachdem Karl rausgefunden hat, dass auf der Japan-Pressung zwei Bonustracks sind.“

Ich sehe Jones an und suche das Anklagende in seinem Blick – doch da ist nichts. Wir einigen uns schweigend darauf, zwei Lügner zu sein und übergehen einfach die Wahrheit.

„Und – hast du schon gehört, dass jemand an Silvester ins Jugendhaus eingebrochen hat?“

„Nein, wusste ich nicht“, sage ich – wahrheitsgemäß.

„Meinen Verstärker haben sie geklaut. Im Proberaum wollten sie wohl das Zeug von Sacred Far klauen, nehm ich an. Aber die hatten da ja einen Gig.“

„In Maichingen, ich weiß.“

„Ach ja?“

„Ich war da.“

„Und da haben sie nicht ganz zufällig meinen Verstärker mit eingepackt?“

„Nein, Jones, das haben sie ganz bestimmt nicht. Das sind vielleicht schlechte Musiker, aber das sind keine schlechten Menschen.“

Dreißig. **VON FREMDEN, DIE FREUNDE IMITIEREN & FREUNDEN, DIE FREMDE IMITIEREN**

Cassette – Telefon – Platte. Cassette – Telefon – Platte. Cassette – Telefon – Platte. Mein Blick springt immer wieder nervös von der BASF-Cassette – dem wertvollsten, was ich zur Zeit neben meiner DT 80 besitze – zu unserem grünen Familientelefon, dessen Spiralkabel sich wie eine Schlinge um meine Hand gewickelt hat, zum rotierenden Vinyl auf meinem Plattenspieler.

»Cold Sweat« singt Phil Lynott von Thin Lizzy und meint doch eigentlich *cold feet*. Denn ich habe plötzlich Frack- und Muffensausen. Mir wird bewusst, dass an Nini zu denken und mit Nini zu sprechen nicht dasselbe ist.

Als sie sagte, ruf mich an, meinte sie wahrscheinlich nicht, ich solle es ein paar Mal klingeln lassen und dann wieder auflegen. Sie meinte, ich solle sie anrufen und mit ihr reden. Einen Dialog führen, Konversation machen. Ihr interessante Sachen sagen. Und ihr zuhören, wenn sie welche sagt.

Das Telefon selbst empfinde ich schon als Technik, die kaum zu begreifen ist. Aber erst das Telefonieren! Aber es gibt nun mal nur diese beiden Möglichkeiten der Kontaktaufnahme: anrufen oder hingehen. Und zweiteres kommt gar nicht in die Tüte. Ich werde nicht plötzlich wie ein Wahnsinniger unangemeldet bei Nini vor der Tür stehen. Gefahr laufen, dass ihre magnetische Zwillingsschwester Mischi die Tür aufmacht und sich über meinen Besuch freut. Und ich kann das, was mir schon am Telefon so ungeheuer schwerfällt, auf keinen Fall im echten Leben praktizieren. In natura, ungeprobt und ohne die Möglichkeit aufzulegen.

Meine Finger suchen die geformten Löcher der Wählscheibe und drehen Ninis Nummer. Sieben – neun – null – ich mag gar nicht daran denken, dass Ninis Nummer ja gleichzeitig auch Mischis Nummer ist und ich gerade ein gefährliches Telefon-Roulette mit einer 50:50-Chance spiele. Irgendwo in einem Dachgeschoss in Leinfelden-Echterdingen klingelt ein Telefon. Ein Mal – zwei Mal – drei … am anderen Ende meldet sich eine tiefe Männerstimme: „Seibold." Irgendwo in einem Dachgeschoss in Leinfelden-Echterdingen hat jemand einen Kippbären kopfüber gedreht.

„Ist … äh … deine Mitbewohnerin da?"

Wortlos legt der Mann am anderen Ende den Hörer auf ein Telefontischchen – wie ich vermute – und ruft mit der Bärenstimme in den Hintergrund: „Edeltraut. Ist für dich."

Ich höre deutlich menschliche Schritte, schlurfend, so dass ich die dazugehörigen Füße in Hausschuhen vermute. Ich will gerade lieber wieder auflegen, als eine weibliche Stimme gurrt: „Seibold?"

Der gleiche Song mit einer anderen Sängerin – klingt schon viel besser.

„Hi. Ist Nini da?"

„Nein, die ist mit ihrer Schwester bei ihren Großeltern. Sie wollte aber gegen sechs zurück sein. Soll ich ihr denn etwas ausrichten?"

„Au ja, gerne", sage ich und lege auf.

Für einen Anfänger kann ich mit meinem ersten intimen Telefonat zufrieden sein. Ich habe es getan! Ich habe Nini angerufen. Und das gar nicht schlecht. Jetzt ist sie mal dran.

Ich liege auf meinem Bett und starre die Zimmerdecke an, den Blicken von Angus und Malcolm und Brian und Bon von den Postern an meiner Wand ausweichend. Nein danke, ich möchte jetzt kein Vier-, Sechs- oder Achtaugengespräch. Ich will einfach nur hier rumliegen. Meine Gedanken drehen sich so sehr um Nini, dass ich gar nicht bemerkt habe, dass etwas anderes sich nicht mehr dreht: mein Plattenteller. Zum ersten Mal seit einer Ewigkeit ist es mucksmäuschenstill in meinem Zimmer. Abgesehen von Schlafenszeit war es hier schon lange nicht mehr ruhig, so ganz ohne Musik, so ganz allein mit den Geräuschen, die Gedanken so machen.

Ohne aufzustehen gehe ich meine inzwischen ganz ordentlich gewachsene Plattensammlung durch. 62 LPs, macht einschließlich der

Anfängerfehler in dieser Sammlung – und Abba zähle ich da *nicht* dazu – 62 Möglichkeiten, meine vier Wände hier oben und die von Mom und Dad eine Etage tiefer zu rocken. Ich entscheide mich für Möglichkeit Nummer 62b – und lege Ninis BASF-Mixtape ein.

Gonna take a little time. A little time to think things over.

Als ich wieder aufwache, haben sich Foreigner dank autoreverse-Funktion des Cassettendecks bestimmt schon zwei- oder dreimal wiederholt. Und sie werden von Mal zu Mal besser. Das Klingeln des Familientelefons geht dabei etwas unter. Und ich bin nicht schnell genug, so dass Dad ein Stockwerk tiefer rangeht.

„Da ist ein Mädchen für dich dran, Marc", sagt er einen Moment später als er mit dem Telefon in meinem Zimmer steht, und ich meine sein Grinsen zu sehen, das er ungeschickt in seinem Papa-Gesicht versteckt.

Ich freu mich wie eine Taube, die ein Pommes frites gefunden hat.

Nini.
Nini.
Nini.
Nini.
Nini.
Nini.
Räusper, räusper. Stimme tief stell. Männlich kling.
Nini.

„H ❤ A ❤ L ❤ L ❤ O?"

Es ist Bea.

„Kümmer dich mal um deinen Kumpel Basti. Dem geht's gar nicht gut. Der braucht dich jetzt!"

Als ich bei Basti ankomme, ist Fred schon da. Gut zu wissen, dass Telefonkette und Notfallkommando funktionieren. Im Hause Weckerle herrscht kollektives Familientrauma. Schon in der Dekompressionsschleuse, die die Außenwelt mit der Weckerle-Welt verbindet, ist es zu spüren. Bastis hefezopfbackende, lächelnde Mutter ist kaum wiederzuerkennen. Auf ihre rosa Wangen hat sich eine dicke Schicht sorgengrau gelegt. Sie sieht erschöpft aus – und sehr einsam.

Fred meint, er kann sich schon denken, warum: Wenn man dem nachbarschaftlichen Fasanenhof-Funk glaubt, dann haben Bastis Eltern eine nicht besonders gut gehende Lotto-Tippgemeinschaft mit einigen Leuten aus ihrer Straße. Als jetzt vier der seit Jahren getippten Zahlen gezogen wurden, haben die Weckerles angeblich ausgerechnet an diesem Wochenende vergessen, den Tippschein abzugeben. Äußerst angeblich, laut Fred. Denn kurze Zeit später haben Mitarbeiter von Möbel Mammut bei den Weckerles die alte Einrichtung raus- und eine neue reingetragen. Wenn ich mich hier allerdings umsehe, dann war das keine Verbesserung.

Basti lebt nach wie vor in Esche Nachbildung. Und es geht ihm dreckig. Und das nicht wegen seinen Möbeln, sondern wegen seiner Freundin. Fred gibt mir einen Überblick über die Lage, eine Art Unfallskizze: Was ist passiert? Ist jemand verletzt? Hat schon jemand stabile Seitenlage praktiziert?

„Bea ist weg“, berichtet Fred.

Juhu! Habe ich gerade Juhu! gedacht?

„Sie hat ihn verlassen – nachdem sie ihn betrogen hat. Mit Jones.“

Streichen wir bitte Juhu aus dem Protokoll!

„Sie hat Basti nicht mal die Chance gelassen, dass er sie davonjagen kann.“

So kann man sich täuschen. Basti sich in Bea. Ich mich in Jones. Von wegen Drogenberatungsstelle oder Sozialarbeiterberndgespräch. Von wegen Lottolüge. Alles, was Jones beziehungsweise Karl gesagt haben, hat gestimmt. Nur macht der Wahrheitsgehalt den Arschlochgehalt auch nicht besser.

Und tatsächlich steht es schlimmer um Basti, als ich gedacht habe. Als ich vorsichtig in sein Jugendzimmer eintrete, wie ein Krankenhausbesucher bei einem frisch an der Galle Operierten, da fällt mir sofort auf, dass Basti sich die Haare geschnitten hat. Das tun Menschen wohl, wenn sie in eine neue Lebensphase kommen. Aber die meisten

Menschen, die so etwas tun, sind Frauen. Für Basti gibt es keine Entschuldigung für kurze Haare. Sie sind zwar nicht popperkurz, aber kurz genug, dass man zwischen Haaren und Schultern durchsehen kann. Auf ein gerahmtes Foto von Basti und Bea.

Willkommen im Elendsviertel Stuttgart-Fasanenhof. Bitte stellen Sie Ihre Uhren um fünf bis sechs Jahre zurück, stellen Sie die Rückenlehne senkrecht, stellen Sie das Rauchen ein und benehmen Sie sich wie ein Zwölfjähriger, dem man im Freibad die Wasserspritzpistole verboten hat: trotzig. Wobei – wie Basti da so vor mir sitzt, da ist er kein Häufchen Elend mehr, das ist schon ein großer Haufen Not.

Was macht man bloß mit einem Jungen, dem es wegen seiner Freundin schlecht geht? Fred schlägt Schnaps, Lumumba und sogar Hasch vor. In dieser Reihenfolge. Ich frage mich, ob es korrekt ist, Basti gegenüber ab dieser Stelle von Exfreundin zu reden? Ich winde mich, wie ich mich gewunden habe, sie Bea zu nennen oder „seine Freundin".

Fred versucht, ein wenig Stimmung reinzubringen: „Habt ihr das von Blüte gehört?"

Ein guter Weg, von der eigenen Misere abzulenken, ist, sich auf die Misere anderer zu stürzen. Und Blüte ist fleischgewordene Misere.

„Er hatte was mit Kathi", fährt Fred fort.

„Wer ist Kathi?", will Basti wissen. Freds Wiederbelebungsversuch schlägt an.

„Eine Rockfabrik-Maus. Arbeitet im Kaufland als Azubi an der Wursttheke und sieht auch so aus. Floyd hat mir Geschichten von ihr erzählt, das glaubst du nicht."

„Was für Geschichten?" Jetzt werde ich auch neugierig.

„Kathi ist angeblich nicht gerade wählerisch – und Blüte ist ja der beste Beweis. Sie ist wohl mal bei Törmentör in den Bandbus gestiegen. Einer der Jungs rief *„Oh geil, 'ne Frau. Endlich bumsen."* Und Kathi: *„Na gut, aber schön einer nach dem anderen."* Dann gibt es noch die andere Kathi-Story, dass irgendein Typ sie mit nach Hause genommen hat und sie sind voll am rummachen. Da sagt er *„Du wart mal kurz. Ich muss mal schiffen."* Und sie antwortet *„Ja, okay. Aber pass auf meine Frisur auf."*

Ich finde das witzig. Nicht urkomisch, aber komisch. Basti dagegen findet das traurig.

„Und hat Blüte Kathi gebumst?“, will er wissen. Und es klingt, als wolle er nur wissen, ob auch andere Mädchen Flittchen wie Bea sind.

„Glaub nicht. Sie haben wohl nur gefummelt. In seinem Derby auf dem Kaufland-Parkplatz.“

Vorder- oder Rücksitz? frage ich mich im Stillen, beide Plätze leider zu genau kennend, aber das behalte ich für mich. Und Fred hoffentlich für sich.

„Dann hat Blüte die Geschichte blöderweise in der Rofa groß rumerzählt“, berichtet Fred weiter von der Front. „Als Kathi das mitbekommen hat, hat sie sich ein paar Azubi-Kollegen geschnappt und die haben Blütes Auto zugepflastert.

Blüte kommt aus der Rofa und findet sein ganzes Auto zugekleistert mit Kaufland-Werbeschildern „Heute im Angebot“, „Frisch von unserer Fleischtheke“, „Jetzt zugreifen“.

Wieder witzig, finde ich.

Immer noch deprimierend, findet Basti: „Frauen sind etwas ganz Fürchterliches …“

Basti hätte in mir bis vor Kurzem einen echten Fürsprecher für diese Theorie gefunden. Bis vor Nini.

„… erst verlieben sie sich in einen ganz bestimmten Teil von dir – und finden es dann zum Beispiel ganz toll, dass du so humorvoll und witzig bist. Dann, nach einiger Zeit, bekämpfen sie genau diese Charaktereigenschaft: *Kannst du nicht einmal ernst sein?*“

Ich frage mich, welche Charaktereigenschaft das bei ihm wohl war und biete ihm eine Kopie von Karls Mixtape an. Aber Basti will keine Unterstützung. Weder moralische noch musikalische. Dabei stelle ich mir vor, dass ein kleines »I wanna know what love is – Is this love? – Keep on loving you – Missing you«-Medley genau das ist, was ihm wieder auf die Beine hilft. Aber wer nicht will, der hat schon. Danke nein.

Einen Menschen zu unterstützen ist nicht einfach. Einen geknickten wieder aufzurichten, ist fast unmöglich. Was wir brauchen, ist ein guter Rat für einen guten Freund. Sowas wie:

Schlecht in der Schule? >> Wie wär's mit Nachhilfe?
Stress im Beruf? >> Such dir doch einen anderen.
Stress daheim? >> Kannst ein paar Tage bei mir poofen.
Zu wenig Geld für ein Moped? >> Such dir einen Ferienjob.

Aber Junge trifft Mädchen trifft anderen Jungen trifft ersten Jungen mitten ins Herz >> ??

Ich versuche es mit einem Best-of von Opa Willi Sprüchen:

Schuster bleib bei deinen Leisten.
Kucke mal da. Kacke mal du.
Das wird schon wieder.
Auch andere Mütter haben schöne Töchter.

Aber Bastis Seelenzustand ist und bleibt komatös. Entweder ist sein Kummer zu groß oder unsere Werkzeuge sind zu klein. Nach tausenden von Jahren, in denen bestimmt der eine oder andere Mann aus dem einen oder anderen Grund verlassen wurde (Tod durch Mammutbiss, Höhleneinsturz, Geröllawine oder anderer Kerl) ist der Menschheit allen Ernstes keine bessere Kur für Liebeskummer eingefallen als *Die Zeit heilt alle Wunden?*

Fred fährt schwereres Geschütz auf: die Uns-fällt-bald-auch-nichts-mehr-ein-Taktik. Cleveres Bürschchen.

„Was machen wir denn jetzt mit dir? Sollen wir dich vielleicht alleine lassen, Basti? Willst du mal mit deinen Eltern reden?"

Dr. psych. dipl. Fred hat den Patient re-animiert.

„Ich weiß nicht, ob ihr's gemerkt hat, aber hier bei uns hängt der Haussegen ziemlich schief."

Der Patient reagiert gereizt, ich schaue betont ahnungslos, und Basti fährt fort.

„Neulich Samstagabend komme ich nach Hause, ziemlich früh und ziemlich stoned. Ich will nicht, dass meine Eltern was merken. Wenn ich mich sofort verkrieche, steht meine Mutter keine zehn Minuten später in meinem Zimmer *„Fehlt dir was, Bärchen?"* Also setze ich mich alibimäßig zu meinen Eltern im Wohnzimmer auf die Couch.

Wenigstens ein paar Minuten Rudi Carrell gucken. Als ich das Gefühl hab, genug Zeit abgesessen zu haben, um nüchtern zu wirken, stehe ich auf und will aus dem Wohnzimmer gehen. Ich mach nur blöderweise den Fernseher und das Licht aus. Meine Eltern sitzen im Dunkeln und natürlich fragt meine Mutter: *„Fehlt dir was, Bärchen?“* Ich bekomme erst einen Lach-Flash, dann keine Luft mehr. Meine Mutter bittet in ihrer Verzweiflung den Arzt von gegenüber, nach mir zu schauen. Und der kommt – jetzt halt dich fest – mit einer Polizeistreife mit Blaulicht vor unser Haus gefahren. Wie Kommissar Haferkamp. Er leuchtet mir in die Augen und stellt dann voller Genugtuung fest: *„Dein Sohn nimmt Drogen, Marlies“.* Und ja: Er war auch in dieser Lottogemeinschaft. Und nein: Ich weiß nicht, ob meine Eltern die abgezockt haben, oder ob sie – wie sie sagen – das Geld wirklich auf der hohen Kante hatten. Wir reden hier alle nicht besonders viel miteinander. Sie wissen nicht mal, dass Bea weg ist.“

„Was ist mit deiner Fünfziger?“, will ich wissen. „Hast du sie wirklich an Jones verkauft?“

„Ja. Das heißt: nein.“

„Ja oder nein?

„Ich hab sie ihm gegeben. Aber er hat sie nicht bezahlt.“

„Was heißt gegeben?“

„Jones hat gesagt, er braucht sie. Da gibt es wohl diese Typen in Nürtingen. Die haben Dope. Feinste Ware, hat Jones gesagt. Sie verkaufen das Zeug aus einem gelben Golf raus. Deshalb nennen ihn alle den „Postbus“. Und Jones meinte, er fährt da eben hin zu diesem Postbus und besorgt uns was ab und zu. Und dazu braucht er halt einen fahrbaren Untersatz. Und wenn er jedes Mal ein bisschen mehr kaufen würde und das dann weiterverkauft, hätte er in nullkommanix die Kohle zusammen und könnte mich ausbezahlen …“

„Euch ist beiden klar, dass unser Freund Jones gerade richtig große Scheiße baut, oder?“

Ich hoffe, das ist eine rein rhetorische Frage von Fred. Denn ich mag sie nicht laut mit Ja beantworten müssen.

„Ihr wisst, dass ich den Kerl mag. Aber saufen, Drogen nehmen, Drogen dealen, Freunde belügen und sie dann auch noch mit dem

Mädel betrügen – wenn das mein bester Kumpel wäre – ich würde ihm die Fresse polieren … und wenn es meine Freundin wäre, dann erst recht."

Als Klartext-Fred fertig ist mit seinem kleinen Plädoyer will ich von Basti wissen: „Bist du sauer auf Jones?" Weniger aus Neugier, mehr als Orientierung. Ich weiß ja selber nicht, was ich jetzt denken soll und in welcher Tonart: *Ausgerechnet Jones!* in Moll? Oder: *Na warte, Bürschchen!* in Dur?

„Keine Ahnung. Ich weiß, dass ich es sein sollte. Aber ich spüre nichts. Und ich kann auch nicht mal richtig böse auf sie sein."

Ist das ein gutes Zeichen, dass Basti sie nicht Bea nennt? In jedem Fall ist es schon mal ein Fortschritt, dass er sich nicht mehr Bea-und-ich nennt. Der Mann ist so gut wie über'n Berg.

„Am meisten bin ich sauer auf mich selber. Ich war es schließlich, der die beiden quasi angefixt hat. Es war meine bescheuerte Idee, dass wir alle immer schön zusammen was rauchen und rumhängen. Ich habe den beiden am Anfang auch noch den Shit besorgt. Ich hab Jones gezeigt, wie man dreht. Und dann drauf bestanden, dass wir möglichst viel zu dritt unternehmen. Ich bin so ein Arschloch!"

Fred unterbricht die Selbstanklage mit einem Psychotrick, indem er den Unerfahrenen mimt. Er wirft ein, dass er selber ja gar nicht wisse, wie es überhaupt ist, mit der Freundin eines anderen zu schlafen. Er weiß schließlich nicht mal, wie es ist, mit einer eigenen zu schlafen. Oder überhaupt eine zu haben. Ich hoffe, ihm da schon sehr bald mit einem Wissensvorsprung aus der Praxis weiterhelfen zu können.

„Wie lange das wohl schon geht?", fragt Fred so naiv wie neugierig in die Runde.

Fast wäre mir ein „seit Sonntag früh" rausgerutscht. Aber Fred meint gar nicht Nini + mich. Fred redet von Bea + Jones. Basti sieht mich an, als wüsste ich tatsächlich eine Antwort.

„Hey! Ich hör das gerade von dir zum ersten Mal, okay? Jones ist mein Freund. Und er ist auch mein Nachbar. Aber ich hatte absolut keine Ahnung, das musst du mir glauben. Ich denke mal, keiner von uns wusste das."

„Was soll's?", entschärft Agent Provocateur Fred die Sprengkraft seiner eigenen Frage. „Ich hab eh noch nie verstanden, warum man das so zwanghaft wissen will. Sind denn sechs Monate schlimmer als sieben Tage? Und dann quält man sich mit Einzelheiten: Wie oft? Und wo? Männer, die sich sonst nicht besonders für das Leben von Frauen interessieren, wollen plötzlich jedes Detail wissen und hätten am liebsten ein Fahrtenbuch vom Fremdgehen. Oder?"

Ich frage mich, wie aus dem Ahnungslosen plötzlich der Experte werden konnte, aber Fred ist schon wieder beim nächsten Themenkärtchen: „Weißt du Basti, als ich vorher reinkam, da bin ich zuerst ganz schön erschrocken, dass du schwarz trägst. Ich dachte: Oh Gott, es wird doch niemand gestorben sein? Und dann ist mir wieder eingefallen, dass du ja immer schwarz trägst."

„Motörheadschwarz", bestätigt Basti.

„Mit Motörheadpatronengurt", vervollständige ich und dann sitzen wir einfach eine Weile da, ohne ein Wort zu sagen. Weil alles gesagt ist. Und niemand den Drang verspürt, etwas hinzuzufügen. Kein unangenehmes Schweigen, sondern ein fast schon meditatives Endlich-mal-die-Fressehalten.

Wir spüren, wie wir drei gemeinsam ruhiger werden. Sich das Aufgewühlte in uns allen legt. Und wie diese Stille zwischen uns etwas Beruhigendes hat. Im Wohnzimmer schlägt eine nigelnagelneue Standuhr vier Schläge.

„Musst du nicht zu deinen Punkern?", unterbricht Fred unser kollektives Schweigen.

„Ich kann nicht", antwortet Basti.

„Ich kann dich auch hinfahren, wenn du dich dann besser fühlst."

„Leute. Es gibt keine Punker! Jeden Nachmittag, wenn ich euch erzählt habe, dass ich zu ihnen fahre, bin ich hierher nach Hause gefahren. Zu Mama und Papa und Hefezopf. Aber heute gibt es nicht mal mehr den."

Schweigen. Diesmal die unangenehme Version.

Dann Themawechsel: „Mal angenommen, du wirst gleich von einem Bus überfahren. Was willst du dann noch tun?"

Basti sieht mich an, als hätte er die Frage nicht verstanden. Dabei habe ich sie doch extra grammatikalisch entschärft. Fred dagegen weiß ganz offensichtlich die Antwort und da er der einzige ist, der streckt, nehme ich ihn dran.

„Ich für meinen Teil will nicht irgendwann mit dem 72er kollidieren und das letzte, was ich höre ist mein eigenes Wimmern. Ich will nicht, dass das letzte, was ich fühle Herzschmerz ist. Oder Kälte. Oder Eifersucht. Ich will auch nicht, dass der letzte Geschmack in meinem Mund, der Geschmack von Tränen oder Blut ist."

Ganz berauscht von seiner eigenen Poesie und mit einer Deutsch- und Philosophie-LK-würdigen Vorstellung, inspiriert Fred schließlich auch Basti zu einer Antwort.

„Das letzte, was ich tun will, bevor ich sterbe, ist laute Musik hören. Kennt ihr die hier?"

Kennen wir nicht. Spielt auch keine Rolle. Wichtig war nur, dass Basti selber auf die Antwort kommt. Das ist entscheidend für den Therapieerfolg.

Basti zeigt uns eine Cassette mit einem Schriftzug, den man nicht entziffern kann.

„Tank. In England gerade mit Motörhead auf Tour. Richtig dreckiger Scheiß. Hier: »Walking barefoot over glass«, genau meine Stimmung."

Und dann erzählt er uns vor dem Soundtrack einer wirklich unanständig schmutzigen Band, wie viel für ihn am Arsch ist. Dass gerade mehr zerbricht als nur dieses Miteinandergehen mit Bea. Dass er nicht zusehen will, wie Dinge, die ihm etwas bedeuten, einfach verloren gehen. Und dass er Angst hat. Angst, dass die Clique auch noch kaputt geht. Und er gibt sich selber eine gehörige Portion Teilschuld dafür, dass sie auf dem besten Weg dahin ist. Die Restschuld verteilt er gleichmäßig auf die Rockfabrik, den Lauf der Dinge und auf Haschisch. Dann erzählt er von Drogen und wie er und Bea bekifft Sex hatten.

Fred wirft mir einen „Oh nein, jetzt geht das schon wieder los"-Blick zu. Bitte kein Erzählporno, denke ich synchron dazu. Aber wir liegen beide falsch: Basti redet über Gefühle. Ich kann mich an keinen Moment mit ihm erinnern, der so aufrichtig war.

„„Irgendwann haben wir alle Freundinnen“, sagt er. „Naja, alle bis auf Fred hier. Und bis auf mich. Ich werde nie wieder ein anderes Mädchen lieben. Und dann seid ihr weg und die anderen Jungs sind nicht mehr so wichtig.“

Ich zögere kurz. Und dann erzähle ich Basti und Fred von Nini. Von ihrem tollen Leopardenhintern und davon, dass sie Rockmusik mag.

„Und: Mag sie auch dich?“, will Basti wissen. „Das ist vielleicht sogar noch ein bisschen wichtiger, den richtigen Kerl zu mögen, nicht die richtige Band. Ich glaub – wenn sie dich mag, Marc – dann kann sie nicht verkehrt sein.“

Bastis Segen bedeutet mir in diesem Moment mehr als alles andere auf dieser Welt. Dieser Mann wird mein Trauzeuge, soviel steht fest.

„Ich gönn dir das.“

Ich schaue Fred zwei, drei, vier Mal prüfend an. Wo ist die Ironie in dieser Aussage? Aber da kann ich lange suchen.

„Ich gönn dir das wirklich von Herzen, Marc.“

„Du bist schon ein Sonderling.“

„Ich weiß.“

„Gilt euer Angebot mit Lumumba und Schnaps noch?“, fragt Basti schließlich in unsere kleine Freunderunde.

„Nur Hasch hab ich keinen“, antwortet Fred.

„Schade, ich auch nicht. Das letzte Piece hat Jones mitgenommen.“

Einunddreißig. **DIE UNZÄHLIGEN EBENEN DER BESCHISSENHEIT**

In jeder Geschichte kommt irgendwann der Punkt, an dem man merkt, dass sie jetzt dann zu Ende geht. Weil alle Indizien dafür sprechen. Ist diese Geschichte ein Kinofilm, dann schaut man auf die Uhr, dann wieder auf die Leinwand und dann weiß man genau: Gleich werden die Helden den geretteten Planeten wieder verlassen und auf die Erde zurückkehren, und gleich werden Aerosmith eine ihrer überproduzierten Balladen jaulen.

Ist diese Geschichte ein Buch, dann stellt man plötzlich fest – ganz gleich wie versunken man bis dahin war – welcher Batzen Buch in der linken Hand liegt und wie wenig Seiten es noch in der rechten sind.

Ist diese Geschichte ein Stück Leben, dann spürt man genau, dass es jetzt nur noch diese eine, kleine Wendung gibt. Keinen großen Plot mehr und keine Riesen-Überraschung. Dann macht sich eine melancholische Schade-dass-es-schon-vorbei-ist-Leere breit. Und die Geschichte geht vielleicht zu Ende, aber das Leben geht ganz bestimmt weiter. Nicht so, als wäre nichts gewesen. Denn die Protagonisten sind sich begegnet. Wir Protagonisten sind uns begegnet. Wie Meteoriten, die sich leicht berührt haben – vielleicht auch nur den Sog des Vorbeiziehens gespürt haben – aber es hat unsere Flugbahn auf lange Sicht für immer verändert. Wir werden niemals an der Stelle des Universums ankommen, an der wir alle gelandet wären, wenn es diese Begegnung nicht gegeben hätte. Die Geschichte und die Geschichten haben alles verändert.

Als das Telefon klingelt, mag ich nicht rangehen.

Lass es Nini sein. Lass es jetzt nicht Nini sein. Sie ruft mich an. Sie ruft mich nicht an.

Dad steht in meinem Zimmer. Und er ist blass. Er hält mir einen Telefonhörer entgegen, der am Ende des Spiralkabels Tonnen zu wiegen scheint. Ein Gefühl in mir sagt, dass ich diesen Hörer nicht haben möchte. Und dass ich nicht hören möchte, was dort rauskommt.

„Was ist?"

„Karl ist dran." Dads Stimme stockt.

Bitte nicht. Bitte bitte nicht!

Schnitt zu Dad. Schnitt zurück auf mich. Blende auf schwarz. Ein langes, ruhiges Schwarz.

Jones war viel zu schnell. Und viel zu high. Dort am Ortseingang von Plieningen. Es ist die Ironie des Schicksals oder irgendeines anderen Arschlochs, dass es genau an der Stelle passiert ist, die seit Deniz Arsylan blitzanlagenfrei war.

Das letzte Piece hat Jones mitgenommen. Als ob Bastis Worte eine Entschuldigung und einen Schuldigen in sich tragen, spielt mein Kopf diesen Satz immer wieder von vorne. Spult zurück. Und wieder von vorne. An diesem letzten Piece hat Jones sich verschluckt. Und jeder könnte schuld sein. Nur Jones nicht. Wenn jemand nicht mehr hier ist, ist er dann auch nicht mehr verantwortlich für das, was er hier hinterlassen hat?

Ich muss, nein … ich darf zum Glück, zum Überleben, zum Nur-nicht-Durchdrehen an Nini denken. Und ich frage mich vor Schmerzen stumm, ob sie mich nicht retten kann. Mit! Mit! Mit! Mit! Mit! Nur, je konkreter ich mir die Rettungsaktion vorstelle, umso mehr verschwimmt das Bild. Als wäre es in eine hochprozentige Lösung getränkt. Und ich habe große Angst, dass es gar nicht um Nini geht. Sondern um irgendeine Fee. Hexhex, Simsalabim, Abrakadabra, du Arschloch, ein bisschen Zaubersalz und wenn der freiwillige Kandidat aus dem Publikum die Augen wieder aufmacht, ist er nicht mehr in Stuttgart-Möhringen. Es geht nicht darum, dass sie mich an einen verwunschenen Ort mitnimmt – es geht nur darum, dass sie mich von diesem verfluchten Platz hier wegholt.

Niemand wird sich trauen, leise oder laut zu denken, dass Jones vielleicht selber zu schnell war. Dass nicht das Schicksal gefahren ist, sondern Jones Bach. Dass Basti ihm die verdammte Fünfziger nicht gegeben hat, weil Basti das unbedingt wollte, sondern Jones. Dass alleine Jones es war, der den Joint geraucht hat und sich dann nüchtern genug gefühlt hat, um loszufahren. Dass nur er wusste, wohin er da eigentlich will und niemand außer ihm. Dass er es war, der viel zu früh viel zu viel getrunken hat. Und später, aber immer noch zu früh, zu viel genommen hat. Und dass all die Hilferufe von Jones – ob aus dem Wienerwald oder aus der Holzkiste, ob aus dem Dieterle-Klo oder aus dem Rofa-Bistro nicht laut genug waren. Vielleicht weil Jones ja gar nicht wirklich wollte, dass wir sie hören.

Hätte Jones sich selber umgebracht und diesen miesen Job nicht feige einem Baum überlassen, dann könnte ich jetzt wütend auf ihn sein. So aber bleibt nichts als ein Schmerz, der so tief ist, dass ich den Boden nicht sehen kann. Ihn nicht mal ahnen kann. Und mir nicht mal sicher sein kann, dass da überhaupt ein Boden ist.

Aber die Seele ist eine Maschine. *Am schlimmsten ist es für die Familie*, denkt sie sich ein Alibi aus. Hilflos und allein gelassen bedient sie sich gut funktionierender Mechanismen. Ruft Standard-Formulare für Bildzeitungsschlagzeilen auf, in denen nur der Name ausgetauscht wird. Nur wissen wir verdammt noch mal doch gar nicht, für wen es am schlimmsten ist. Vielleicht ja für die, die ihm am nächsten standen? Und wir wissen noch nicht einmal, wer das ist.

Once I rose above the noise and confusion
Just to get a glimpse beyond this illusion
I was soaring ever higher
But I flew too high
Though my eyes could see I still was a blind man
Though my mind could think I still was a mad man
I hear the voices when I'm dreaming
I can hear them say

Carry on my wayward son. There'll be peace when you are gone.
Lay your weary head to rest. Don't you cry no more. No!

Die Musik und die Gästeliste auf der Beerdigung hätten Jones gefallen. Ganz bestimmt. Ihm hätte gefallen, dass ich mich extra für ihn noch mal in meinen Konfirmandenanzug gequält habe. Und dass Basti unter seinem schwarzen Sakko tatsächlich seinen Patronengurt trägt. Dass alle, alle da sind. Und dass es eine richtige Rock-and-Roll-Beisetzung geworden ist. Dr. Fronzeck ist da, den Blick tief auf den Boden gesenkt. Rofa-DJ Eddie ist da. Sogar Blüte ist da. Bea ist da – und keiner weiß so recht, wie er das finden soll. Ist sie die Ex von Basti oder das Gspusi von Jones? Das Flittchen oder die Witwe? Auch Helmchen ist da – und das wiederum finden wir alle gut: Wie er mit seinem neon-orangenen Uvex unter dem Arm im Dunkel des Waldfriedhofs einen Kontrastpunkt setzt. Busengrübi ist da. In ihrem viel zu großen Anzug sieht sie aus wie ein Junge. Unsere halbe Straße ist da. Alle Nachbarn. Und Dave ist da. Heute dürfen wir ihn ausnahmsweise Dieter nennen. Perry ist da. Floyd ist da. Und ihr Schlagzeuger und Ninis Cousin ist auch da. Das heißt, Sacred Far sind komplett da. Zum Glück unbewaffnet.

Jones' Proberaummitbewohner haben keine Instrumente dabei, dafür aber einen Kranz: »Don't drink and drive. And if you do, use Fountain« steht auf der Schleife. Ein Inside-Joke von Van Halen Sänger David Lee Roth, wie ihn auf einem Friedhof nur ein Verrückter wie Floyd weitererzählen darf. Fountain ist die Parallelstraße zum berühmten Sunset Boulevard, erklärt er mir flüsternd. Eine Straße, auf der die Gefahr, mit Alkohol im Blut von einer Polizeistreife gestoppt zu werden, wesentlich geringer ist, als auf der Hauptschlagader Hollywoods.

Auch Sozialarbeiterbernd ist da. Und ohne seine beigefarbene Jugendhaus-Breitcord-Uniform habe ich ihn erst nicht erkannt. Als er auf mich zukommt und mir die Hand entgegenstreckt, bin ich irritiert: Ich begrüße ihn eigentlich nicht mit Handschlag. Aber als er dann seinen Arm für einen kurzen Augenblick auf meine Schultern legt – seine zögernde Bewegung genauso unbeholfen wie meine sich windende Reaktion – da beginne ich zu verstehen, dass wir heute nicht Jugendbeauftragter und Jugendlicher sind, sondern zwei Menschen, die einen dritten so schmerzlich vermissen und dabei solch große fleischfressende Vorwürfe in sich tragen, dass dies das Mindeste ist, was wir hier füreinander und für Jones tun können.

All das hätte Jones gefallen. Er hätte unter seinen Locken vorgegrinst und irgendwas Verschmitztes gesagt. Nur eine kleine Bemerkung mit großer Bedeutung. Etwas wie „Sieh mal einer an, wer alles da ist." Und alle hätten sich gefragt, wie er das meint. Und was er wohl meint. Und wo der doppelte Boden in dieser Bemerkung ist und die Falltür. Und in Wahrheit und in der Übersetzung hätte er nichts weiter gemeint als: „Sieh mal einer an, wer alles da ist." Ganz ohne Bewertung und Ironie. Als Jones noch aufrichtig war, war er der aufrichtigste Mensch, den ich kannte.

Und am allerbesten hätte Jones gefallen, dass alle bis auf ein paar sehr sehr Eingeweihte eine Weile lang denken, die Glockenschläge kommen vom Kirchturm des Waldfriedhofs.

Bong. Bong. Bong
Einmal
Zweimal
Dreimal
Neunmal
Dungdängedungdängedungdängedung … dududu …

Moment mal, das ist ja gar nicht die Kirchturmglocke!

Nein, Leute, das ist sie nicht.

»*I'm rolling thunder, pouring rain, I'm coming on like a hurricane. My lighting's flashing across the sky. You're only young but you're gonna die.*«

Basti, Fred und ich rücken dichter zusammen. Als könnten wir die Lücke dadurch schließen. Oder die Cassette zurückspulen. Von vorne anfangen. Und diesmal alles anders machen. Unbemerkt von allen anderen Trauergästen salutiert der AC/DC Fanclub Stuttgart mit einer fast unsichtbaren Geste. Die einzigen drei Menschen auf der ganzen Welt, die zu »Hells Bells« heulen. Ich muss unweigerlich an Bon Scott denken und falte in einem unkontrollierten Reflex meine Hände. Eine Schweigeminute für den besten Sänger aller Zeiten. Eine für Heroin Mike. Und eine für die arme Sau, die Motörhead den Bomber unter dem Arsch weggeklaut hat. Ich denke nicht, dass er noch lebt.

Konsequenterweise steht auf dem provisorischen Holzkreuz „Jones Bach“. Niemand nennt Jonas Jonas. Nicht mal der liebe Gott.

Pfarrer Fleiner betet noch einmal Gottes größte Erfolge runter. Wir singen in viel zu hohen Tonlagen mit tränenerstickten Stimmen Songs, in denen die Textpassagen „Halleluja“ und „frohlocket“ vorkommen. Und alle singen mit – oder bewegen zumindest die zusammengepressten Lippen im Takt. Und dann klappt Pfarrer Fleiner endlich mal sein dickes Buch zu und erzählt uns etwas aus dem echten Leben. Wie ein halbwüchsiger Lockenkopf vor langer langer Zeit in seinem Pfarrbüro stand und sagte „Ich möchte konfirmiert werden.“ Und auf die Frage, „warum“ geantwortet hat: „Damit mein bester Freund seine Stereoanlage bekommt.“

Karl nickt mir fast unsichtbar zu. Ich muss an Jones’ Vater denken. Der vor Jahren auch bei einem Verkehrsunfall ums Leben gekommen ist. Ungebremst wie sein Sohn. Und dass Karl und seine Mutter auf eine hinterlistige Art gleich doppelt vom Schicksal geschlagen wurden. Erst in die Kniekehle, und gerade als sie sich wieder erholt haben und sich aufrichten wollten, noch mal ins Genick.

Als hätte uns jemand die Plätze angewiesen, stehen wir in Gruppen zusammen. Hier die Jugendlichen, da die Erwachsenen. Jones’ Mutter, die Weckerles, Dr. Fronzeck und meine Eltern auf der einen, wir auf der anderen Seite. Und ich bin froh, dass unsere Eltern erwachsener sind als wir tun, in diesem Moment. Dass dort jemand die Dinge ein bisschen mehr im Griff hat als wir.

Ich finde keinen von uns reif genug für all das – das Leben, den Tod, die Einsamkeit, das Alleinsein. Oder für das Gefühl, dass wir am Ende unserer Jugend nur etwas entwachsen sind, was wir vielleicht schon bald ganz fürchterlich vermissen werden. Vielleicht dann, wenn die ersten von uns studieren und wegziehen und sich ausbilden lassen und ins Ausland gehen. Weg von diesem Ort, dieses Städtchen gegen eine echte Stadt eintauschen. Dann werden wir Postkarten aus Berlin schreiben, auf denen in krakeliger Schrift steht, wie geil doch da alles sei. Und wie frei sich das alles anfühlt. Nur einer von uns wird nicht mehr da sein – und er wird auch nicht in Berlin sein. Er schaut sich das alles aus sicherer Entfernung an. Und er wird schmunzeln und sich verschmitzt denken: „Das haltet ihr für frei? Ihr habt ja keine Ahnung, was wirklich frei ist."

Carry on, you will always remember
Carry on, nothing equals the splendor
The center lights around your vanity
But surely heaven waits for you

Wie in Zeitlupe und wie durch eine dicke Milchglasscheibe sehend gehe ich vor an das offene Grab. Und ich werfe das AC/DC-Tourshirt aus Nürnberg zu all den Blumen. Es war immer Jones' Shirt.

Nini muss wohl fühlen, was ich fühle. Anders kann ich mir nicht erklären, warum sie das, was sie tut, genau in diesem Augenblick tut. Ganz vorsichtig nimmt sie meine Hand und trägt sie ein Stück des Weges.

Der Pflasterstein fliegt ganz lautlos. Und erst als er auf die Schaufensterscheibe trifft, unterbricht ein lautes, klirrendes Geräusch die Stille der Stadt.

Floyd und Fred und ich – die Dortmunder Reisegruppe plus Basti plus Nini plus Karl – wir sechs haben uns nach der Beisetzung abgesetzt. Sind in Floyds VW-Bus gestiegen und wortlos in den Stuttgarter Kessel gefahren.

Wie durch einen Zufall hatte Floyd dort in einem kleinen Ladengeschäft im Stuttgarter Westen den geklauten Gitarrenverstärker von Jones im Schaufenster gesehen. Zwischen gebrauchten Schlagzeugen und Gitarren und Verstärkern. Zwischen Plattenspielern und Stereo-Receivern und Lautsprechern. Alles, was Musik macht, wird hier im Magic Music Store weiterverkauft. Egal, wo es her stammt. Egal, wer es braucht.

Wir sechs wissen überhaupt nicht, was wir mit diesem Verstärker sollen. Wir wissen nur, dass er hier nicht hingehört. In diesem Moment, da sind Basti und Fred und Floyd und Karl der Große und Nini und ich eine Bande. Dass wir eine Bande auf Raubzug sind, spielt überhaupt keine Rolle. Wieder holen ist gestohlen.

Aber hey, lieber Gott, du hast damit angefangen. Du hast uns Jones genommen. Und irgendetwas von ihm müssen wir uns zurückholen.

Zweiunddreißig. **SO JETZT BITTE ALLE LANGSAM ZUM ENDE KOMMEN – UND DEN STIFT WEGLEGEN**

Sieben-Eins-Fünf – die Fasanenhof-Kombination. Als ich Bastis alte Nummer wähle, meldet sich nach dreimal Klingeln am anderen Ende tatsächlich Bastis alte Stimme. Aber es ist nicht mehr der alte Basti, der da am Telefon ist. Alle von uns sind von zu Hause ausgezogen – nur nicht Basti. Bastis Zuhause ist stattdessen von ihm weggezogen. Er wohnt immer noch in seinem Elternhaus, nur die dicke Mutter und der dürre Vater nicht mehr.

Ein paar Gesprächstakte lang können wir beide unsere Freundschaft simulieren, und Basti erzählt, dass er vorletzten Montag in der Rockfabrik war. Wir haben uns genau um sieben Tage verpasst. So wie wir uns eigentlich immer um irgendwas verpasst haben. Also verabreden wir uns. Nicht gleich auf den nächsten Tag oder die nächste Woche, aber Ende KW 32, da hat er noch Luft, sagt sein Kalender.

Als ich Basti dann wiedersehe, ist nichts mehr beim Alten. Außer dem Jugendhaus, vor dem wir uns aus lauter Sentimentalität treffen, nur um die wenigen Meter von dort zu einer Nichtraucherkneipe namens „Artemis Kunst & Café“ zu gehen. Einen Wienerwald gibt es hier schon lange nicht mehr.

Schon im Vorfeld haben wir uns stillschweigend darauf geeinigt, kein Fanclub mehr zu sein. Und darauf, dass aus einer Geschichte mit vier Menschen inzwischen drei Menschen mit ihrer eigenen Geschichte geworden sind. Mit ihrem eigenen Leben. Und das Kärtchen mit der Frage, wer wann zuletzt zu welchem Anlass an Jones' Grab war, das stellen wir zurück und sortieren es ganz hinten ein, für den Fall, dass noch Zeit ist.

Denn wir wissen bei aller Tragik beide, dass wir viel mehr verloren haben als einen Freund. Das Gefühl, wie es ist, unverantwortlich zu leben zum Beispiel. Niemand hat uns gesagt, dass das alles nur eine Übung ist. Dass das, was wir als Verlust empfinden, immer wieder ins Leben zurückkehren würde. In einer anderen Form vielleicht und in einer anderen Kostümierung, aber immer mit dem gleichen Scheiß-Gefühl. Weil wir einen anderen Menschen verlieren. Weil wir eine Liebe verlieren. Oder sie zurückgewinnen. Weil wir uns irgendwo selbst verlieren – oder das, von dem wir so fest geglaubt haben, dass wir es sind.

Basti ist jetzt ein Vater. Und unser Treffen einer seiner wenigen postnatalen Abende in Freiheit. Misstrauisch betrachte ich ihn von allen Seiten, während er da so vor seinem Getränk kauert. Er: Cola-Weizen, ich: Diesel. Wie alte Trinkkumpanen mit ihren Methörnern sitzen wir da. Zum Glück sieht er nicht aus wie jemand, der eine Geburt hinter sich hat. Keine Schwangerschaftsstreifen, keine Wochenbett-Depression, kein Baby-Blues. Vorsichtshalber hab ich mich vorab informiert, damit uns nicht der Gesprächsstoff ausgeht.

Aber noch etwas ist anders: ich!

Früher wäre dieser Teil des Gesprächs ungefähr so abgelaufen:

„Bea hat neulich unser zweites Baby bekommen."
„Hmmm, und ich ein Live-Bootleg aus Donington."
„Hammer! Kannst du mir das auf Cassette überspielen?"

In Spiel wäre es so gewesen. In echt habe ich an diesem Abend mit Basti leise aber unüberhör- und unignorierbar eine Stimme in meinem Kopf. Eine sehr erwachsen klingende Stimme. Und es ist diesmal weder Angus noch Bon noch Brian, der mich komische Sachen fragt …

<< REWIND:

Basti: „Bea hat neulich unser zweites Baby bekommen."
Stimme: „Hier musst du dich freuen."
Ich: „Aber das ist ja fantastisch."

Basti: „Gell?“
Stimme: „Frag, was es ist!“
Ich: „Junge oder Mädchen?“

Basti: „Ein Mädchen.“
Stimme: „Süß.“
Ich: „Süß.“
Stimme:„Frag weiter!“

Ich erkenne mich selber nicht wieder. Der Erwachsene in meinem Kopf macht mich völlig kirre. Wie besessen. Nicht vom Bösen, sondern vom einem lieben kleinen Dämönchen, das neugierig fragt, wie es so ist, Vater zu sein und für die Antworten auch noch Empathie entwickelt. Irgendwas haben sie mir in mein Diesel gemischt. Irgendetwas außer Cola und Bier, denn ich höre mich sagen:

Ich/Stimme (synchron): „Ich freu mich so für euch. Wie verlief denn die Geburt?“

Basti: „Schön, dass du fragst. Also am Anfang ...“

Die Geburt war nicht so wahnsinnig schlimm. Der Abend schon. Und ich weiß anschließend nicht mal mehr, was ich bin: enttäuscht? Oder traurig? Oder wütend? Oder aufgebracht? Oder ernüchtert? Oder bestätigt? Ich weiß auch gar nicht genau, was ich wollte, als ich Basti anrief. Mich synchronisieren? Mich zurückbeamen? Verbindung spüren? Aber da war nicht viel.

Doch, halt. Da war was: die Verlässlichkeit, dass Basti noch unter seiner alten Nummer erreichbar ist. Die Verlässlichkeit, dass er immer noch über das Leben schimpft und niemals so mutig sein wird, es zu lassen. Und die Verlässlichkeit, dass ihm das Leben immer noch Fluchtmöglichkeiten bietet, um sich herauszuwinden – und sich bloß auf nichts richtig einzulassen.

Ich suche nach Floyd. Und streite mich mit Google: *Meinten Sie Floyd Rose?* Nein, ich meinte Floyd Ross, verdammt noch mal. Gib mir Floyd. In einer Internetsackgasse finde ich ein paar Fotos auf flickr. Floyd hinter seinem B.C. Rich Bass. Und ich meine sogar, das da im

Hintergrund, das ist Jones' alter Gitarrenverstärker. Floyd hat immer noch lange Haare. Die fangen allerdings erst am Hinterkopf an. Immerhin: er steht mit einer 80er-Jahre-Hardrock-Cover-Band auf einer Bühne. Unbeklatscht von einer kleinen Gruppe Musikerpolizei. Im Whisky a Go Go, Los Angeles, Kalifornien.

Das Internet spuckt Karls Telefonnummer aus und verrät mir, dass er jetzt „IT-Consultant" ist. Seine Stimme verrät mir, dass er sich freut, mich zu hören. Karl hat etwas zu erzählen von seinem neuen Leben – und er hat mir etwas zu sagen. Er und seine Mutter haben lange gebraucht, um wirklich Abschied zu nehmen und auch, um Jones' Zimmer aufzulösen. Aber als sie das vor einiger Zeit taten, da fanden sie eine Quittung. Vom Magic Music Store. Über den Ankauf eines Gitarrenverstärkers.

Der Pflasterstein ist offensichtlich ganz umsonst geflogen – oder zumindest in die falsche Richtung. So traurig das alles ist: Karl der Große und ich müssen kopfschüttelnd über die Vorstellung lachen, dass Jones den Verstärker offenbar versetzt hat, um was auch immer mit dem Geld zu machen. Und dass niemand diesen Verstärker jemals geklaut hat. Außer ich, Karl, Basti, Fred, Nini und Floyd.

Wie es denn damals eigentlich mit dem berühmten Mixtape noch lief, will Karl von mir wissen – und wir gehen unsere gemeinsamen Balladenhits durch. Dann verabreden wir uns … ganz sicher … zu 100% … diesmal aber wirklich … zu einem verbindlichen man-sieht-sich und legen auf.

Noch ganz in dieses Gespräch versunken betrachte ich das Poster an unserer Wand. »Mädchen mit Taube« von Picasso. Von mir sicher nicht dort aufgehängt. Unsere Wand! Nicht meine! Wo mit einem Kunstdruck die niedrigste Form von Kunst hängt. Das Mädchen mit Taube scheint zu lächeln. Sprechen kann es nicht.

Gedankenverloren ziehe ich die unterste Schublade meines Schreibtischs auf. Die Fotokiste, die Eintrittskartenkiste, die gemischte Kiste mit den VHS-Videocassetten und MC Musikcassetten, für die ich beide schon lange kein Abspielgerät mehr besitze.

»18 von 1 Million Rocksongs, die für Mädchen wie dich geschrieben wurden« steht mit Edding auf der BASF C60.

Ich stecke sie in einen wattierten Umschlag und schreibe Ninis alte Adresse drauf. Auch wenn sie dort unterm Dach in Echterdingen bestimmt nicht mehr wohnt, irgendwie wird das Mixtape schon seinen Weg finden. Im besten Fall wird es eine Ehekrise auslösen, im mittleren vielleicht nur eine Erinnerung und im schlechtesten wenigstens ein Kopfschütteln.

Ist das nun der Schluss der Geschichte? Oder erst der Anfang? Vielleicht geht ja alles einfach weiter. Und am Ende hat jemand das Tapedeck des Lebens auf autoreverse gestellt. Und es wird sich umdrehen, zurückspulen und die A-Seite wird von vorne losgehen. Mit all den Tragödien und Dramen, der Freude und dem kurzen Glück, dem Rausch und dem Absturz, den Höhepunkten und Tiefschlägen. Alles wird ein bisschen neu zusammengestellt und anders abgemischt. Ein Remix vom Remix vom Remix vom Leben. Der Soundtrack wird sich ändern, aber der Rhythmus wird der gleiche sein.

Beruhigend aber auch beunruhigend. Alles wird von vorne losgehen. Im autoreverse-Modus. Wieder und wieder und wieder.

Und im Radio spielt ein Oldie-Sender „die größten Rockhits aller Zeiten."

Bum Bum Baff.
Bum Bum Baff.
buddy you're a boy
make a big noise
playin' in the streets
gonna be a big man someday
got mud on your face
big disgrace
kickin' your can all over the place

Ich brauche eine ganze Weile, um Fred zu finden. Fred nennt sich jetzt Freddie. Mit Mercury-I-E – nicht mit Quinn-Y. Das macht Hoffnung. Er lebt in Hamburg und ist dort Leiter eines Verlages.

Aus der zweituntersten Schublade meines Schreibtischs ziehe ich ein dickes Manuskript hervor, das dort schon lange lange liegt und stecke es in einen weiteren Umschlag. Und dann – ganz ohne Anschreiben – schicke ich Fred eine Geschichte … diese Geschichte … unsere Geschichte.

Are you afraid of the truth?
Bist du ein Fred, der die Wahrheit verträgt?

SOUNDTRACK

»We will rock you« – written by Brian May. Performed by Queen.
»Dirty Deeds Done Dirt Cheap« – written by Angus Young, Malcolm Young, Bon Scott. Performed by AC/DC.
»Sugar Baby Love« – written by Wayne Bickerton, Tony Waddington. Performed by The Rubettes.
»Problem Child« – written by Angus Young, Malcolm Young, Bon Scott. Performed by AC/DC.
»Let there be rock« – written by Angus Young, Malcolm Young, Bon Scott. Performed by AC/DC.
»Down Payment Blues« – written by Angus Young, Malcolm Young, Bon Scott. Performed by AC/DC.
»Born to be alive« – written and performed by Patrick Hernandez.
»Bad Boy Boogie« – written by Angus Young, Malcolm Young, Bon Scott. Performed by AC/DC.
»Can I sit next to you girl« – written by Malcolm and Angus Young. Performed by AC/DC.
»Hell ain't a bad place to be« – written by Angus Young, Malcolm Young, Bon Scott. Performed by AC/DC.
»I was made for loving you« – written by Paul Stanley, Desmond Child, Vini Poncia. Performed by KISS.
»SOS« – written by Benny Andersson, Björn Ulvaeus and Stig Anderson. Performed by ABBA.
Medley »Riff Raff/Sin City« – written by Angus Young, Malcolm Young, Bon Scott. Performed by AC/DC.
»T.N.T.« – written by Angus Young, Malcolm Young, Bon Scott. Performed by AC/DC.
»Cat Scratch Fever« – written by Ted Nugent, Derek St. Holmes. Performed by Ted Nugent.
»God of thunder« – written by Paul Stanley. Performed by KISS.
»Funky Town« – written by Steven Greenberg. Performed by Lipps Inc.
»Hells Bells« – written by Angus Young, Malcolm Young. Performed by AC/DC.
»T.N.T.« – written by Angus Young, Malcolm Young, Bon Scott. Performed by AC/DC.
»Black Betty« – written by Pd Traditional, J Baird. Performed by Ram Jam.
»Breaking the law« – written by Rob Halford, Glenn Tipton, K. K. Downing. Performed by Judas Priest.

»Paranoid« – written by Tony Iommi, Geezer Butler, Bill Ward and Ozzy Osbourne. Performed by Black Sabbath.
»Givin the dog a bone« – written by Brian Johnson, Angus Young, Malcolm Young. Performed by AC/DC.
»Overkill« – written by Ian Kilmister, Phil Taylor, Eddie Clarke. Performed by Motörhead.
»Dead men tell no tales« – written by Ian Kilmister, Phil Taylor, Eddie Clarke. Performed by Motörhead.
»Dschingis Khan« – written by Bernd Meinunger, Ralph Siegel. Performed by Dschingis Khan.
»Rock 'n' Roll all nite« – written by Paul Stanley, Gene Simmons. Performed by KISS.
»Rock 'n' Roll ain't noise pollution.« – written by Brian Johnson, Angus and Malcolm Young. Performed by AC/DC.
»I love Rock 'n' Roll« – written by Alan Merrill and Jake Hooker. Performed by Joan Jett & The Blackhearts.
»He's a woman, she's a man« – written by Klaus Meine, Herman Rarebell, Rudolf Schenker. Performed by The Scorpions.
»Johnny's Traum« – written by Christian Schaller, Enni Gerber. Performed by Morgenrot.
»Steal away the night« – written by Bod Daisley, Randy Rhoads, Ozzy Osbourne. Performed by Ozzy Osbourne.
»Emergency« – written by Kim McAuliffe, Kelly Johnson, Enid Williams, Denise Dufort. Performed by Girlschool.
»The rhythm is gonna get you« – written by Enrique Garcia, Gloria Estefan. Performed by Gloria Estefan.
»Ain't no love in the heart of the city« – written by Michael Price, Dan Walsh. Performed by Whitesnake.
»You ain't seen nothin' yet« – written by Randy Bachmann. Performed by Bachmann Turner Overdrive.
»The mob rules« – written by Toni Iommi, Ronnie James Dio. Performed by Black Sabbath.
»Felicita« – written by Dario Farina, Gino De Stefani, Cristiano Minellono. Performed by Romina & Al Bano Power.
»I wanna know what love is« – written by Mick Jones. Performed by Foreigner.
»Heaven« – written by Bryan Adams, Jimmie Vallance. Performed by Bryan Adams.
»Is this love« – written by David Coverdale, John Sykes. Performed by Whitesnake.

»Missing you« – written by John Waite, Mark Leonard, Chas Sandford. Performed by John Waite.
»Keep on loving you« – written by Kevin Cronin. Performed by REO Speedwagon.
»Dream on« – written and performed by Nazareth.
»Dust in the wind« – written by Kerry A. Livgren. Performed by Kansas.
»Angel of mine« – written by Frank Duval, Kalina Maloyer. Performed by Frank Duval & Orchestra
»Cold sweat« – written by Phil Lynott, John Sykes. Performed by Thin Lizzy.
»Walking barefoot over glass« – written by Algy Ward, Alan & Peter Brabbs. Performed by Tank.
»Carry on my wayward son« – written by Kerry A. Livgren. Performed by Kansas.

Reprise
»Hells Bells« – written by Angus Young, Malcolm Young. Performed by AC/DC.
»We will rock you« – written by Brian May. Performed by Queen.

GRATITUDE & THE HIGHEST OF FIVES TO:

the guys at Theiss: Volker, Gesa, Nina, Helene.
the editor: Berit.
the superultrapluspeople: Anders, Holger.
my family: Mama, Daddy, Markus, Helmut (R.I.P.), Liane, Carin.
my love: Sibylle.
the Linders: Andrea, Jakob, Stefan.
kessel.tv: RAM, Thorsten, Ingmar, Setzer, Jana, Krupa.
the men: Robert, Hans, Jan.
the soulmates: Eduardo, Dagmar, Bärbel, Andreas, Günther.
the tutors: Bernwart, Annette, Rainhardt, Jutta.
the tribe: Charley, Gogster, Pepe, Gerold, Axel, Tobi, Michi & Nina, Nadine, David, Björn, Frank, Heribert-Joseph, Martin & Danijela, Delia, Dolly, Tilli.
the bands: The Nau, Frank, Lisa, Mat, Martin, Heinz, Jaqueline.
the studiomates: Simone, Natascha, Lamai, Yemi, Patha, Lena.
the inspirations and blueprints for the characters and scenes.
my powers that be.

love, lights and loud guitars to all of you.

5